深渊星芒

THE DEEP ASTRAL

胡志敏 ◆ 著

中国文联出版社

图书在版编目（CIP）数据

深渊星芒 / 胡志敏著. -- 北京：中国文联出版社，2023.3
　　ISBN 978-7-5190-5021-4

　　Ⅰ.①深… Ⅱ.①胡… Ⅲ.①幻想小说－中国－当代 Ⅳ.①I247.5

中国国家版本馆 CIP 数据核字(2023)第 047750 号

著　　者　胡志敏
责任编辑　刘　旭
责任校对　秀点校对
装帧设计　张　凯

出版发行　中国文联出版社有限公司
社　　址　北京市朝阳区农展馆南里 10 号　　邮编　100125
电　　话　010-85923025（发行部）　010-85923091（总编室）
经　　销　全国新华书店等
印　　刷　廊坊佰利得印刷有限公司

开　　本　710 毫米 x 1000 毫米　1/16
印　　张　16.25
字　　数　260 千字
版　　次　2023 年 3 月第 1 版第 1 次印刷
定　　价　46.00 元

版权所有·侵权必究
如有印装质量问题，请与本社发行部联系调换

目 录

第1章	背井离乡	001
第2章	银河巡警	004
第3章	喋血星空	007
第4章	银河往事	011
第5章	分道扬镳	015
第6章	长河落日	018
第7章	再次起航	021
第8章	太阳落幕	024
第9章	曲率航行	026
第10章	五号行星	030
第11章	基建狂魔	033
第12章	引力炸弹	036
第13章	超级舰队	039
第14章	超越光速	042
第15章	沙星来袭	046
第16章	沙蟒文明	050
第17章	枕戈待旦	053
第18章	尔虞我诈	056
第19章	相互欺骗	059
第20章	星际战争	062
第21章	拼死一击	065
第22章	巨大收获	069
第23章	英雄不朽	072
第24章	阴谋开始	075
第25章	一根电子	078
第26章	四维网络	081
第27章	骑牛老头	084
第28章	虫群消息	087

章节	标题	页码
第29章	四维气泡	090
第30章	空间波动	093
第31章	第二世界	096
第32章	拉扯空间	099
第33章	舰队会师	103
第34章	战舰隐杀	106
第35章	异形军团	109
第36章	来势汹汹	111
第37章	撼动空间	114
第38章	双星闪耀	117
第39章	行星文明	119
第40章	古老文明	122
第41章	重返银河	125
第42章	雪族未来	127
第43章	虫族再现	130
第44章	剿灭虫团	132
第45章	风星文明	135
第46章	风星战舰	138
第47章	一个树人	141
第48章	融入人类	144
第49章	中子简并	147
第50章	行动开始	151
第51章	全力攻击	154
第52章	强行破袭	158
第53章	中子增殖	160
第54章	不计损失	163
第55章	威慑风星	166
第56章	相互制衡	169
第57章	高阶打手	172
第58章	离开风星	175
第59章	树人释疑	177
第60章	承受极限	183
第61章	空间转移	186

第 62 章	劫后重生	189
第 63 章	探索星云	191
第 64 章	原因不明	194
第 65 章	空间异常	197
第 66 章	密度增加	200
第 67 章	不要过来	203
第 68 章	星云生命	206
第 69 章	变异远山	210
第 70 章	分割包围	214
第 71 章	主体意识	217
第 72 章	分支意识	220
第 73 章	不堪一击	223
第 74 章	主动寻找	225
第 75 章	圆桌谈判	227
第 76 章	暗中博弈	230
第 77 章	解脱后果	233
第 78 章	物质能量	236
第 79 章	基本空间	239
第 80 章	开始摊牌	242
第 81 章	交易完成	245
第 82 章	出尔反尔	248
第 83 章	尘埃落定	251

第1章　背井离乡

舷窗外，是塞德娜星巨大的身影，这是太阳系的最后一颗行星，越过塞德娜星的轨道，从某种程度上或许可以说已经告别太阳系了。

北极星号打开了巨大的探照灯，强光越过几万公里的距离化为一个十几公里的光斑落在塞德娜星的土地上，以往繁忙的基地不再喧闹，只留下破败的建筑和无尽的荒凉。

文明的足迹遍布整个星球，如果没有意外，这些痕迹会在百万年后依稀存在，宣示着这里曾经是文明的领地。然而意外是必然存在的，用不了10年，虫子必然会踏足塞德娜，毁掉所有人类的痕迹。

在北极星号强烈的灯光中，太阳系最后一颗行星的地貌展现在舰内的每一块电子屏上，人们默默地注视着塞德娜星的土地，虽然这不是地球，但是这里是太阳系里面的最后一颗行星的陆地，也只有在这遥远的偏僻地带，暂时还能保持平静。

舰队并没有靠近塞德娜星，北极星号虽然坚固但是过于庞大，塞德娜星巨大的引力可能会产生潮汐状态，导致北极星号内部精密的电子设备由于形变而损坏。

离开地球已经7个多月了，舰队缓缓地加速前进，胡宇静静地站在舷窗边，地球早已失去踪迹，遗留在地球轨道的卫星设备在虫群的清洗下无一能继续存在，即使能工作，人们看到的地球也不再是碧水蓝天，充满生机，而是白茫茫的虫群，天上地下，群魔乱舞。

太阳变成了一颗普通的恒星亮点，此时它的亮度是负一等，完全没有了近距离观察的壮观景象，失去了所有的细节特征，但是即便如此，远在上百个天文单位外的塞德娜星，柯伊伯带无数的小行星，星际尘埃，无一不在遵循着太阳的规则，老老实实地围绕着它运转。

如果按照引力影响的范围来划分，太阳的势力范围甚至可以达到方圆1光年左右，而柯伊伯带，才不到1光天，算起来只是太阳控制范围的最核心部分，最外围部分则是广漠的奥尔特星云。

由250艘巨大的北极星号组成的庞大舰队分散在几百万立方千米的星空，十几万架歼85战机游荡在北极星舰队的周围负责警戒，北极星号长

达5公里，加速过程异常缓慢，即使每艘北极星号装备了几百台发动机，但是受限于材料科技和人类身体的承受力，加速度只有不到0.1G，经过了几个月的加速，舰队的速度最终稳定在800万公里每小时。

舰队需要在低速下前进500个天文单位，驶出柯伊伯带以后，才会再次开启加速，届时，舰队将会一直加速到0.3倍光速，然后用20年的时间，造访蛇夫座的巴纳德星。

巴纳德星是人类探知到的最有可能存在适合改造的行星而且距离最近的星系之一。行星是一定存在的，但是能不能改造到适合人类居住，谁都没有肯定的答案。

即使巴纳德星不存在适合改造的行星，至少可以为舰队提供物质补充，这点是可以确定的，舰队携带的物质虽然充足，但是消耗同样也是天文数字，每天都需要大量的物质消耗才能满足十几亿人的生活和无数设备的正常运转。

舰队除了本身携带的能量和物资，平常能补充的物质就是几十颗直径在10公里以下的小行星了，等消耗完小行星的物资，如果不能及时得到物资补充，舰队将在30年后消耗掉所有能量，然后沉寂于虚空。所以总的来说，舰队的物资总量加起来不过60年的消耗，这还是在理论中的数字，如果舰队在中途遇到变故，这一时间还将大打折扣。

寂静是宇宙永恒的旋律，舰队已经驶出了柯伊伯带，彻底进入了没有任何物质的宇宙虚空。一艘艘北极星号尾部再次喷射出淡蓝色的长达千米的火焰，舰队进入二次加速阶段，这次将一直加速到0.3倍光速，然后停止加速，依靠惯性滑行到巴纳德星。

在这茫茫旅途中，再也得不到任何的物质补充，物质稀薄到1立方米的空间只有一两个原子甚至更少的程度，舰队就这么静静地悬浮在空中，失去了参照物无法感觉到舰队是否在前进。

点点繁星镶嵌在宇宙这块巨大的银幕上，没有了太阳光的干扰，在肉眼中，这些星星宛如一颗颗晶莹剔透的宝石，格外明亮，连250万光年外的仙女座星系，都能清晰地看到。反而在地球上看最亮的金星，则完全失去了踪迹。

想到地球，胡宇心中非常痛心，20多年前的地球，绿树成荫，山清水秀，朗月清风，江山如画，人们安居乐业，原本胡宇可以成为一个为理想而奋斗的科学家，而不是一个浴血奋战的将军。

然而，命运总是难以琢磨，从一个小兵到将军，胡宇经历了大大小小上千次的战斗，身边牺牲的战友一批又一批，20年，从一个朝气洋溢的青年变成一个两鬓开始发白的中年人，胡宇心中更多的是惆怅和无奈。

如今，背井离乡，进入茫茫宇宙，前途未卜，生死难料，胡宇感到肩上的责任压得自己快要喘不过气来。

舷窗外面除了远方的点点星光和偶尔掠过舰队的歼85或歼90巡逻机队，寂静得可怕。人类最惧怕的不是喧闹，而是安静，尤其是这种来自宇宙的安静，更加让人感到心悸。安静，意味着孤独，意味着一无所有，在这里，舰队出现任何小问题都有可能是致命的，因为得不到任何物质补充和救援。

"地球，再见了，太阳，再见了。"

胡宇心中默默地说道，并且命令歼85机队释放了5185颗闪光弹，纪念离开地球的日子，闪光弹照亮了整个舰队，却照不亮地球和太阳，只能在虚空中默默地烧尽。

舰队中的民众和胡宇一样，此刻真正告别太阳系，离开家园，很多人哭了，人们通过各种活动来纪念太阳系，所有人都知道，这一走，意味着永别。尤其是上了年纪的人，对家的眷念更加深切，不少人哭泣着，对着太阳和地球喊道："母亲，再见了！"

第 2 章　银河巡警

"将军,首领通话请求。"一个参谋说道。

"首领。"接通了首领的通话,胡宇立正,对着全息像中的首领说道。

"胡宇将军,马上到一号舰,紧急会议。"首领淡淡地说道。

"是,首领,我马上到。"

20分钟后,胡宇到达一号舰,跳下飞船,大步流星地向着北极星号舰艏走去。

"首领!"

系统提前确认了胡宇的身份,自动门打开,胡宇迈步进去,里面除了首领,还有防卫部长罗志高,副部长方新云,第一集团军主官李文飞,第三集团军主官吴海峰,科学院院长徐晓东,曾昭远院士,肖一院士等十几个人,全部集中在一起了。

"首领,这是?"胡宇小心地问道,面对首领,胡宇依然有着一些胆怯,即使胡宇自己也是军方巨头之一,然而首领无与伦比的威望和卓绝的领导力,让胡宇自然而然地从内心充满敬佩和尊敬。

首领伸手压了压,示意胡宇坐下,此刻的首领完全没了刚开始全息通话时的淡定和自信,表情凝重,甚至多了一丝恐惧,这是大家从来没有见过的,以前和虫族的战争无论多么困难和艰苦,首领都没有出现过这种神情。

"各位,请看。"首领让参谋打开了大屏幕。

屏幕上,一个光点急速朝着舰队奔袭而来,屏幕显示接触时间,10分钟。

"半小时前,这个光点主动显示在我的屏幕上,其他舰上并没有任何反应,并且,我已经失去舰队的大部分控制权了。"首领缓缓地说道。

"什么!!!"

"刚发现光点的时候,舰队的主要控制权就已经不在我手上了,刚刚巡逻舰队也传来消息,所有战机的攻击系统异常,现在我们只能静观其变了,希望它是善意的。"

"首领,我们不能坐以待毙,万一它不是善意的怎么办?"胡宇想了一下,提醒道。

"所有的努力都在进行,只是目前还没有任何进展,它甚至可以控制我们的战机攻击北极星号,但是到目前为止,它还没有攻击意图,我们暂时不要轻举妄动,静观其变,即使我们想动,也动不了。"首领无力地说道。

"首领,或许我们可以尝试联系它。"曾昭远院士说道。

"嗯,这个可以试试,但是,怎么联系呢?"首领问道。

"我们现在只能使用灯光系统。"徐晓东院长思考了一下,回答道。

大屏幕显示接触时间,两分钟。

光点的速度开始大幅度降低并且在空中强制转向,仅仅两分钟,就从时速超过5000万公里降低到零并且掉头重新加速和舰队方向速度保持一致,这一点让众人目瞪口呆,不管是庞大的北极星号还是小巧的歼90战机,如果在这么高的速度下用同样的时间进行减速,肯定会变成一张铁饼,但是光点却没有任何损伤。

光点相对于舰队静止下来,外观也终于被光学设备捕捉到,这是一艘极具科幻外形的飞船,长度200米左右,最宽的位置60多米,两头尖,就像把一个正方形的一角拉长两倍,呈现出来的菱形。

外星飞船通体呈亮银色,四条边上闪烁着耀眼的强光,不过此刻强光已经变得弱了很多,很明显是飞船里面的智慧生物或者智能进行了调节。

一号北极星舰开始打出灯光,按照徐院长的安排,圆形,正方形,三角形交替呈现在太空中。

"你们不用摆弄那种弱智的灯光了,我是比你们高级很多的文明,你们的一切我都了如指掌。"正当众人祈盼外星飞船的回音时,大屏幕突然传来了一个电子声音,同时,一个全身长满鳞片的生物出现在全息投影中,像是头部的器官上有两对眼睛状的晶状体,还有一个应该是嘴巴的开口,上半身有四条章鱼触手一样的器官,下身则是像骡马一样有四条腿。

这玩意儿,颇有几分古希腊神话中半人马的样子,不过此时众人却没有心思去研究古希腊的神话,虽然外星生物不是第一次见,但是外星智慧生物,却是第一次见,而且这个智慧生物,还主动来打招呼。

一时间,面对着这个控制了整个北极星号舰队,并且把自己的影像用全息像展现在大家面前的生物,众人却不知道说什么好,一下子全部愣住了。

最后还是首领率先镇定下来,开始说道:"您好,朋友,欢迎您的到来。"

"朋友？不，你们不是我的朋友，你们的文明等级太低。首先自我介绍一下，我是第 98511 号星区的巡视者，你们可以称呼我为巡视者大人。"

"巡视者大人，您好。"首领虽然对这个所谓的巡视者大人无法认可，但是为了民众，依然俯身表示恭敬。

"才刚刚踏入恒星级文明初期就被迫离开母恒星，真是不堪一击。"巡视者不屑地说道。

"巡视者大人，对不起，我不太明白您的意思。"

"不明白？你们受到虫族侵略，才抵抗了短短 20 年的时间，现在被迫放弃母恒星，寻找新的行星居住，我说得对吗。"巡视者转动了一下四个眼睛状的晶状体，继续说道，"不要疑惑为什么我知道这么多，从一开始，我就接管了你们所谓的计算机。"

"这一点我已经猜到了，我们这种低级文明，在你们面前不会有任何秘密。"

"那是自然，我的母文明已经迈进了小星区文明。"巡视者得意地说道，不得不说，首领的恭维态度确实让巡视者非常享受，态度也由开始的不屑变得稍微温和了一些。

"巡视者大人，对于文明等级，我们这些原始文明还不太明白，可否解释一下？"

第 3 章　喋血星空

"本大人今天心情好，就给你们这些原始人说一下，在银河系中，称得上文明的有上亿个种族，但是绝大部分都是行星文明甚至更低，行星文明能在自己所在的母行星周边活动，恒星级文明能在母行星系内自由活动并利用星系内所有的物质和能量，你们现在就处于这个阶段。"

"但是你们只能算是初期，对母恒星内的物质和能量利用率不到万分之一。恒星文明之上是星系级文明，一般星系级文明能掌控几个行星系，势力范围达到方圆几十光年到几百光年不等，星系级文明再往上，就是小星区文明，这个就不是你们能理解的了。到了这个阶段，势力范围已经不重要了，科技才是决定因素，比如我，单单一艘飞船，就能轻松绞杀一个恒星文明。"

"不知巡视者大人来我们太阳系有什么事情？我们愿意为您效劳。"首领把自己放在一个极低的角度，问出了最为重要的问题。

"还不是该死的虫子，原本本大人应该在度假的，现在却被派到这荒凉的地方来巡查，空间警报器前不久探测到疑似虫群的维度通道。"

"嗯？该死，愚蠢的人类。"巡视者突然眼神一变，暴怒地骂道。

"不好。"首领心里喊道。脸色瞬间变得苍白，众人也都是人精，立马知道情况有变，然而却无力做出应对。

远在一万公里外的外星飞船突然发出 12 道白色强光，分别射向 12 艘北极星号，强光准确地命中了北极星号。顷刻间，12 艘北极星号化为 12 团巨大的火光，随即湮灭在虚空。

这一切都发生在电光石火间，人们甚至来不及做出任何反应，12 艘北极星号的损失，意味着 6000 多万民众葬身太空。

北极星舰爆炸后残余的碎片，夹杂着无数的残臂断肢和血液凝结的红色冰球，散落在星空，向着四面八方飞去。

"你！！！"防卫部长罗志高一拍桌子，站了起来，火暴脾气再次爆发，恨不得对着巡视者的全息像就是一顿暴打。

"哼，我什么，你们竟敢携带母虫进行星际航行，这只是一点小小的教训，若不是本大人心情不错，今天你们这群蝼蚁就没有存在的必

要了。"

巡视者毁灭12艘北极星号毫无任何心理压力,人类只不过是自己发泄巡视工作苦闷的一个玩物罢了。

"志高!冷静。"首领强压着愤怒与悲伤,提醒罗志高。

"巡视者大人,请问,我们做错了什么吗?舰队虽然携带了几条虫子,但是都在我们的严格控制中,况且这几条虫子仅仅是一代虫,也不会对大人产生任何威胁吧。"首领依然保持着平静。

巡视者发泄了一番,加上首领的良好态度,似乎又平和了下来,缓缓说道:"你们这些低级文明真是愚蠢之极,这些东西出现在哪里,哪里就有灾难,作为惩罚,我会消灭掉你们一半的人口,不过你们可以选择放弃哪些人口,不要谢我,我很少这么大度。给你们两分钟时间做好选择,不然的话,我就随机挑选了。"

"什么,还要消灭我们一半的人口,简直欺人太甚,我就算拼了命,也要让你不会好过。"罗志高彻底怒了,对着巡视者喊道。

"首领!"

"首领!"

……

所有人都愤怒了,纷纷站了起来。

"冷静,冷静,冷静!"首领喊道。

镇定了一下,首领对巡视者说道:"巡视者大人,还请放过我们的民众,他们是无辜的,如果非要人负责,我的性命任您收取。"

"你是一个合格的文明首脑,不得不说,在你们这种低级文明中还能出现你这样卓绝的文明首脑,实属罕见,不过,我的命令不能改变,必须消灭你们一半的人口作为惩罚。"

"巡视者大人,我无法做出这种抉择,我虽然是文明首脑,但是我无权决定民众的生死。"

"既然这样,那我就做个好人,帮你选择。"说话间,巡视者的飞船发出4道亮光,4艘北极星号轰然爆炸,爆炸的冲击波震动了星空,也震动了人们的内心。

面对着无法抗拒的存在,面对着不到10分钟内相继丧生的8000多万民众,面对着同样欲哭无泪的部下,首领第一次眼眶里有了泪花。

"怎么样,还是决定让我帮忙选择吗?"巡视者得意地说道。

首领一言不发,只是默默地看着巡视者,眼神中充满愤怒和无奈,不过巡视者应该无法理解这种眼神，毕竟它不是人类一族。

巡视者似乎非常享受欺负弱小种族，掌控他人生死的过程，又4道亮光奔向远方的北极星号。人们默默地闭上了眼睛，等待命运的安排。

突然，虚空中闪现了另外4道亮光，分别对巡视者飞船发出的亮光进行拦截，突然出现的亮光和巡视者飞船发出的亮光汇合在一起，亮度陡然增加了几倍。

亮度增加的合体光线射到北极星号上面，预料中的爆炸并没有发生，被击中的4艘北极星号依然稳稳地向前行进，没有任何变化，仿佛这4道光线只是普通亮光而已。

众人正在疑惑中，一艘外形和歼90有几分相似的蓝色飞船出现在巡视者飞船边上，和巡视者的飞船保持着相同的速度，并列航行。

"毁灭者大人。"巡视者恭敬地说道。

"巡视者，你竟然不把大星区文明的命令放在眼里，肆意攻击毁灭低等文明，而且还是一个恒星级文明，若是我上报，哼。"蓝色飞船里被巡视者称为毁灭者的生物不满地说道。

"毁灭者大人，我只是教训他们一下罢了，他们竟然敢携带母虫进行星际航行。"

"他们只不过是一个刚刚进入恒星初期的文明，对银河系的情况一无所知，即使携带了母虫，你也只需要把母虫消灭即可，为什么还屠杀他们大量的子民？"

"毁灭者大人，一个低级文明而已，教训一下有什么了不起，对他们来说这是好事，让他们提前知道宇宙的残酷。"

"好了，这里没你的事了，你马上赶往LHZDE123号恒星查明具体情况，然后通知我。"

"是，毁灭者大人。"

巡视者不甘心自己的游戏被打断，但是对方的职务比自己高一级，即使自己的母文明比毁灭者的母文明要强一些他也不敢乱来，大星区文明定下的规则没有人敢违抗，虽然自己连大星区文明生物都从未见过，但是听说自己的文明首脑见到大星区文明生物，都不得不低下高贵的头颅。

众人默默地等待，不敢有丝毫举动，生怕走了一头恶狼，又招来一只猛虎。全息光线闪烁了一下，一个新的生物影像出现在众人面前。

"谁是文明首脑？"这个生物终于发声了。

"您好，我是人类文明的首脑。"首领再次躬身说道。

"你好，我是本星区的毁灭者。"

"毁灭者大人，欢迎您的到来。"

"不用叫我大人，我只是一个小小的毁灭者，还不够资格被称为大人。"毁灭者竟然做出了一个自嘲的笑容。

"毁灭者大人，我们不知道做错了什么，但是我请求不要再杀戮我们的民众了，他们是无辜的，这一切都是我的责任。"

"哦，放心，我没有巡视者的嗜杀爱好，我们的文明是一个爱好和平的文明，现在我只是执行大星区文明的命令，清理你们母行星系的虫族，并告知你们银河系的基本情况，然后你们就可以离开了。"

"银河系的基本情况？"

"是的，事情要追溯到两百多万年前。那个时候，你们的祖先还在茹毛饮血，智力未开，而银河系却已经开始了灾难。"毁灭者沉思了一下，开始了阐述。

第 4 章　银河往事

大约 230 万年前，那个时候，银河系的文明远不止现在的数量，几十亿个文明在银河系角逐，互相征伐，争夺领地，整个银河系到处都是战场，每隔一段时间就有文明毁灭，同时也会有新的文明加入战争。

在几十亿个文明中，绝大部分是行星级文明，他们还没有能力大规模介入战争，而作为银河文明体系的中坚层——恒星级文明、星系级文明以及小星区文明，他们才是这场战争的主体。

在银河系发展的上百亿年时间内，从来没有过这么多文明同时存在过，以往的高级文明想要找到另外一个文明，都要花费很大的精力，才有可能发现其他文明存在，整个银河系显得相当空旷，争夺地盘和物质的事情也少有发生。

但是不知道从什么时候起，文明仿如雨后春笋般地冒了出来，据不完全统计，最高峰的时候，银河系的文明数量可能超过百亿。平均二三十颗恒星就会产生一个文明，即使是环境最恶劣的行星都有文明诞生，类似于你们太阳系这种多行星系统的，两个三个文明甚至更多文明同时出现，可想而知这是一个多么可怕的密度。

虽然平均每个文明能占有一二十个行星系，但是别忘了银河系中原本就存在的老牌文明，这些文明经过了超长时间的发展，很多都进入了小星区文明阶段。

他们占据了大量资源丰富的行星系，新生文明为了发展，不可避免地和老牌文明发生碰撞，不光如此，新文明之间，新老文明之间，也是战争不断。

文明一旦达到星系级，就拥有了毁灭恒星的能力，小星区文明捉星拿月宛如囊中取物，恒星更可以被拿来作为武器使用，在战斗中，不断地有恒星被打爆，整个银河系变得极为混乱，到处都是战场。

战争陆陆续续进行了不知道多少年，这中间，甚至有大星区文明出手的时候，那真的是毁天灭地，震动整个银河系，好在大星区文明出手的时候非常少，不然可能银河系都已经不存在了。

大星区文明的真正恐怖之处没人知道，也没人敢去尝试惹上大星区文

明，不过整个银河系的大星区文明非常非常少，可能不到十个，都是从银河系诞生之初就产生的老牌文明，他们大多居住在靠近银河之心的地方，非常低调，既不扩张也从不主动与其他文明发生冲突，除非其他文明招惹。

行星级文明是基础，数量最多但是实力低下，恒星级文明数量也多，但是大多数扮演着宇宙探险者和开拓者的角色，主要活动范围还是在母行星系和周边十几光年的范围内。

星系级文明对宇宙有了一些了解，开疆拓土，压榨低级文明，控制范围可达上百光年甚至更多，到了小星区文明后，已经不能用势力范围来描述了，他们或许只占据了几个行星系，但是他们的实力却是恐怖的，银河系中的小星区文明数量有一百多个。

小星区文明之上是大星区文明，大星区文明的实力到底强到什么地步没人知道，听说在大星区文明之上，还有更加恐怖的星河级文明，不过见过星河级文明的人没几个，也没人知道星河级文明的实力。

230万年前，战争进行到白热化阶段，越来越多的小星区文明介入战争，银河系中到处都是战争的火光，到处都是毁灭的阴影，大量行星级文明还没明白宇宙是怎么回事，就消失在恒星爆炸强暴的粒子射线中。

银河系的文明数量急剧下降，在这个时候，虫子突然通过高维通道降临银河系，和地球不同的是，那个时候的虫子是多个单位的量同时降临，而不是像地球一样，你们抵御了20多年，才降临了不到半个单位的虫子，一个单位大约是总体积相当于你们地球大小的虫子。

那个时候才是真正的无穷无尽的虫海，多个单位量的虫子降临到每一个行星系，而且是直接降临高阶虫，银河系一半以上的行星系都被虫子占据，行星级文明只能活生生地变成虫子的口腹之食。

恒星级文明开始逃亡，大部分也被进化的虫子追上绞杀，你们地球降临的是最低阶的母虫，算是幸运的，那些真正高阶虫，一条就能毁灭你们。

母虫没有什么攻击力，也没有星际飞行能力，但是数量却是最多的，母虫通过相互吞噬或者吞噬其他物质后会诞生出各种高级别的变异虫。

高阶虫的能力远远超过母虫，超过五阶的虫子就具备了星际航行的能力，我亲眼见过超过二十阶的高阶虫，它们以行星为食，拥有毁天灭地的战斗力。

没有人知道虫子是哪里来的，也没有人知道虫子的目的，整个银河系都变成了虫子的农场和餐厅，文明之间终于放下仇恨开始一致对虫子展开攻击，然而虫子不断进化，数量和力量也不断增加。

抵抗收效甚微，文明的数量再一次下降到不足一亿。照这个速度下去，用不了几万年，银河系将成为虫子的天下。

在这个时候，大星区文明终于出手了，出手的五个大星区文明展现了强大的实力，舰队在一夜之间进攻了大半个银河系，不过虫子的数量实在太多了，即便强如大星区文明，面对无穷无尽的虫团围攻，依然损失惨重。

最后大星区文明只得集结重兵，重点扫清高阶虫群，此时的大星区文明也已经元气大伤，无力再和虫子进行大规模的战斗。

最终大星区文明召集了所有小星区文明和星系级文明来共同战争，清扫了半个银河系，最后在银河系中心附近的超长战线上与虫群进行胶着战。

虫子似乎也被攻击得害怕了，大星区文明不再出手，虫子也很少有大规模高阶虫突破防线的情况出现。

后来大星区文明以其强大的实力整合了上百个小星区文明建立了银河联盟，用联盟内万亿的智慧生物帮助思考解决虫灾的方法，但是两百多万年过去了，所有的方法都没有见效。

按照大星区文明的意思，低等级文明不在联盟体系内，自由发展，即使发生战争大星区文明也不会插手，每个文明的演化轨迹不一样，保持文明的多样性，才有可能在其中出现解决虫灾的办法，据传这也是那个星河级文明的意思。

所以你们离开太阳系进入宇宙后，时刻都有被消灭的危险，当然，如果你们有实力也可以消灭别的文明，一直等你们成长到小星区文明，才有资格加入银河联盟，到那个时候也才可以算是勉强安全。

不过一万个普通文明里面也难以出现一个小星区文明，不然也不至于银河系文明百亿年中成长到小星区文明的才一百多个。

文明的成长需要历练，不可能每个文明都有资格成长，大星区文明不会干涉文明的成长过程，更不会对低等级文明出手，任由你们自由发展。

毁灭者滔滔不绝地说了很久，最后才说到了重点，大星区文明是想从这些低级文明中找到消灭虫子的办法，每个文明的发展轨迹不一样，所以应对虫子的方法自然不会相同，指不定就有哪个文明能彻底消灭虫子。

"毁灭者大人，太阳系的虫子从高维通道而来，银河系其他地方的虫

子也是这样吗？"首领小心翼翼地问道。

"是的，不同的是银河系其他地方的虫子都是整个单位投送的，既有高维通道，也有高维气泡，无论是通道还是气泡，投送的虫子数量都是你们无法想象的。"

"那现在银河系的另一边是什么情况？"

毁灭者闭上了大眼睛，只说了两个字："地狱！"

"连伟大的大星区文明到现在也没找到虫子的来源？"

"没有，维度科技太过复杂，大星区文明也没有完全掌握，单单从维度科技上来说，虫子的技术远远超过大星区文明，所以大星区文明至今也无法通过维度通道来溯源，不过我听说那个流浪的星河级文明倒是说了一个虫巢可能存在的地方。"

"是哪里？"

"深渊！"

"深渊？"

"是的，不过那个地方好像并不在银河系，也没有任何文明能够涉足，即使连伟大的星河级文明，谈起那个地方都讳莫如深。"

第 5 章　分道扬镳

"毁灭者大人。"

"好了，不要再问了，我已经说得够多了，原本我只需要告诉你们银河系的基本情况，让你们多一丝生存的机会就可以，现在我要赶去太阳系处理虫子的问题。你们自便吧，祝你们好运。"

"谢谢毁灭者大人。"

"再见。"

全息影像闪烁了一下，毁灭者的身形消失，远方，蓝色的飞船也完成了转向，化为一道流光顺着巡视者的方向急驰而去。

舰队在不到半小时的时间内损失了 16 艘，居民 8000 多万，面对这个巨大的损失，首领和众人只得强忍悲痛，收拢舰队，安抚惊慌失措的民众。

好不容易把一切安排妥当，舰队也缓缓地停了下来，众人再次围坐在一起，静静地等候首领的指示。

"同志们，遭遇此劫，我想有必要重新调整原本向巴纳德星前进的计划了，现在我们从毁灭者和巡视者的话语中来分析一下，我们即将面对的形式，这一点非常重要，它将决定我们的生死存亡。"首领缓缓地说道。

"首领，"徐院长说道，"按照巡视者和毁灭者的说法，银河系中的文明远比我们想象的要多，高等文明的数量恐怕超过百万个，而我们只不过刚刚踏入恒星级初期而已，遇上任何一个恒星级文明对我们来说都是灾难。"

"首领，"防卫部长罗志高面色凝重地说道，"我们的战力孱弱，如果我们和其他文明发生冲突，后果不堪设想。"

"所以我们的目的地要重新做出规划，如果巴纳德星是某个恒星级文明或者更高等级文明的势力范围，那我们再跑过去无异于羊入狼群。"

"那首领，我们现在该怎么办？"罗志高问道。

首领缓缓地站起来，环视着众人，充满血丝的眼睛紧紧闭上，随即又慢慢睁开，十几个小时的时间，首领仿佛苍老了十岁。

"同志们，我实在下不了这个决心，但是又不能不做出这个决定，我的决定是，分开走，舰队一分为三，分散行动，不过这一分开，我们还有没有重聚的机会，就难说了。"

"首领。""首领。""首领。"

"我知道大家想说什么，也知道大家无法接受，不光是你们，还有我们十几亿民众，可能也同样无法接受，但是大家冷静下来好好思考一下，我们现在所面临的局势，我们只有分散开来，才不至于一步踏错全军覆没。"

大家都沉默了，每个人都尽量平复自己的情绪，作为一个上位者，做出任何决定都不能掺杂情绪的成分，否则极有可能酿成灾难，尤其是现在这种决定整个民族命运的时刻，情绪必须要被剥离。

"首领，您是对的，但是，该如何分开走呢？"思索再三，罗志高问道。

罗志高终于问出了众人最想问却不敢面对的难题，如果分开，可能永远没有相聚的机会，这一分别，极有可能是永别。

"我们并不是简单地分开逃走，而是分成三种模式来发展我们的文明，现在我们还剩234艘北极星号，分成三队。第一队由罗志高带领50艘北极星号，文明的发展模式是以战争和掠夺为主，在保存自己安全的前提下尽可能多地掠夺别的文明科技和资源，这是一条冒险之旅，所以由罗志高带领，和你敢打敢冲的性格相符。"

"第二队我思考再三，由胡宇将军带领100艘北极星号，文明的发展模式是稳中求进，能掠夺就掠夺，能和平就和平。剩下的84艘北极星号由我带领，文明的发展模式是保守型，在保证自己绝对安全的前提下才会发展，只求保存文明火种，大家明白了吗？"

"我同意首领的意见。"徐院长点点头同意道。

"首领，这么重大的责任，我怕无法胜任。"胡宇略有心虚地说道。

"不，胡宇将军，我绝对不是临阵点兵，其实在我们离开地球之前，这种情况就已经在我的考虑中了，只是没想到真的发生这种情况而且来得这么快。把舰队交给你来带领，我是经过深思熟虑的，你胆大却精于思考，能冒险却能把危险程度降到最低，粗中有细，有勇有谋，由你来带领绝对是最合适的人选。"

"可是，首领……"

"胡宇将军，不要再推脱了，我已经决定了。"

"好吧，我一定完成任务，首领。"

"舰队的分配倒是比较简单，在登舰的时候为了照顾居民关系，都是让民众以亲属关系或者地域关系集中安排的，要分开的话不会有太大问题，况且只要我们认真地给民众解释清楚，做好思想工作，他们会理解的。"

"剩下的，就是我们这些人该怎么分配了，老伙计们，我们一起共事多年，这些年大家一起齐心协力抵御虫族，我实在不忍心就这样和大家分开，而且人一旦上了年纪，就越不想离开熟悉的朋友，但是为了我们的文明，为了我们的民族，我们不得不分开。"

"首领。""首领。"众人叫道。

"好了，还是让我来分配吧，李文飞，方新云，你们俩跟着罗志高，带领三分之一的科技人员；吴海峰跟着我，我老了，需要一位年轻的将军来主持大局，吴海峰的性格也比较适合我这一路的发展模式，我们也会带走三分之一的科技人员；胡宇将军一路就由徐院长你们跟着吧。"

"全听首领安排。"

"首领，"徐院长缓缓说道，"我老了，还是和您一道走吧，胡将军一路有曾昭远院士和肖一院士完全可以胜任。"

"院长。"

"院长。"

"好了，不要怀疑自己的能力，你们远远超过我了，完全可以胜任科技方面的主持工作，我真的老了，再跟着你们只会耽误事情，再说了，我和首领一起工作超过半个世纪了，现在我们都老了，在一起也算是个伴儿吧。"

徐院长望向首领，两位老人都已经将近百岁，为了民族操劳半生，鞠躬尽瘁，白发苍苍，皱纹也爬上了额头。首领点点头，同意了徐院长的意见。

"诸位，分开之后，大家自行发展，不过请大家一定不要丢弃了我们中华民族的精髓，如果有可能，我们还有见面的机会，希望大家都能活下来。"

"首领放心，即使分开了，我们也必然会延续民族的精神。"罗志高和胡宇保证道。

"嗯，有你们在，我放心。"首领点点头，"现在我宣布一个重要事情，我们的长河计划，可以开始了。"

"什么长河计划？"

"肖院士，你来说吧。"首领微笑着看向肖一院士。

第 6 章　长河落日

一旁一直没有说话的肖一院士神秘一笑，作为科学院生物学方面的顶梁柱，肖一院士的贡献数不胜数。十几年前，肖院士奉命执行长河计划，经过了多少个不眠之夜，废寝忘食，终于顺利完成任务。

"诸位，今天这个秘密终于到了公开的时候了，我以为它将跟随我一起逝去，永远不再启用，虽然我很早以前就建议首领启用长河计划，但是首领有太多顾虑，而且涉及的问题也是非常多，不过现在，我们可以抛开所有的顾虑，一切为了中华文明的延续。"

歇了一下，肖院士继续说道，"几千年来，尤其是最近几个世纪，制约科技发展的最大障碍就是人才不足。因为我们人类短短不到百年的寿命，需要花费几十年的时间去学习，等学习到差不多了，却发现自己已经老去，生命走到了终点。这不得不说是人类发展的一个重大遗憾。"

"是啊，肖院士，如果我们的科学家多活几十年，那将是完全不同的局面，可惜啊。"胡宇感叹道。作为一名弃文从武的军官，胡宇对这些事情有着多于常人的感慨。

"不过，从现在起，这种事情不会再发生。"肖一院士大声说道。

众人你望着我，我望着你，完全不明白肖一院士所指是什么意思。

"好了，肖院士，你就别卖关子了，大家都等不及了。"首领微笑着说道。

"是，首领。"肖院士点点头继续说道，"同志们，在和虫子战斗的过程中，虽然我没有从生物学角度提供给大家多少帮助，但是我却从虫子的基因中，发现了一个特殊片段，我试着按照这个片段的组合方式对小白鼠的基因进行改造，经过改造后的小白鼠身体素质大大提高，而且原本就已经到老龄阶段的小白鼠，停止了老化过程，一直活到现在，用某种话说，它接近永生了。"

"什么！！！"

"大家不要激动，听我继续说，10年前，在首领的特殊授权下，我对自己的基因进行了改造。"

"肖院士，你！！！"曾院士惊叫道，同为做研究的院士，曾昭远知道这种试验的风险。"曾院士，你放心，我很好。"肖院士微笑道，"同志们，自从我对自己的基因进行改造后，让我得到了更加准确和可靠的数据，改造后我的身体变得非常健康，新生的细胞和死去的细胞始终保持在一个平衡的状态。"

"肖院士，你的意思是，我们永远不会再老了？"罗志高有些兴奋地说道。

"同志们，经过了十年，我把自己的细胞和十年前的对比，只有微小的变化，按照这种变化，人类的寿命起码可以达到百万年。而且现在我还不能确定这种变化就是老化，有可能只是细胞更迭过程中的正常波动，毕竟时间太短没有办法比对更多的样本。"

"那肖院士，改造过程麻烦吗？"罗志高问道。

"不麻烦，只需要服用一颗药丸即可，这种药丸生产起来非常容易。原本这瓶药丸应该在实验室中绝密封存，不过现在情况特殊，我只好随身携带。"肖院士从兜里摸出一个小瓶子给大家观看，里面有几颗黄色的小药丸。

"同志们。"首领看了看众人有些期待的眼光，慢慢说道，"等我们分开后，大家各自研究具体该如何使用这种基因药，以及应对这种药物可能会出现的问题。"

"首领，您放心，我们一定会处理好这些事情的，现在我们分开了，该往哪儿走呢？"胡宇问道。

"大家都知道，我们太阳系处在银河系靠近边缘的地方，但是我们不知道大星区文明和虫族的战线界定在哪儿，在我们的左边或者右边，都有可能是虫灾区，但是这个距离肯定还比较远，不然巡视者和毁灭者不会出现在这里。所以我建议你们两队背向而行，向银河系两边扩散，在力量足够强大之前尽量避免向银心行动，而我则会带领这一队向着银河系边缘行动，在那里或许物质最为匮乏，但是安全性会更高，民族的火种才能得以保存。"

"是，首领。"

"同志们，大家一定要想尽办法发展自己，我相信有朝一日，我们的文明一定能响彻银河系，整个银河系都是我们可以肆意驰骋的天地，甚至走出银河系，迈向整个宇宙，那个时候，我们再相聚，一定是另一番局面。"

"首领放心，我们一定不会辱没了民族的名字，等到那一天，我们一

定重回太阳系，重建地球，一起欣赏'大漠孤烟直，长河落日圆'的美景。"胡宇自信地说道。

"好，同志们，此地已经被高等文明注意了，我们不宜久留，虽然不愿意，但是我们还是越早离开越好，现在就是分别的时候了，大家各自保重，再见了。"

"首领！"

"首领！"

每个人的泪水都不知不觉布满了眼眶，离别的悲伤让不少人低声哭泣，大家相互拥抱，依依不舍，这一别，或许就是永别了，即使再见面，也是十万年后的事情了。几十年来，大家相互配合，共同抵御虫族，一起患难的感情是没办法估量的，那是最真挚的情义，虽然这是工作，然而谁敢说这不是民族的感情。

"去吧，去吧，同志们。"首领含泪挥别众人。

大家一步一回头，望着白发苍苍的首领，内心又一阵绞痛，这些年，首领付出得太多了，连身体都有些佝偻，但是为了整个民族，首领还将在很长一段时间内带领第一队在银河系中求得生存，保存民族的种子。

第 7 章　再次起航

胡宇迈着沉重的步伐走进了 5 号北极星号的主控室，身后跟着一大堆军官和高级官员。

军官和官员们都在静静地等待胡宇的命令，有太多的事情需要协商处理。尤其以目的地最为主要，如何选择一条合适的路线，这点就足够大家伤脑筋了。

"同志们，首领建议我们沿着当前银河系半径的轨道运动，但是具体怎么走还是需要大家研究，毕竟我们的物资和能量有限，必须在尽可能近的星系得到补充，而且关键一点，我们的战斗力非常有限，在找到合适的星系后战斗力必须优先发展起来，有了战斗力才能继续前进。"

"将军，目前银河系中文明太多，我们无法知晓前进路线上是否安全，两个文明相遇，发生战斗的可能性要按百分之百来考虑。我建议，先发射出一批高速的探测器，让舰队与这些探测器至少保证半年的路程，这样我们才有回旋的余地，这一点不难做到。"曾昭远院士说道。

"曾院士说得在理，院士，我们前进的第一站该选择哪里，有什么建议？"胡宇问道，曾院士作为物理学方面的权威，在天体物理和高能物理方面都有很深的造诣。

曾院士低头沉思了几秒："将军，我们去天仓五，距离大约 12 光年，我们的能量足够支撑到，根据以往的观测，天仓五至少有 5 颗行星，且不论这些行星是否宜居，至少能作为跳板，为我们补充到足够的物质和能量。"

"12 光年？差不多需要 40 年的时间，舰队的能量倒是足以支撑，但是万一天仓五有其他文明存在呢？"胡宇有些担心地问道。

"这个无法百分百保证，但是以我们的科技水平，必须要找到合适的行星才能得到补充，所以说，这个风险是必须要冒的。"曾院士说道。

"曾院士，我们之前的观测可能有很大的误差，恒星拥有的行星远比我们观测到的要多，不然不可能出现毁灭者所说的数百亿文明。"

"或许吧，如果天仓五不能去，我们可以立马转道鲸鱼座 UV 星，它们相距较近，如果这两个行星系都被其他文明占据，那我们只能再想办

法，转向其他星系，那个时候，我们可能就要过一段穷日子了。"

"那好，就去天仓五，现在我们在这里闭门造车也没有任何意义，只有走出去才有出路，车到山前必有路，大家的意见呢？"

"同意。"

"同意。"

……

众人附和道。

"通知舰队做好准备，准备出发。"胡宇命令道。

众人离开去准备了，只留下胡宇，曾昭远院士，肖一院士三人。

"曾院士，我还是有点担心，万一……"

"将军，这可不像你当年的风采啊，我记得，那个时候你还是个小小的团长，却有一股敢打敢冲的勇气，怎么到现在却多了很多犹豫啊。"曾院士笑道。

"院士，当年我只是一个小兵，大不了就是自己的小命不要了，可是现在我每走一步都如临深渊，如履薄冰，否则跟着我送命的还有几亿民众啊，我现在终于理解首领的不容易了。"

"将军，你会是一个优秀的领导者的。"

"那两位先去忙吧，我开始准备起航工作。"

曾院士、肖院士两人离开，一路并排走向自己的办公室。

"嗯，不错，很有几分首领当年的风采。"路上，肖院士对曾院士说道。

"你是说胡宇将军？"

"十几年前我第一次见到胡宇将军的时候，他才20多岁，就已经是上校团长了，不得不说，他是一个非常优秀的小伙子。既然他是首领委任的领导者，我们要相信首领的眼光，也要相信自己的眼光，我相信他会是一个和首领一样的优秀领导者。现在我们的文明模式发生了改变，在未来，一切的一切都必须以军事和科学为主导，军事方面不需要我们操心，他会处理好一切，但是科技方面我们得费点心，必须全力辅助，不然就对不起首领，对不起亿万百姓了。"

"嗯，这一点是肯定的，科学方面我们两个必须把这个担子挑起来，为了我们的民族。"

两人边走边决定了未来的工作方向，如果胡宇知道这两个科学界的泰山北斗如此费心，一定会非常感动，科学这个重担如果没人能真心挑起，那文明的发展将举步维艰。

主控室里，AI 设定好航线以及行进速度等相关数据，经过了半个小时的紧张工作，数据终于设定完毕，胡宇把路线传给首领，请求起航。

首领轻轻地微笑着点点头，只说了两个字："保重！"

胡宇含泪告别，舰队喷射出巨大的蓝色火焰，缓缓地离开，胡宇明白首领的心情，短短两个字，包含了首领的不舍、担忧、牵挂、倚重……从此以后，胡宇将带领这 100 艘北极星号，航向遥远的星空深处。

舰队再次开启了加速，加速到 0.3 倍光速需要将近十年时间，护航的歼 85 编队在胡宇和罗志高的强烈要求下全部留给了首领，现在舰队的防御力量只有北极星号携带的 8 万架歼 90 战机。

胡宇朝着前进方向发射了几台小型的探测器，这些探测器携带的能量足够加速到 0.5 倍光速，能早十多年到达天仓五查明情况，给舰队以足够的反应时间。

接下来，除了默默地等待，就是处理舰队的内部事情了。首先，科学院是重中之重，必须马上着手建立起来，不过胡宇始终不认为自己这一支舰队是独立的，自己只不过是执行首领授予的重任，科学院只有首领的舰队才有资格叫。在胡宇的强烈要求下，曾昭远院士和肖一院士也没有强求，最后大家统一意见，就叫科学院。

科学院下辖多个分部，生物、物理、材料、武器、战争等等，每个分部下面又细分为多个分支，比如物理分布就有天体、能量、粒子、电磁等上百个分支，随着科技人员的充实，这些分支还将分得越来越细。

除了科学院的事情，第二重要的就是基因改造了，当胡宇把消息通过官方渠道发布出去的时候，不得不说，整个舰队都沸腾了，不过胡宇并没有打算轻松地就把基因药物发放出去，趁这个时机好好地进行一下学习何乐而不为。

第 8 章 太阳落幕

舰队在星空中毫无波动地前进，此时已经距离太阳超过 1000 个天文单位，约合 6 个光天，而且这个距离将会随着时间的推移呈加速增长状态，人们在这段时间里也有了自己的工作，那就是学习。

舰队科学家一分为三，各个学科都欠缺人才。到达天仓五还有一段时间，刚好可以利用起来，除了各种学科知识，一些基本技能人们也必须重新捡起来学习，星际空间是一个巨大且残酷的熔炉，知识和技能就是在这个熔炉里活下去的关键。

首领和罗志高的舰队也早已经出发，彼此相距越来越远。这一天，胡宇正站在大屏幕前和几个天文学家一起商讨绘制银河系星图的具体方案，突然警报响起，胡宇连忙命人查看原因，在星际航行时任何一点事故都有可能造成舰毁人亡。

"报告将军，舰队受到超强辐射。"一个参谋报告道。

"舰队只有少部分仪器受损，我马上通知相关人员赶去修复或者更换。将军，幸好我们使用了虫子体内提取到的蝉元素，用蝉元素混合其他材料做成的装甲层，虽然只有几公分厚，但是对于宇宙射线和各种高能粒子的防御真的非常有效，加上所有战舰本身都有环形磁场设计，我们才能在这种高强能量风暴中存活下来。"参谋心有余悸地汇报道。

这种高强度的辐射虽然看不见摸不着，但是其拥有的破坏力绝对不亚于一颗超级核弹近距离爆炸，如果没有有效的防护，整个舰队顷刻之间就会完蛋。

"怎么突然之间有这么强的宇宙辐射？查明辐射来源没有？"胡宇问道。

"将军，辐射来自地球太阳系方向，我怀疑……"

"怀疑什么？"

"是太阳出问题了。"

"什么？马上进行观测。"胡宇命令道。

15 分钟后……

"将军，太阳，不在了。"参谋略有忧伤地汇报道。

"确认吗？"

"确认，将军。请看，刚刚观测到的6天前的影像，太阳已经消失不见，水星、金星、地球等都已经淹没在太阳爆炸的光芒中，天王星、海王星等则沿着轨道切线飞走了。太阳系，不复存在了。"

胡宇从影像上看到，天王星已经不再是圆周轨道，而是直线飞行，照此下去若干年后，它可能被一颗新恒星俘获，重获生机，也有可能一头撞到其他行星或者恒星，从此烟消云散，成为其他星体的养料。

太阳，这颗年轻的恒星，就这么没有了，原本它可以在百亿年后才缓缓熄灭，走完漫长的一生，而此刻它却在一瞬间把所有的能量释放出来，以一种壮烈的方式提前结束了一生。

不用想，肯定是巡视者和毁灭者为了消灭入侵太阳系的虫族，打爆了太阳，凭他们都是小星区文明的实力，打爆一颗恒星不过是信手拈来的事情，利用太阳爆炸的超强能量来毁灭整个太阳系内的虫子的确是最为简单高效的方法。

都是该死的虫族，如果没有虫族入侵，人类原本可以在太阳系安安静静地发展科技，安居乐业，不会沦落到成为一个流浪文明，前途未卜，生死未卜，太阳也不会遭此劫难，提前落幕。

人类从古至今都对于太阳有着一份特殊的感情，是太阳无私地把热量送往大地，万物才得以生存，即使到了现代，人类对太阳的依赖仍然无法隔绝，太阳如同母亲一般润泽万物，如今却提前谢幕，不得不让人感到悲痛。

"砰"的一声，胡宇紧握的拳头重重地砸在桌子上，此事还怪不到巡视者或者毁灭者头上，一切都是该死的虫子。

"我胡宇发誓，总有一天，要将你们杀得一干二净。"

胡宇站起身来，走到厚厚的舷窗边上，星幕上，那一颗原本最耀眼的星星再也找不到了，只留下一块漆黑的背影。若干年后，太阳爆炸遗留的星云物质有可能再度聚集，不过由于太阳本身质量偏小，爆炸后物资分散到广漠的空间，即使有一部分再度聚集，也无法达到点燃核心的质量，最大的可能就是星云物质随机扩散到更远的宇宙空间，千万年或者上亿年后到达其他恒星附近被星体俘获。

第 9 章　曲率航行

"院士，巡视者或毁灭者仅仅凭借一艘飞船就能毁灭太阳，这种力量让我感到很恐怖也很迷恋，以我们现在的情况，任何一个有着星际战争经验的文明都能碾压我们。所以我们必须尽快地发展自己的科技，尤其是战争方面的。"

"将军，这些年来受到虫族的袭扰，我们的科技一直没有太大的进步，进入星空以后，反而让我们有了大量的精力来进行科学研究，只不过舰队条件有限，很多需要试验的东西没有条件进行，所以进展不太理想。"

"一切都等到了天仓五才能解决，对了，院士，您一直致力于曲率航行的研究，目前到了什么阶段了？"胡宇问道。

"很好。"曾院士神秘一笑。

"很好？院士，很好是什么阶段？"胡宇着急地问道，自己原本也是做研究的，对于新鲜科技依然非常有兴趣。

"哈哈，将军，你可知道曲率航行的基本要素是什么？"曾院士依然不紧不慢地反问道。

"这个，院士，您知道的，我那点东西早就还给老师了。"

"好吧，那我就啰唆一下，先给你讲讲曲率航行的基本要素，不然你一会儿还得问我，我干脆先给你普及一下。经过我多年的研究，发现曲率航行的基本要素是空间密度。"

"院士，空间有密度吗？"

"这个密度当然不能用常规意思来理解，而是三维空间的翘曲程度的一种描述，曲率越大，表示空间被弯曲压缩得越厉害，我把它描述为空间密度增加。"

"原来如此，院士，我明白了。"

"嗯，曲率航行的基本原理在于空间密度小的地方有向空间密度大的地方运动的一种趋势，从而带动空间内的物体一起运动，即使这种运动方式超越光速，也不违反狭义相对论。因为它是空间的运动，不是物体的运动。"

"院士，我们现在的研究到了哪一步了，什么时候能达到应用阶段？"

"哈哈，不用着急，听我慢慢说，从虫族的身体上，我们提取到了大量的蝗元素，而在单个蝗原子中，我们发现了固态的能量体，这种固态能量体为什么会存在我们还无法解释，我们无法单独把这种固态能量从蝗原子内提取出来，只能把蝗元素按照一定的规则重新排列，达到一个非常密集的聚合物状态，然后对蝗元素聚合物供能，当能量达到一定级别的时候，毫无动力的模型飞船移动了。"

"实验室中已经实现了曲率前进？"胡宇兴奋地说道。

"是的，将军，十年前我们就达到这一步了，当时你的权限不够，所以不知道这些，现在我们的研制进度已经能驱动类似于歼90这样的小型飞行器进行曲率航行了，但是速度嘛，比我们走路快一点。"说到这，曾院士也不好意思了，曲率航行的进展没有达到期望中的层次。

"这么慢？"胡宇有些失望了。

"是啊，我们一直没有找到赋予蝗元素聚合物更高能量的方法，或者换句话说，我们目前所能掌控的能量等级还不够。"

"就没有其他方法吗？院士，如果我们能拥有曲率航行的技术，就能结束这漫长的旅途，早日到达我们想去的任何地方。"

"很难啊，我做过一个大概的估算，如果要让一艘北极星号用0.5倍光速进行曲率航行一年，需要消耗其同等质量三到四倍的能量，弯曲空间的能量利用率太低，大多数都散发到虚空中，本来我们的磁力线定向控制课题已经到了关键的时刻，随时都有突破的可能，不过现在攻关小组也一分为三，课题研究必须重新选定人员，唉。"

"磁力线定向控制？难道是……"胡宇惊喜地问道。

"没错，就是对磁场进行定向控制，能量无影无形却真实存在，普通设备无法有效地对能量进行约束，一旦磁力线定向控制得以实现，我们可以用磁力线编织成一个巨大的网，把能量牢牢地网在其中，这样就可以实现对能量的精准控制，不断地对网中注入能量使其能级提高到足够驱动大型飞船。同时，反物质的存储也更加高效简单，反物质武器也会水到渠成地制造出来。"

"真的？院士，那，还要多久才能突破？"胡宇激动地说道。

作为一个职业军人，对武器的渴望是其他人无法理解的，尤其是现在这种光杆司令的状态，手头能作战的只有区区8万多架歼90战机，拿得出手的武器也就是歼90装备的高能粒子束武器和北极星号携带的数量有限的超大当量聚变弹。

在经过了和巡视者会面的过程后，胡宇更加感觉手头这点武器和烧火棍差不了多少，没有趁手的家伙，心里就没有底气，如果反物质武器能掌握，那无疑多了一张保命的底牌。

"哈哈，将军别急，你也知道，学术研究不像垒砖砌瓦单单靠磨时间就可以的，不过我有把握，在到达天仓五的时候，应该可以解决所有难题，进入应用阶段。"

"太好了，院士，到时候，我们把方案分享给首领和罗部长，这样大家也都会更加安全一点。"

"那个，老胡，可能有问题。"总参谋官文中华说道，作为几十年的老伙计，文中华主动要求和胡宇一队行动，现在担任舰队的总参谋官。

"什么问题？"

"老胡，刚刚我查看舰设备损坏情况的时候也尝试着联络首领的舰队和罗部长的舰队，都是毫无反应，我想应该是太阳爆炸的超强辐射和粒子流破坏了量子的纠缠态。"

"换用电磁通讯，一定要联系上首领。"胡宇急切地说道。

"老胡，我们和首领的距离超过 10 亿公里，电磁通讯在舰队内使用都略显不足，更不要提联系首领和罗部长了，加上太阳爆炸的持续电磁干扰，现在是无法联系到他们的。"

"既然如此，那尽快建立新的量子纠缠，然后派遣无人飞船携带新仪器，急速追赶首领和罗部长。"

量子通讯不同于普通电磁通讯，电磁通讯只要双方约定好通讯协议，即使一台设备损坏，换用另一台设备接收解析也能得到信息。而量子通讯的设备是唯一的，两台设备为一组，损坏任何一台都会停止工作。

"将军，还是不用了，我想，首领也不希望你这么做。我们现在和首领相隔 10 亿公里，你还可以派遣无人机去追赶，如果将来我们相距数万光年该怎么办，首领之所以把我们兵分三路，就是让你们对未来的发展有独立的思想，而不应该事事都询问首领，否则分开还有什么意义呢。"

"老胡，我觉得曾院士说的在理，我们应该真正成长起来，学会独立，这样才不会辜负首领对我们的期望。"

胡宇沉默了，细细想来，终于下定决心，自己确实应该成长起来，宇宙凶险，未来所要面临的困境可能数不胜数，不能永远都依靠首领的决策，首领把舰队交给了自己，自己就要学会决策，学会做好一个称职的当家人。

"院士，我懂了。曲率航行和定向磁力线控制技术等科技方面的事情，还要请院士多费心。"

"嗯，我保证到达天仓五的时候，会有足够的科技供大家忙的。"

"好，院士，等我们从天仓五起航的时候，舰队绝对会是完全不同的一种景象。"

第 10 章　五号行星

舰队就这么静静地在虚空行进了 30 多年，随行的几颗小行星业已消耗殆尽，所有有用的物质都被开采提取，输送到舰队用于补充消耗，剩下不中用的岩石土壤则只能被抛弃，成为星际垃圾。

材料问题，武器问题，曲率航行问题，舰队扩建问题，等等一系列的问题需要得到解决，而这些都需要一颗行星作为基地，天仓五足足有 5 颗行星，如果没有被外星文明占据的话，人类或许能在天仓五大展拳脚，蓬勃发展。

现在胡宇最害怕的也是这一点，万一天仓五有其他文明占据，而且是恒星级文明的话，那以舰队的残余能量不得不转到鲸鱼座 UV 星，但是鲸鱼座 UV 星是一颗巨大的恒星，其体积超过太阳很多倍，由于其太过巨大，对周边的影响非常强烈，弱小的行星很难被探测，去鲸鱼座 UV 星无异于赌博，现在只寄望于天仓五是一个没有文明的行星系，即使有文明，也只能在恒星级以下。

胡宇平时除了处理舰队林林总总的大小事物，其余的时间就是站在厚厚的舰窗边，静静地看着星空。舰队的前进速度对于无边无际的星空而言比蜗牛还慢，亘古未变的恒星一动不动地挂在天幕上。

这一天，胡宇照例站在舰窗边望着星空出神。

"老胡，老胡，快来看，探路者 1 号已经到达天仓五了。"总参谋官文中华兴奋地喊道。探路者是舰队再次起航的时候发出的高速小型无人飞行器，共发射了 8 台，分别从 1 号到 8 号命名。

"天仓五一号行星，无人岩质行星，白天温度超过 800 摄氏度，夜晚则降到零下两百多，不过两个星期才自转一周，我们有足够的时间进行开采活动。"胡宇看着探路者 1 号传回来的数据说道。

"不是最理想的建造行星，不过最大的好消息是没有见到有任何其他文明涉足的痕迹，即使有也是行星级的或者根本没有达到文明层次的。再等等，探路者切入天仓五轨道的时候刚好其他行星都在另外一边，所以最先观测到的是一号行星，不过其他探路者也马上会到达其他几颗行星，很快就能有消息传回来。"

"好，那就等着。"

两小时后，探路者5号终于到达了最远的五号行星，清晰的画面通过量子通讯传回到舰队，至此，天仓五的5颗行星都探测完毕，8艘探路者中的5台分别探测其中一颗，其余的3艘探路者则飞向天仓五更远的边缘地带进行探测。

"太好了，老胡，基本可以确定了，天仓五是一个原生态的行星系，没有任何文明染指，甚至连生物迹象都没有，这下可以放心了吧。"

"呼。"胡宇长舒一口气，心里的石头终于落地，脸上不由自主地露出笑容，"中华，按照预定计划，释放卫星。"

"明白。"

卫星使用电磁轨道进行发射，由于舰队保持着0.3倍光速，所以这些卫星的速度经过了电磁轨道的二次加速后速度略大于0.3倍光速，这些卫星将会分布在以天仓五为中心，1光年为半径的范围内。

按照胡宇的计划，在天仓五要消化掉目前取得突破的所有科技，并且制造出大量的战舰和新型的居住型飞船，甚至胡宇还想和曾院士探讨一下能否驱动天仓五的其中一颗行星进行星际飞行。

海量的卫星如同蝗虫过境一般从舰队发射出去，然而这些卫星进入太空后，却像大海中撒了一把盐，瞬间找不到任何踪迹，也掀不起一点浪花。宇宙，实在太大了。

眼下最重要的任务就是根据探路者传回来的天仓五所属5颗行星情况制定最合适的开采方案和建造方案。如何建立矿场、在哪里建造什么样的工厂、生产什么样的设备和零件、要生产多少、新式舰队的建造方案、建造数量，以及在天仓五最长可以滞留多长时间、最短多少时间等一系列的问题，都必须在舰队到达天仓五之前解决，到达天仓五后就能立马开展工作，不浪费一丝一毫的时间。

385年年末，硕大的天仓五已经出现在人们的眼前，熊熊燃烧的火焰照亮了整个行星系，人们再一次感受到恒星的温暖，天仓五比太阳略小一点，但是这丝毫不影响它的强大与威严。炙烈的阳光洒遍了天仓五星系的每个角落。

看到天仓五，人们仿佛又回到了太阳系，阳光是那么美好，是那么亲切，没有经过长时间星际漂泊的人是无法理解这群流浪者此刻的心情的，仿佛离家多年的孩子再次回到母亲的怀抱。

舰队已经抵达天仓五的五号行星轨道，一颗比地球略小的岩质行星绕

着天仓五缓缓地运转着。五号行星距离天仓五大约 7 个天文单位，大概是相当于木星和土星之间的位置，属于常年冷寂的地带，温度保持在零下 150 摄氏度以下。根据探路者飞船事先采集的数据，五号行星具有极大的开采价值，也是整个天仓五星系价值最大的一颗。

由于天仓五行星系金属物质较为匮乏，一号行星到四号行星探知的矿点都非常少，反而是五号行星有着与其他 4 颗行星完全不同的极高金属含量，根据曾院士的分析，五号行星极有可能原来不属于天仓五，而是一颗外来行星。

银河系经过了百亿年的发展，早已非常稳定，所有的行星都有归属，流浪的行星少之又少，但是根据毁灭者所说，230 万年前，发生了不计其数的星际大战，无数的恒星被打爆，势必也就会出现一批无主行星在银河系流浪。

它们中只有极少数幸运儿能恰好地切入恒星轨道，成为星系中新的一员。

五号行星如果是流浪行星，倒是可以很好地解释为什么成分与其他四颗行星大相径庭，不过这个问题并不重要，是不是原居民对于胡宇来说毫无意义，胡宇需要的大量的矿产，越多越好，品种越丰富越好。

胡宇命令歼 90 全部脱离北极星号，飞往五号行星上空，五号行星并没有大气层，不过这丝毫不影响歼 90 的行动，歼 90 原本就为星际飞行而设计的，飞行根本不考虑空气动力学。8 万架的歼 90 飞抵五号行星，投下了密密麻麻的聚变弹。

第 11 章 基建狂魔

聚变弹产生的几万度高温瞬间让五号行星燃烧起来，强大的破坏力让五号行星仿佛被巨大的犁翻耕过一样，一波一波地聚变弹投下去，直到把整个五号行星都彻底燃烧了一回。这还不算，舰队还发射了上百枚动力钻地聚变弹，这些聚变弹通过高速旋转直达五号行星内部，然后引爆，让内核大量的岩浆涌上地表。

科技的力量让人胆战，仅仅一个处于恒星级初期的流浪文明几小时内就能让一颗行星彻底改变原来的外貌。胡宇之所以这样做，有三个原因，第一个最主要的原因是五号行星是开采矿产的重要行星，许多科技人员都将在行星的基地内生活，现在建造任务刻不容缓，不能再花几个月的时间进行探索研究，只能进行全面的高温清洗，以保证后期登陆人员的安全。在几万度的高温下，不可能有任何微生物或者细菌病毒存在。

第二个原因就是让五号行星内部的岩浆流到地表，五号行星存在强烈磁场，所以这些岩浆金属含量非常高，经过简单的冶炼就可以投入建造使用，非常适合舰队初期物质匮乏的局面。

第三也是由于舰队缺乏大型机械，随舰携带的小型开采机械力量有限，用聚变弹进行深耕和高温去杂，也对后期的开采有很大帮助。

耕地完成，北极星号无法直接降临到任意一颗行星上面，胡宇马上派遣登陆舰进行人员实地考察，选取最合适的基地建造点和矿场开采点。随着时间的推移，越来越多的人员和物资被输送到五号行星表面，

几座简易的冶炼塔从舰队运输到五号行星，并且优先被搭建起来，这几座冶炼塔将是一切的开始。舰队空间有限无法携带更大更多的设备，但是有了这几座冶炼塔，就能慢慢冶炼出钢铁；有了钢铁，才能制造更多更大的设备，重新建造更大的冶炼基地；而有了更大的冶炼基地，就会有更多更优质的钢铁产出，这样才是一个良性循环。

五号行星还需要忙碌一段时间才能进入正轨，胡宇把相关人员和设备统统放下去以后，带领舰队去到了天仓五的二号行星和三号行星，这两颗行星位于天仓五的宜居带上，胡宇想去看看有没有改造的可能。

几天后，大概的考察结果出来，整个天仓五不存在任何生物迹象，连

最基本的蛋白质都没有，更严重的是没有找到任何水资源，这一点让大家既有些失望又颇感欣慰。

失望的是没有生物，也就意味着人类要想在天仓五安家落户，必须付出更多的努力，而水的问题也急需得到解决，欣慰的是人类可以不受外星微生物的影响，可以安全地进行移民行动。

负责基建的人员和设备也已经输送到三号行星，基地的建造其实非常简单，只需要把舰内的模块化居民楼拆掉一部分然后运输到三号行星重新搭建起来就可以，这是在舰队设计之初就考虑到的，密封条件和防护能力完全可以在三号行星使用。

等到五号行星的第一批钢铁出炉，届时也会在三号行星建造冶炼塔。三号行星虽然金属含量少，但是不代表没有，已经探知的几个矿点的金属总量也达到了几十万亿吨，即使没有五号行星，三号行星的金属也是差不多够用的，只是要花费更多的时间和精力去进行开采和冶炼。

三号行星由于有着合适的温度，普通居民楼搭建的基地就能让人类居住，所以在未来大部分生产线都会在三号行星搭建，而环境恶劣的五号行星只能作为一个纯粹的矿场，三号行星需要搭建的工厂将会在10万个左右，用于生产各种各样的设备和零件。

10万个看似非常多，但是对于舰队而言这还是经过了几轮筛选后保留下来的缺一不可的工厂，或者说生产线。这些生产线有大有小，大的生产线可能需要几平方千米，小的则只需要几平方米就可以了。

两个月后，焦急等待的人们终于等来了五号行星第一炉钢铁出炉的消息，这是30万吨品质极好的钢材，为此五号行星还举行了一场小规模的庆祝会，以后的钢铁产量也将保持每天30万吨左右。

有了钢材，就有了发展的基础，很快，一批大型的开采设备被简易工厂制造出来。随着大型工程设备的投入，钢铁产量也不断提高，日产千万吨超大型的冶炼炉早已经在建造当中，用不了多久，生产出来的钢铁就能运往三号行星，开展更多的建造任务了。

按照航行时拟定的方案，长度达到300米的新型战舰将要生产最少50万艘，而空间更大环境更优美的居住型飞船将会达到20公里长，这种居住型飞船也需要最少建造200艘。

随着人类的最少几百年寿命的基因改造，人口呈爆炸式增加是无可避免的，而进入到宇宙时代，没有个几百亿几千亿的人口，怎么能控制和利用足够多的星系，而且人口基数越大，科技人员也会越多，科技的发展也会越来越快，这也是一个良性循环。

要建造这种大型飞船，就必须在太空零重力条件下或者在小行星开辟基地建造，命令超过 80 艘北极星号相互靠近，然后用钢铁连接起来，再在上面搭建各种设备，改造成一个个太空船坞，这样，15 个大小不同的太空船坞就在天仓五的五号行星轨道建造出来。

建造任务有条不紊地进行着，两年后，所有的基地都建造完毕。几十座百米高使用聚变能量的超大型冶炼塔矗立在五号行星表面，滚滚浓烟从塔顶喷出，散发到空中，由于五号行星没有大气层，这些微型颗粒组成的浓烟只扩散到了非常小的区域就会落回地面，钢铁的产量更是一跃达到日产千万吨。

有了钢铁的保证，几百个大型基地在三号行星拔地而起，这些基地里面是各种各样的机器设备和生产线，无数的工作人员如同蚂蚁一样在里面忙碌着，他们无一不满怀着饱满的热情和动力在辛勤工作。

第 12 章　引力炸弹

这一年，辛苦奔波的科考队也终于传来了好消息，距离天仓五 200 个天文单位的冷寂地带，发现了一颗冰球，这颗小冰球在遥远的地带绕着天仓五运转，这里没有阳光，没有热量。小冰球保持得非常好，胡宇一直紧皱的眉头也终于松开，两年来，舰队的水越来越少，尤其是工业用水非常匮乏。

科考队发现小冰球的消息无异于雪中送炭，在生物学方面确定了安全无误后，胡宇马上从任务非常繁忙的改造成运输机的北极星号中调集了两艘前往科考队所在位置，这两艘北极星号的任务是运水和运送发动机。

小冰球行星直径 50 多公里，经过初步计算其含水量达到了几百亿吨，水的问题解决了，剩下的就是按部就班地开启建造任务即可，每天都有几十万身着简易宇航服的技术人员在三号行星和五号行星的基地外忙碌。看着这一切，胡宇心里总算是安静了不少，用不了几十年，一支全新的舰队将从天仓五起航。

想到这里，胡宇又闲不住了，疾步赶往科学院，科学院也已经在三号行星落地安家，一个毫不逊色于其他基地的超大建筑耸立在三号行星，这里聚集了超过 10 万的科学家，紧张地进行着各种试验。

"曾院士。"胡宇走进曾昭远院士的实验室，开口叫道。

"哦，是胡宇将军，今天怎么有空来我这儿？"

"院士，舰队起航时，您说的曲率航行……"

"别着急，别着急，听我慢慢说。"曾院士微笑着说道，"在航行的最后两年我们就攻克了磁力线定向控制技术，并且我们立马测试使用磁力线约束能量外泄，取得了一定的效果。磁力线约束网中的能级也达到了一个新的高度，足以驱动北极星号直接进入到 0.1 倍光速，如果是歼 90，则可以直接以光速前进。"

"那您怎么没有告诉我。"

"唉，小胡同志啊，虽然这个结果已经很不错了，但是你忘记了？我们现在的新型居住型飞船是什么个头，所以这个能级还是不够的。空间曲率一是范围太小，二是曲率度太小，范围太小则是无法让大飞船移动，曲率太小则是移动的速度不够。"

"哦，我明白了，所以院士您这几年一直在继续攻关是吗？"

"是的，在舰队中，我们缺少大型的粒子加速器来进行相关试验，我正发愁的时候，一个偶然的机会让我想到，既然我们能够完美地控制磁力线，为什么不能用磁力线来打造一个无实体的高能加速器呢？"

"无实体的高能加速器？"胡宇有些疑惑地插嘴问道。

"是的，我们利用磁力线制造出一个管道，其实和普通的粒子加速器没有太大区别，普通的粒子加速器也是用磁场控制粒子在环形轨道中运动，所不同的是，我们现在不需要实体的电磁线圈了，而且磁力线所打造的管道和粒子完全契合，它甚至可以和粒子一样大，所以占用空间很小却能有非常大的运行路程，你看这个。"曾院士边说边拿出一个巴掌大的圆盘。

"这是？"胡宇接过曾院士递过来的圆盘，突然感觉如同磁铁一般的巨大吸力爆涌而来，胡宇看着自己的手掌，竟然呈现出一种诡异的扭曲现象，但胡宇并没有感觉到任何不适。

"这就是曲率引擎的样板，现在还是开启的最低功率，可别小看这个东西，它里面的磁力线管道的长度足足有10万公里，无数的粒子在磁力环形管道中高速运动，如果给它们供能到最大功率，你整个人都要被它吸住并且毫无反抗能力。"

"院士，您真是……"胡宇开心地向着曾昭远院士竖起了大拇指。

"行了，别捧我，老头子我可不经捧。我还是继续说，你这个是曲率引擎的样本，真正的曲率引擎会根据实际情况做得大很多，但是最大只会在百米左右，再大能效就会大大降低，不划算了，根据数据，这种曲率引擎足可以驱动我们未来建造的居住型飞船以0.5倍光速前进，而小一点的战舰速度将会达到3倍光速左右。"

"太好了，这下不用忍受龟速航行的苦闷了。还能更快一点儿吗？院士。"

"这是最保守的计算结果，实际应该会快一点儿，但是不会太多。"

"很好了，很好了，比起以前，居民舰的速度也快了差不多一倍了，战舰速度更是提高了好几倍，关键省去了漫长的加速时间，以前我们需要10年才能把北极星号加速到0.3倍光速，现在只需要几秒钟就行了。"胡宇激动不已地说道。曲率航行并不需要像常规航行一样进行加速，只要引擎弯曲战舰前方的空间，战舰自然向前跌落，空间的移动是超光速的，曲率越大，速度越快。

"只是，还有个问题，这些磁力引擎中的高能粒子全部都需要从虫子体内提取到的蝈元素才行，换成其他粒子效果不到一成。而且引擎中的粒子并不是永远能用，每隔一段时间，就需要进行蝈元素粒子补充，而我们的蝈元素储备是有限的，总有用完的一天。"

"那我们现在储备的蝈元素能使用多久？"

"如果全部用来航行的话，以新舰队的规模，大约可以使用400到500年。"

"这个东西不就是为航行准备的吗，难道还有其他地方要使用？"

"当然，曲率引擎弯曲空间，说白了就是制造出超大引力，而引力是有攻击效果的，我们把曲率引擎稍加改造，就是一颗引力炸弹，近距离接触释放出的超大引力会造成战舰被巨大的潮汐引力扯成碎片。除了引力炸弹，我们战舰也不再需要依靠旋转来获得模拟重力，只需要把曲率引擎铺设到战舰底层，开启小功率就能获得重力效果，这些都需要消耗掉宝贵的蝈元素。尤其是战争，万一我们和其他文明遭遇，那个消耗将是无底洞，用在重力方面的消耗倒是可以忽略不计。"

"这东西还有这种效果？"

"当然，引力炸弹的厉害之处在于无视防御，即使防御再强，外面无法攻破，但是总不至于战舰里面的防御也同样强吧，引力可以透过战舰的装甲层直达战舰内部，对里面的成员和设备进行无死角的杀伤。"

"院士，您这么说，那我们自己的战舰不也受到曲率引擎的潮汐引力影响吗，一旦超过洛希极限，不是也很危险？"

"这个不一样，曲率引擎在战舰上的装备并不是只有一个点，而是全方位分布，只是在战舰前方的功率略为强大，整个战舰都处在一个引力相对平衡的状态，这样就能有效避免曲率引擎对战舰本身的影响。而曲率炸弹或者说引力炸弹不一样，它只是在一个方向爆发出超强引力，而且引力炸弹并不会一次性释放引力，而是随机调整功率，就像波浪一样对战舰进行撕扯，以我们的技术是难以防御的，至于别的文明能否防御，就要看实战表现了。"

"哦，您这么说我就放心了。院士，您还有什么新玩意儿？"胡宇笑道，解决了大难题，不光曾昭远院士高兴，胡宇也真心高兴，连心情都不一样了。

"得寸进尺啊，得了，迟早也要告诉你，我就再放个大招给你瞧瞧。"

"真的还有？快说快说。"

第 13 章　超级舰队

"嗯，是武器部门的最新成果，其实你也知道，就是反物质炸弹。定向磁力线控制技术的成熟，意味着反物质可以完美储存，同时利用曲率引擎驱动，使得攻击可以超光速进行，这可是我们未来的一大杀器啊，配合引力炸弹，加上激光武器和高能粒子束武器，我们现在的武器系统一共有四种，在恒星级阶段，勉强够用了，只不过反物质炸弹的数量太少了，我们制造反物质都是以粒子计数的，想要积累起一公斤反物质，起码也需要一年。"

"这么慢啊，能不能快一点儿，实在不行我们再建造一个超大型粒子加速器。"

"没必要了，磁力线定向控制技术成熟后，普通的加速器就没有必要了，只是这个东西确实快不起来，靠一个粒子一个粒子地累计，一公斤反物质得需要多少粒子，不可能快起来的，我们还在探索其他更加快捷制造反物质的方法，只是暂时不会有大的进展。不过你不要小瞧一公斤反物质，这可是能毁灭一颗小行星的危险品，平常战斗都是以克为单位使用的，而且我们在天仓五会待很长一段时间，制造几十公斤反物质，也能应付一两场战争了，而且即使离开天仓五，我们也能在舰队中制造反物质，这个只能作为战略储备，不到关键时刻还是尽量省着点为好。"

"我理解，反物质武器不用则已，一用就要让敌人伤筋动骨。现在我们曲率科技取得突破，武器方面也有提升，只是不知道首领和罗部长他们怎么样了，有没有找到合适的星系落脚。"

"是啊，一晃 60 多年过去了，希望他们都平安吧。"

繁忙的日子一天接着一天过去，转眼又过去了 40 多年，来天仓五也已经 50 年了。这一天，胡宇正在给儿子胡云航上课，按年龄算，胡宇的儿子胡云航也快百岁了，不过他仍然保持着 20 多岁的年轻面貌。

整个舰队除了最初一部分老人外，现在的老人面孔是非常少的，胡宇也喜闻乐见，这样看起来整个舰队才充满活力。所以儿子胡云航在 25 岁的时候使用贡献点兑换了基因药物，胡宇也没有反对。

"你说你小子，整天无所事事，大家都在忙，你就不能给老子长长脸，

随便干点儿有意义的事情吗？"胡宇没好气地说道。

"老爸，天地良心啊，我这一整天带队训练下来，累死累活的，回家还不能安静会儿。"胡云航反驳道，年龄上去了，但是心性却好像没有长大，依然和面孔一样年轻。

"懒驴拉磨，老爸我30出头就是上校团长，你看看你，混了这么些年，才当上个少校，我看啊，你这个少校还有一半水分。"

……

"行啦，行啦，两父子又在斗嘴，你们俩就不能安静会儿。"肖晓从厨房里端着盘子走出来。

"老妈，都怪老爸，老是喜欢叽叽歪歪，一点儿领导者的风范都没有。"

"跟你说了多少次了，别叫我老妈，我有那么老吗？"肖晓瞥了一眼儿子，笑骂着，和胡宇年纪差不多的肖晓也保持着30岁不到的姣好面容和身材。

"都给我闭嘴，吃饭！"对于肖晓，这么多年过去了，胡宇也是没脾气，在外他是舰队的领导，但是一回到家，地位马上降到最低。

"宇哥，我们还要在这待多久？"饭桌上，肖晓问道。

"还不确定，要看舰队的建造进度，如果有可能，会尽可能待久一点。"

"哦。"

日复一日地重复工作，让大家都有些麻木了，这期间，舰队抽出一部分资源为民众搭建了上百座穹庐基地用于娱乐，让大家在繁重的工作之余身心能得到放松。看着逐渐恢复到正常生活状态的民众，胡宁感到了一丝欣慰。

经过了快50年的发展，猎杀者型战舰终于完成了建造，这种战舰长300米，宽58米，高25米，一个扁三角外形，黑色涂装，足足50万艘，整整齐齐地排列在五号行星的轨道上，凌厉的线条散发着一股肃杀之气。

进入了宇宙时代，战舰的建造反而比地球时代的普通飞机更加简单，不需要考虑空气、天气、湿度、温度等地球环境的影响，仅仅需要足够结实的装甲，辅以强大的推进系统足以应付一切情况。

战舰里面则只需要一套高度稳定的生态维持系统，对于现在的科技水平来说，这都是最为基本和简单的东西，如果还像地球时代造飞机一样复杂，别说50万艘猎杀者，5万艘都难，现在战舰的制造速度仅仅取决于钢铁的生产速度。

50万艘猎杀者旁边，是300艘庞大的深蓝号居住型飞船，深蓝号长达 20 千米，高度和宽度都超过 5 千米，每艘深蓝号的内部构造都完全不同，足足 300 个设计师团队参与，每个团队负责一艘深蓝号的内部设计。

舰队内部分为若干层，多的上千层，少的也有五六百层，总容量达到 15 万立方千米，舰队总面积也超过了 2000 万平方千米，是地球国土面积的两倍多。

深蓝号里面有从行星上运来的泥土堆积的高山，有从小冰球上取水灌浇而成的河流湖泊，整个舰队里面的天气由 AI 模拟地球时代，AI 会采用模糊算法，随机降下霜露雨雪，整个舰队里面除了大量的居民区以外，其他地方都是用基因技术复原的地球动植物，百花盛开，硕果累累，牛羊成群。

300 艘深蓝号设计容量 100 亿人口，眼下人口仅仅 5 亿多点，居住条件可想而知，不过随着人口的越来越多，未来还需要设计建造更多更大的居住型飞船。

除了 50 万艘猎杀者，300 艘深蓝号，还有大小不一的几百艘功能舰，这些舰大多数担任着工厂的作用，其次，还有两艘一大一小科学舰，大舰和深蓝号一样的造型，只是里面完全不一样，小舰则只有 3 千米长，比北极星号还要小一圈。

这两艘科学舰采用了最坚固的防护装甲，最先进的仪器，其中大舰由曾昭远院士带领，这艘综合科学舰里面集成了科研的百分之九十九的部门；小舰则由肖一院士带领，这里面只有一个分支，就是生物学，而且小舰的保密级别之高，除了胡宇等高层和相关生物学家能进入外，其他人别说进入，连里面是干什么的都不知道。

生物学是一门容易引起争议的学科，但是现在不同了，在宇宙时代任何技术都有用武之地，按照胡宇的要求，在保证舰队安全的前提下，这艘舰可以进行任何试验，包括制造不存在的生物体。

肖一院士虽然年龄定格在了百岁高龄，但是依然雄心勃勃，以前很多想法只能想，不敢做，现在好了，可以随心所欲地实现自己的梦想了，要说科学家是疯子，那生物学家就是一群魔鬼，连胡宇也不敢想象，这些人能做出什么可怕的东西来。

第 14 章　超越光速

这是一支超级舰队，而且还不只如此，建造还没有停止，深蓝号过于庞大，担任护航任务的猎杀者数量略显不足，胡宇计划暂停深蓝号的建造，再追加 20 万架猎杀者，然后可能就该考虑启程的问题了。

今天是试验曲率引擎的日子，曲率引擎技术早在几十年前曾昭远院士率领团队就已经攻克，但是舰队一直待在天仓五，在曾院士的要求下，战舰只预留了曲率引擎的位置，并没有装备曲率引擎，曾院士仍在努力提升曲率引擎的效率。

一直到现在，曾院士表示已经提升到了目前科技的极限，如果科技没有大突破的话，即使再改进一万年，也不会有显著效果，因此这才开始进行曲率的最后实舰测试，如果测试成功，马上将进行大规模的批量生产。

16 台百米长的巨大曲率引擎被拖船牵引，缓缓地驶向队列外的一艘深蓝号，深蓝号舰体的多个部位装甲裂开，现出深达百米的黝黑巨洞，曲率引擎慢慢靠近洞口，在机械臂的帮助下，严丝合缝地进入到深蓝号露出的洞口中。

指令下达，曲率引擎开始无声无息地工作起来，随着曲率引擎的功率增加，人们眼中的深蓝号开始变得不稳定起来，犹如透过火焰看东西一样，深蓝号开始扭曲，紧接着，深蓝号开始被拉扯变长。

深蓝号越变越长，尤其是舰艏，已经快变成一根针尖样的锥子了，这时曲率引擎的功率也变到最大，"嘣"的一下，变长的深蓝号以肉眼无法观测的速度消失不见了。

"应力状态正常。"

"姿态正常。"

"舰体结构正常。"

"内部仪器工作正常。"

……

监控人员不停地报告着深蓝号的各种状态，正常，正常，一切正常。简简单单的两个字，却凝结了科学家们无数的心血和汗水，以及无数次的失败打击和苦思无解的无助。

　　63分钟后,三号行星的预定轨道,一艘庞大的飞船凭空出现,深蓝号到达了指定位置,历时63分17秒39,测量距离,求得结果为0.81倍光速。

　　接下来是猎杀者的试验,100艘猎杀者同时进行,同时启动曲率引擎后,猎杀者不光被拉扯成细条状,而且受到周围曲率引擎的影响,也开始向周边延伸,根据曾院士的解释,其实这并不是战舰变形了,而是空间弯曲在人类眼中引起的错觉,如果此时身处战舰,根本不会有这种感觉。

　　试验结果很快出来了,8分45秒23后,猎杀者出现在三号行星的预定轨道,接近6倍光速,人类第一次超越光速。

　　"成功了。"

　　"院士,成功了。"

　　"院士,我们成功了。"

　　科学家们开始大声欢呼,无数人开始落泪,没有这种经历的人是无法理解他们的心情的,普通人花费几天完成一个事情可能就会感觉有成就感,而这群人却是花了将近百年的时间,经历了无数挫败,才完成这一壮举,怎能不激动落泪。

　　整个舰队都在开始庆祝,这一天,大家等得太久了!科学家们成了大家的偶像,很多人决定重新开始学习,立志也要成为一名科学家,小孩儿们则更是对科学家们充满了崇拜,在舰队的宣传下,势必学习之风又要更上一层楼。

　　胡宇为科学家们举办了盛大的庆功会,宴会上,科学家们终于放下了沉重的担子,大家推杯换盏,觥筹交错,欢歌笑语,好不容易熬到宴会结束,曾院士悄悄地把胡宇拉去办公室。

　　"曾院士,什么事这么神秘?"

　　"对于今天的试验,你有什么看法?"

　　"看法?很成功啊,不管是小型的猎杀者战舰还是庞大的深蓝号居住舰,都成功地进行了曲率航行,虽然深蓝号的速度只有0.8倍光速,但是我相信过不了多久,院士你们一定能再次突破,我们的舰队行进速度也将会得到大幅度提高。"

　　"将军,就曲率引擎来说,我们的确成功了,但是同时出现了一个新问题。"

"什么问题？"

"是我们的通信问题，100艘猎杀者和地面连接的量子通信几乎全部损坏，大部分粒子都失去了纠缠态，深蓝号也有将近五分之一的量子通信设备失去功效。"

"试验的时候怎么没有人说？"

"是我事前吩咐的，只要曲率引擎不出现故障，其他任何问题都不要在现场说出来，我们的民众需要一场完完全全的胜利。不过这个结果我很早之前就有预料到，没想到真的发生了。"

"院士，您做得对，只是到底是什么原因导致粒子丢失纠缠态呢，如果没有量子通信，我们在航行的时候将会是个大麻烦。"

"暂时还不清楚，不过我已经有个猜想，我怀疑我们所说的一对处于纠缠态的粒子，其实根本就是一个粒子，只不过还需要更多的数据验证。"曾院士在办公室踱着步子说道。

"一对粒子怎么可能是一个粒子呢，明明是分别置于两台仪器中，啊！……院士，您是说……"胡宇惊叫道。

"不错，不然无法解释现在这种情况，处于战舰中的仪器都完好无损，也没有任何高能粒子或宇宙射线进入到舰内，除了那种情况，其他的原因我实在无法想到。"

"院士，我实在不敢相信，我们对那种情况一直在研究，只是没想到它可能就在眼前，如果早点儿想到，或许我们现在的情况不至于这么糟糕。"

"将军，不要沮丧，我们迟早要进入宇宙，只不过早了几百年而已，对于我们来说，或许这并不是一件坏事，现在主要的是想办法获取到更多的数据，尽早进入那一层面，如果到了那个层面，在这宇宙中我们也将有一席之地。"

"院士，这就要辛苦你们了，科学院的任何要求我都会想办法满足，希望你们能尽快突破，既然这样我们再在天仓五滞留100年，如果100年后还没有进展我们再继续前进寻找宜居行星，我们的民众不能一辈子都在基地生活。"

"好，我会组织相关人员对这个现象进行研究的。"曾院士说道。

"还有，院士，现在通信问题怎么办，失去了量子通信，我们总不至于使用电磁通信吧，如今我们的舰队越来越庞大，100年后，舰队至少还要增加两倍，首尾相隔可能超过几个天文单位甚至几百个天文单位，靠电磁通信是无法满足舰队要求的。"

"将军，新的通信方式我们还在研究，量子通信本就是该抛弃的方式，此时只不过早了一点而已。"

"此话怎讲？院士。"

"你想想，量子通信是一对一的，我们的舰队现在虽然只有50多万艘战舰，但是我们却提取了几百亿处于纠缠态的粒子，制造了上千万台量子通信器，即便是这样我们也不能满足任意两艘舰之间的通信要求，如果需要每艘舰之间都使用量子联系，我们需要的量子通信器需要万亿台之多，随着舰队规模的扩大这个数量将成指数式增长，战舰里面可能除了摆放量子通信器，其他任何东西都摆不下了。"

"这个确实如此，所以现在我们依然只能采用原始的金字塔形指挥方式，这也是一直以来我的苦恼，如果所有战舰之间都能两两建立通信，我们的战斗力起码要提升百分之五十。"

"这就是为什么我说量子通信是需要抛弃的通信方式之一，在某些方面，它确实不如普通的电磁通信，这样吧，暂时只能用电磁通信配合量子通讯，我们会想办法开发新的通信方式的。"

第 15 章　沙星来袭

"好吧，院士，我们先用电磁通信来对付一下，反正在天仓五只要不进行曲率机动量子通信还可以正常使用，等离开天仓五的时候再说吧。"胡宇说道。

回到基地，按照地球时间，现在已经是晚上了，不过三号行星依然是阳光明媚，加上宴会上酒精的作用，胡宇一点睡意也没有，所以没有回家，直接来到了基地指挥室。

胡宇刚刚走进指挥室，文中华就迎过来。

"老胡，正准备找你，有情况。"文中华严肃地说道。

"说。"胡宇摆摆头，尽量驱散酒精的影响，快步向大屏幕走去。

"老胡，情况不太好，你看，这里，这里，还有这里，我们派出去的卫星统统损失掉了，这绝对不是巧合。"文中华指着大屏幕上的几个区域说道。

舰队在到达天仓五之前就发射了数十亿颗卫星，而到了天仓五以后，更是不惜代价发射了上百亿的卫星，分布在以天仓五为中心，方圆 2 光年的区域里，反正这种卫星的复杂程度和 200 年前的儿童玩具一样，但是就是这种简单的东西构成了舰队安全的第一道屏障。

"是其他文明？"

"从目前情况来看，肯定是其他文明无疑。"文中华说道。

"有图像传回来没有？"

"暂时情报不多，对方速度非常快，我们的大部分卫星又是简化版，无法捕捉到清晰影像，不过等一会儿精密卫星可能有机会捕捉到对方的清晰影像资料传回来。"

上百亿的卫星，数量太大，只能保证最简单的功能，但是也有少部分精密卫星夹杂在其中，精密版的卫星功能强大，只是数量太少，还不到简化版卫星的万分之一。

这些精密版的卫星不仅担任着监测精兵的任务，还是重要信息的中转站，海量的普通卫星不可能都使用量子通信，只有精密版的才有量子通信来保证和基地的联系。

"现在对方的情况了解多少了？"胡宇问道。

"对方速度大约0.5倍光速，但是不知道是不是全速，根据卫星破坏区域来看，对方的舰队可能在百万艘级别。"文中华分析道。

"将军，捕捉到清晰影像。"一个参谋报告道。

"播放到大屏幕。"

"是。"

大屏幕上，只有一艘对方战舰的影像，这是一个近似椭圆形的圆盘，前面略尖一点，根据卫星测得的数据，这个圆盘直径在800米左右。

"这么大，比猎杀者大了好几倍，中华，我们的舰队准备得怎么样了？"

"猎杀者只等装备曲率引擎了，只是100多艘功能舰里面还是空空如也，原本是准备离开的时候才把基地的工厂设备搬上去的，深蓝号也基本上准备妥当，人员随时可以登舰，一些后续工作可以在深蓝号飞船内部进行。曲率引擎的大部分设备已经制造完毕，全力赶工的话，2个月左右可以装备战舰。"

"命令曲率引擎的相关工厂全力赶工，其他不相干的工厂马上停工，机器设备立即向功能舰转移，地方不够的安排几艘深蓝号接收，尽可能多地转移设备，小冰球还剩很多水资源，再多腾几艘深蓝号，把冰块全部塞进去，还有其他资源，比如矿石，搭建基地的钢铁模块，只要是能搬动的，统统搬走，反正现在深蓝号有很多富余。所有人都要动起来，现在宣布舰队进入紧急状态。"

"老胡，我们就这样直接跑吗？"同是作为军人的文中华并不甘心一枪不放就逃走。

"中华，我不能拿人民的生命冒险，按照对方的速度，2年后就会达到天仓五，到时候如果我们爆发冲突，战胜则还好，如果战败呢？"

"你说得有道理，我们要不要先和对方接触一下呢？"

"等曾院士和肖院士过来了再说吧。"胡宇犹豫道。

曾院士和肖院士虽然表面上只是科学院的领头人，但是经历了多年和虫族的对抗战争，两人有着更加丰富的处事经验以及更智慧的社交经验，这也是为什么首领让曾院士和肖院士跟着胡宇一起走的原因，现在是整个舰队的智囊领头人，除了战争方面的事，其他事务胡宇都会尽可能地质询两位院士的意见。

"将军。"正说着，曾院士和肖院士两人急匆匆地赶了过来。

"曾院士，肖院士，对于这个客人，两位有什么看法？"胡宇问道，

来的路上，胡宇已经把情况告知了两位院士。

"我觉得我们暂时不要有接触举动，等待我们准备好一切也不迟。"肖院士说道。

"嗯，我也这样认为，从目前的数据来看，我们的速度略微领先他们，但是我敢肯定，对方没有全速前进，对方百分之百发现了我们的卫星，知晓了我们的存在却没有任何行动。这只能说明两个问题：第一，对方自认为科技远胜我们，不屑与我们接触；第二，就是没有接触的必要。"曾院士分析道。

"曾院士，什么叫没有接触的必要？"文中华问道。

"文总参谋官，你吃饭的时候，会和饭菜沟通一下吗？"曾院士问道。

"这个当然不会，如果那样岂不是被人送到精神病院。"

"那就是了，我们在对方的眼里，就如饭菜一般，想吃就吃。"

"这也太嚣张了吧，如果是这样，我就算拼死也要啃掉他们几块肉。"文中华狠狠地说道。

"中华，别着急，听院士说。"

"据我分析，对方应该是最少处于恒星级文明中期，但是肯定不是星系级，星系级文明的速度绝对不会如此慢，其次这个文明一定有着星际航行的大量经验或者对自己的科技有绝对信心，否则不会这么大摇大摆地直奔我们而来。"

"这么说来，对方认为是吃定我们了？"文中华问道。

"可以这么说，我们的卫星在2光年外，作为一个高等文明，不可能撞毁了我们大量的卫星却没有丝毫发现，这是说不通的。很明显对方必定发现了我们的存在，说不定还捕捉到了我们的卫星，从中逆向解析出我们的科技水平，认为可以吃定我们，所以他们的舰队才没有丝毫减速意思，一直朝着我们前进。"曾院士说道。

"曾院士，能不能从现有的信息中分析出对方的实力？"胡宇问道。

"多少能知道一点，首先，对方百万艘长度在800米左右的飞船，这应该是对方的战舰，我们的猎杀者战舰才300米，不是我们不想建造更大的武器更强的战舰，而是我们目前的实力只能如此。如果我们强行建造更大的战舰，一是数量上无法保证，二是质量上也会有所下降，各方面的科技与战舰体积不匹配。"曾院士说道。

曾院士整理了一下，继续说道，"其次，从速度上来看，对方的曲率航行速度最慢已经达到0.5倍光速，在这方面他们是远远超过我们的。"

"曾院士,不对吧,我们最慢的深蓝号都是 0.8 倍光速。"文中华反问道。

"那是因为我们使用了从虫体内提取到的超重锤元素,而他们不一定有,因为他们不像是被虫子撵跑的样子。我们可以说是作弊或者说抄了近路,如果我们使用普通重元素,深蓝号能有 0.1 倍光速就不错了。"

第 16 章　沙蟒文明

"院士，这么说来，我们应该在速度上还是会有优势，对吗？"文中华继续问道。

"只能说有这种可能但是不能抱太大希望，对方的战舰比我们大，又没有鲤元素获得更好的曲率效果，如果同在恒星级文明阶段的话我们可能会有速度优势，但是对方的战舰再慢，也肯定超过深蓝号的，我相信用不了多久，对方的居民飞船就会停止前进，同时战舰将会突破光速，向我们进击。"

"自始至终，这场战争都免不了了。"胡宇沉重地说道。

"是的，将军，战争的事情我们帮不了你多少，全靠你了，不过我们相信，你会做好的。"肖院士说道。

曾院士和肖院士说完离开了指挥室，两人还有更重要的事情要做，科学院必须完好无损地搬到空中的科学舰上面，这是未来的保证，一点都不能少。

胡宇在指挥室里面默默地抽着烟，极力压制住自己紧张的情绪，这一战可能已经无法避免。第一次真正意义上的和外星文明作战，胡宇心里并没有多少计划，但是这一战又只能胜不能败，这是两个文明之间的战争，失败的一方结局无疑是非常悲惨的，胡宇不允许这种事情发生在自己所在的文明上。

在和外星文明的战争中，地球已经输了一次，输的结果就是全体民众被迫离开家园，变成一个悲惨的流浪文明。到了天仓五原以为可以安安静静地发展一段时间，可是没想到才刚刚完成了初步建设任务就迎来了新的挑战。

天仓五除了 50 万艘猎杀者并没有布置其他防御力量，对于可以远程打击，超光速行进的星际战舰来说，任何陆基或天基的武器都是摆设，除非这种武器非常大而且速度快，比如说直径超过几十公里。然而以舰队的状态，并不适合花费大量的人力物力去建造一个华而不实的陆基或天基防御武器。

"中华，命令都发布下去了吗？"

"已经下达了，老胡，不用太紧张，没事的。"

"中华，你不知道，这一战并不好打，我们对他们毫无了解，他们会采用什么样的阵势，什么样的武器，是要赶走我们还是要掠夺我们，等等，都一无所知。还有，一旦战败我们该怎么办。"

此时，一艘体长50千米的庞大战舰中，一个长着蟒蛇般巨大头颅的生物，游动着下面两条腿一样的强壮肢体，从他的位置和华丽的外装甲可以看出这个生物应该是领导者，此刻他的双眼正对着眼前的屏幕，屏幕上显示的图像正是天仓五。

"首脑，什么时候开始攻击？"旁边一个略矮的生物用奇怪的语言说道。

"不着急，好不容易找到一颗宜居且带有行星的星系，没想到被别的文明占据，不过正好我们沙蟒文明经历了几百年的航行，食物储存严重不足，那么就用这个文明来充实我们的食物储备吧。"

"首脑，这个文明把监视器安放到2光年之外了，可能不如之前两个文明容易对付，您还是小心点为好。"

"阿古多，你太放肆了，我们伟大的文明这千百年来吃掉了三个文明，没有一个是我们的对手，眼前这一个也不过是我们的食物而已。"首脑不满地说道。

"是，是，是，首脑教训得对，我失言了，请首脑责罚。"被称为阿古多的外星生物连忙俯身认错。

"这一次就算了，如有下次，你就自己去食物存储室，哼。"

"是，是，首脑，绝对不会有下次了。"阿古多吓得连连称是。

首脑在沙蟒文明中有着至高无上，生杀予夺的绝对权力。沙蟒文明，从名字就能看出，这是一个诞生在类似沙漠星球的行星，他的母行星系只有两颗行星，而沙蟒文明就诞生在其中一颗行星上，这颗行星表面百分之八十以上都是沙子。沙蟒原本是这个行星的顶级掠食者，经过了上亿年的演化，逐渐出现智力，演化出文明。

沙漠行星资源极度匮乏，文明的演化慢到了极点，又经过了5000万年的发展，才得以演化到科技文明，并且探索了本行星系的另外一颗行星，让他们失望的是这颗行星的资源同样非常匮乏。

资源的匮乏严重制约着文明的发展，种群数量甚至一度开始下降，最终沙蟒文明出现了一位稍微睿智的首脑，他认为沙蟒文明要想存活下去，只能迈向宇宙深空，前往其他行星才有更多的资源。

在这个首脑的命令下，沙蟒文明几乎提炼了两颗行星所有可用物质，打造出 5 万艘小型飞船，带领全部族人离开了这个资源匮乏的行星系，踏上了茫茫的宇宙探索掠夺之路。

5 万艘简陋的飞船缓慢地行进在星空中，在 150 年的时候，舰队储备的食物吃完了却还没有找到新的行星，沙蟒人开始食用同类，不过这在沙蟒生物看来并没有什么伦理道德上的问题，更没有心理上的坎，同类相食是再正常不过的事情。

为了延续种群，一些老弱病残或者过了繁殖盛年的沙蟒生物甚至愿意自动成为食物。又过了 50 年，摇摇欲坠的沙蟒舰队终于到达一个有着行星的星系，此时沙蟒人口损失三分之二，仅剩 5 亿多。

这颗恒星有一颗行星，行星上也演化出了文明，只可惜这个文明还处在萌芽阶段，沙蟒文明直接降临在这个行星上，眼前的场景在流浪了几百年的沙蟒生物眼中就像天堂一般，降临后的沙蟒文明最先做的事情就是让所有族人敞开肚皮饱餐一顿。

处于农耕阶段的文明如何是这群恒星级初期野兽的对手，即使不需要科技沙蟒生物的结构也是相当强悍的，无数的原居民在一片片惨叫声中化为血肉进入了沙蟒生物的腹中。

沙蟒文明在这颗行星停留了 100 年，不仅恢复了种群数量，科技也有所进步，他们利用这颗行星的物资建造了 40 万艘飞船。

接下来的几百年，沙蟒文明在航行中又碰上了两个恒星级初期文明。沙蟒人凭借着残酷的战法和领先一点儿的科技，把这两个恒星级初期文明打败，作为失败者除了奉献自己的科技，还有就是文明生物本身。

沙蟒人凭借着掠夺来的科技，强加硬塞地补充到自己舰队中，并且发展到拥有 120 万艘战舰的庞大力量。

这只力量在沙蟒人手上更是能凭借其勇猛和冷血，发挥出百分之一百二的战力，加上之前和其他文明两次战斗的大胜，所以在两个月前沙蟒舰队第一次撞上胡宇释放的监测卫星时，并没有把人类放在眼里。

他们抓取了几颗卫星进行技术解析，解析结果更让他们大为开心。如此简陋的卫星，绝对不会出自星系级文明之手，更加不可能是小星区文明的作品，那就只可能是恒星级文明的产物。既然是恒星级文明，沙蟒文明还没有放在眼里。

第 17 章　枕戈待旦

"老胡，现在曲率引擎已经开始列装猎杀者战舰了，我们是不是派个小分队上去搞它一下子？摸一下对方的底细。"文中华问道。

"还不行，民众还在登舰，物资和设备也还没有转移完毕，暂时我们还不能冒险，但我们可以先讨论一下作战方案，中华，你有什么想法？"

"最多还有两个星期我们的猎杀者战舰就能全部拥有曲率航行的能力，武器也早已是满装状态，只是我们需要选择 AI 自主还是 AI 辅助，这个需要你拿主意。"

猎杀者战舰虽然构造简单但是系统复杂，高能粒子束武器、引力炸弹、聚变弹、高能激光，以及常规导弹、控制系统、导航系统、瞄准系统、跟踪系统、发射系统、生态系统等一系列的复杂操作，光靠人力是无法完成操控的。

况且一艘战舰安排多位娴熟的技术人员是不可取的，因为一旦战舰被攻击损毁，损失将会非常严重，所以先进的人工智能列装到了每艘战舰，取代了人力的大部分操作。

这样不仅在战舰损毁时减少人员损失，同时 AI 也比人工更加高效，一些简单机械的工作 AI 几乎永远不会犯错误。

先进的 AI 不仅可以快速准确地执行一系列的指令，还能完全自主地进行战斗，只不过电脑始终是电脑，即使科学家和战争学家编写了上百亿条指令，尽可能多地模拟战场情况，并且让 AI 自主学习，但是相比于人类，AI 始终无法对战场做出最为恰当的判断。

在模拟战中人类操控的战舰几乎能百分之百地取得胜利，因为人类能根据战场情况制定出各种诡异的战法，而 AI 在这方面还差一些，不过这并不影响 AI 在战斗中的重要作用。

战争，不光是技术的对抗，更像是一场对赌，任何一个细微因素都有可能导致整个战局的改变，而军人们正是用自己的生命来不断地进行冒险和创造条件，通过各种方式来获取一点一点的胜利积累，从而最终改变战争结局。

计算机技术虽然已经非常先进，但是 AI 还是没法像人脑一样聪明，

你让一个人背诵10万位圆周率，别人肯定问你是不是傻瓜，但是AI则会毫无疑问地执行，因为在AI看来，这是一个很正常的指令，这就是人脑与电脑的差别。

所以战舰最强的状态是AI作为辅助，人类作为主导，这种状态下人类只需要在某些特定条件下操控战舰进行攻击来完成某些战斗部署。

"让飞行员上，我们的战士需要血与火的锻炼，虽然这很残酷，但是这也是我们的使命，从加入军队的那一天，我们就做好了随时失去生命的准备，在宇宙中流浪，战争应该会是常态，我们的战士需要适应这种状态。"

"同意，另外我说一下新的信息，根据我们两个月来的观测分析，我们发现对方的战斗经验并不多，他们的舰队一路而来，除了派遣大批量战舰护卫住旗舰外，没有其他任何作战阵形，甚至连探路尖兵也不派遣，从这点上看，对方要么自负到极点，要么就是没有多少作战经验，而我更趋向于相信后者。"

"有这种可能，我同意你这种猜想，还有一种可能就是对方的预警能力强大，他们能确保周边很大范围内的空间没有威胁存在，如果是这样的话，他们就有足够的反应时间，所以不必派遣分队进行预警。"

"或许吧，按照他们的方向和速度，接触的时候五号行星将会首当其冲，四号行星和三号行星则会保持在天仓五的两边，3颗行星呈一个巨大的三角形，我提议以五号行星为中心展开部署。"文中华指着星图解说，"20万艘猎杀者隐藏在五号行星背面，5万在三号行星，5万在四号行星，还有10万在天仓五日冕层的强光强辐射中隐藏。我们还赶制了一批陆基聚变弹发射装置和陆基激光炮部署在五号行星来吸引对方战舰。"

"继续说。"

"五号行星的20万艘猎杀者里面需要3万艘是AI自主的，模式为四级冒险模式，不计代价对敌方发动攻击，让他们愤怒，其他17万艘则采取保守攻击和骚扰攻击即可，最大可能地保存实力。通过这种战术把对方大部分战舰吸引在这里，然后战舰开始边打边撤，带着敌人往天仓五飞，等到了这个点，其他三个方位的战舰全部出动，对敌人展开合围。"文中华指着五号行星三号行星和天仓五这3颗星体的中心点说道。

"还有10万艘猎杀者呢？"胡宇问道。

"还有10万艘分成两部分，其中一部分为4万艘分成两队，今天就出发，从这两个方向绕个大圈子，插到他们后面，我估计战斗的时候，他们会派遣大部分战舰，而旗舰和居民飞船会留在远处，到时候这4万艘飞船就是他们的噩梦。在天仓五的布置主要是消耗和拖住敌人的主力舰队，这4万艘偷袭战舰才是重点。另外6万艘随深蓝号出发，进行保卫工作和作为预备队。"

"就按这个尽快部署，同时一定要做好战士们的思想工作，不行的直接换下来。我们现在只能依靠电磁通信，要派遣有能力的基层干部，还有，以前毁灭者和巡视者都能毫无阻碍地进入到我们的系统，破解我们的所有信息。从现在开始，我们所有的作战意图都不能保存在网络上，信息要经过多重编译才能发出，编译方式也要勤密更换，这样即使对方截获了我们的信息，也绝对不可能知道我们在讲什么。"胡宇补充道。

"对，我们最好也要对他们的联络进行探测，监控，破解，万一有效果呢。"文中华说道。

"开始准备吧，一周后深蓝号舰队就可以出发了，到时候整个天仓五都将是战场，这是我们第一次真正意义上的星际战争，不能让首领和人民失望，换句话说，我们只能赢不能输，输的后果大家都是知道的。"

"老胡，还是那句话，放心，除非他们的实力远超我们，否则绝对没好果子给他们吃，论打仗，咱们可是从古到今从来没消停过，什么样的局面没见过。"

"中华，我哪里能放得下心来，几亿民众的生命把握在我们手中，敌人的战舰是我们两倍多，而且可能比我们的战舰先进，说实话，这场战争到底有多大的机会能打赢，我心里没底。"

"现在你瞎担心也没用，'车到山前必有路，船到桥头自然直'，我们已经背井离乡够惨了，老天爷不会可劲儿地追着我们一个文明来坑的，总要留条活路给我们吧。如果真的抵挡不了那就采用最后的方案，同归于尽，反正我是绝对不会当俘虏的。"

第18章　尔虞我诈

天仓五，一颗安安静静地在银河系待了几十亿年的恒星，如今，随着两个文明的碰撞，一场超级暴风雨即将到来，这场暴风雨将席卷整个天仓五星系。

深蓝号舰队已经出发，300艘20千米长的深蓝号装载满满，夹杂着一百多艘外形大小各异的功能舰，外围是6万艘深邃黝黑的猎杀者护航，编队以0.4倍光速离开天仓五故意示弱。

整个天仓五除了一部分赶制出来的隐藏在地下的陆基发射装置，剩下的全部是猎杀者战舰，飞行员也早已经进入战舰，一批批猎杀者成编队地飞向预定地点，在指定位置隐蔽待命。

即便只剩十万分之一的概率，能避免战争总是好的，尤其是眼下舰队的情况，胡宇在一切准备妥当后，派遣了两艘看起来最没有战斗力的无人运输舰，拆除了所有武器，顺着敌人的方向迎了上去。

同时，运输舰也向对方不断地发射电磁波，要求对方表明身份说明来意，并要求对方减速转向，是一本用小语种编写的星际字典。所谓星际字典，这是编写的科学家命名的，里面有足够多的词汇、语句等等。语言信息或者说交流原本就是一个库，只要有足够多的对比样本就能掌握。

比如你对另外一个外星人发送你好两个字过去，对方即使是神，没有对比样本也不可能知道你好两个字是什么意思，但是，你要是发给对方的是一本三国演义或者任何一本地球文学作品，对方就很有可能读懂。

虽然每个文明的演变和发展历程不一样，但是或多或少还是能找到很多共同点，他们可能不知道三顾茅庐的意义，但他们一定能理解攻击、杀戮的意思，也应该能理解荆州、泸州等是某个地方的称呼。

当然，胡宇不会愚蠢到把三国演义发过去，这不是教人家打仗嘛，所有发过去的信息都是经过再三斟酌的，不会一丝一毫地透露人类有用的信息，尤其是现在舰队的信息。

仅仅这本字典的编写就耗费了科学家们很多功夫，不光如此，为了谨慎起见，科学家们还选择了小语种的文字体系作为联络方式。

"首脑，刚刚收到消息，他们已经逃离了行星基地，我们是不是可以发动攻击了,到口的美食可不能让他们跑了?"沙蟒族首脑的副手阿古多小心翼翼地问道。

"跑了?跑了多久了?"首脑问道。

"首脑,我们现在距离他们还有1光年,所以观测到的信息也是一年前的,他们逃跑已经有一年多了,不过他们的速度并不快,仅仅0.4倍光速,比我们还差一大截。我们要追也是很容易的。"

"才0.4倍光速?比我想象的还要弱小啊,我原本担心全速前进会吓跑他们,到时候追击要花费很多时间。"首脑舔了一下猩红的嘴巴,阴阴地说道。

"首脑,还有个情况,他们派了两艘小飞船过来,看样子是想和我们接触,并且一直在向我们发出信息。"

"什么信息,能破解吗?"

"首脑,可以破解,他们并不是很笨,给我们发来了一本星际词典,导入到我们的计算机后解读出来的大概意思是这里是他们的地盘,让我们离开之类的警告。"

"真是可笑,一边逃跑,一边警告,还有比这更滑稽的事情吗,命令研究部多多研究,看看能不能从这些信息和词典中找出有用的信息。"

"首脑,已经彻底分析过了,这些食物很谨慎,并没有留下任何有用的信息。首脑,需要回应一下吗?或者欺骗,或者恐吓,让食物们不要跑那么远,免得浪费我们的进餐时间,首脑您也很久没有享用到新鲜食物了。"

"阿古多,你这个建议很好,给他们回复信息,就说我们沙蟒文明只是路过而已。我们已经在宇宙中漂流很久很久了,现在需要在他们的行星补充物资,修补飞船,让他们不用害怕,我们是一个爱好和平的文明,希望能得到他们的帮助,我们愿意用大型飞船0.5倍光速前进的空间技术和他们交换一颗行星作为物质补充基地。"

"谢谢首脑夸奖,为首脑分忧是阿古多的荣幸。"阿古多躬身说道,"首脑,是否可以加一句,我们还可以把探索多个行星系才搜寻到的几种极品美食送一些给他们。"

"阿古多,你变坏了,就这么办,嘿嘿,说到美食,真是有点饿了。去,挑个肥点儿的牧星人来,我已经迫不及待地想尝尝新鲜食物的味道了,这么多年都没换过口味,吃得我都有些腻了。"

"是,首脑。乐意效劳。"

一个肥肥胖胖的生物被两个沙蟒卫士押解上来，这个头和身子一体的生物不停地发出剧烈的叫声，他知道马上要发生的恐怖事情，在牧星的时候沙蟒族不止一次当着牧星人的面食用他们的同类。

首脑走近牧星人，用前肢的爪子摸了摸，然后用爪子一下把牧星人的一根肢体撕扯下来，在牧星人悲惨的叫声和满地体液中开始享用起来，猩红的大嘴和满口的獠牙几下就把一根肢体解决完。

在整个银河系中，即使战争不断，仇恨不断，但是一种智慧生物食用另外一种智慧生物的事情却是凤毛麟角，这既有生物方面的原因，更多的是对文明本身的尊重，对智力的尊重，为什么被称为文明就是这个原因。

几口吃掉牧星人的内脏，肚皮逐渐鼓起来的首脑看了一眼旁边口水快要滴到地面的阿古多。

"阿古多，赏给你了。"

"啊，谢谢首脑。"说完阿古多如同恶狼一般，一口直接咬到牧星人身上，把一大块肉撕扯下来，毫不在意牧星人的惨叫声，美滋滋地开始进食，作为首脑的副手阿古多可以经常享受到鲜活的食物，这可比那些冷冻品的味道好太多。

第 19 章　相互欺骗

天仓五恒星的熊熊大火中，10万艘猎杀者隐蔽在这里已经一年多了，强烈的辐射和高能粒子把战舰彻彻底底隐藏起来。猎杀者的高强度复合装甲能抵挡住超过万摄氏度的高温，舰内的温度保持在25摄氏度。

"曾院士，如何看待这个信息？"一艘猎杀者战舰改装的指挥舰里面，胡宇问道，曾院士主动留了下来。

"老胡，这还用问，要是这个所谓沙蟒人的鬼话能信的话，你就把我的头踩在地上摩擦，让我感受到什么叫智商无下限。"文中华接过话说道。

"文总参谋官说得没错，这个信息漏洞百出，毫无逻辑可言，连欺骗都做不好，看来，这个沙蟒文明的智慧不会很高。"

"院士，沙蟒人的这套说辞是想留住我们，他们的目的不是行星本身，而是我们，他们要掠夺我们。"胡宇说道。

"不错，而且他们已经掠夺过几个文明了，不仅如此，他们很有可能做出了更加恐怖和残酷的事情。"曾院士分析道。

"院士，这是如何得知的？"文中华问道。

"他们说愿意用大型飞船0.5倍光速技术来和我们交换一颗行星，这点很正常也很合理，他们肯定已经探知我们的深蓝号舰队是0.4倍光速逃离。而后面那一句，愿意把探索多个行星系才搜寻到的几种极品美食送一些给我们，这一句就很值得推敲了。沙蟒人搜寻多个行星系绝对不会只是为了美食，而是为了掠夺其他文明，但是为什么会用美食来形容其他文明，这只能说明一件事情，沙蟒人吃了其他的文明生物，而且现在他们舰队里还有储存。"

"这太匪夷所思了，院士，吃掉另外一种智慧生物，我是下不了口。"文中华有些厌恶地说道。

"从这句话中可以看出他们极度自负并且毫无忌惮地把其他文明生物描述为美食，我可以推想一下他们的性格应该比较血腥残暴，但是主动透露这种与我们对话信息毫不相干的事情，则智慧比较偏低。"

"院士，您真厉害，从一句话就能分析出这么多东西，佩服。"文中华

称赞道。

"现在我们可以继续联络他们，或许我们可以从对话中获取到更多有用的信息。"

"好，院士，该怎么说呢？"

"嗯，就说我们愿意把最外围的五号行星给他们补充物质来换取 0.5 倍曲率技术，但是希望他们能遵守我们的规则，战舰只能停靠在五号行星附近。我们会在五号行星派遣战舰监视，如果他们违反我们的规则，就会遭受到我们战舰的猛烈攻击。"曾院士考虑了一下说道。

"院士，这不是提前暴露五号行星的舰队吗？再说了，正常不是应该要求他们的战舰停留在远处吗，怎么让他们进入到五号行星，这样会不会目的性太强了？"文中华问道。

"文总参，不光五号行星的舰队无法隐藏，三号和四号的也会被发现的，只有这里的 10 万艘战舰才有隐蔽的可能。而且我们要故意显得愚蠢，这样才能更有效地迷惑对方。"

"院士说得不无道理，我们的舰队想要完全隐藏是不可能的，迟早被沙蟒人发现，不过即使他们发现了，只要抱着轻敌的态度，就会一步一步落入我们的网中。到时候再发动全面攻击，即使他们的速度比我们快，数量比我们多，也够他们受的，关键我们的主要目标是他们的居民舰，战舰只是第二目标，只要我们把他们的战舰牢牢地吸引在这里，让偷袭得逞，我们就成功了百分之八十。"胡宇解释道。

"好，马上编写信息给沙蟒舰队发送过去。"

"首脑，那个所谓的中华文明竟然答应了我们的要求，不过他们要求我们必须待在五号行星，真是可笑，等我们到了，他们就知道什么叫食物应该有的觉悟了，还妄想贪图我们的空间技术。"阿古多阴险地说道。

"研究部有没有进行分析，有什么漏洞没有？"

"首脑，研究部最有智慧的骨牙老智者亲自看过，确认没有什么漏洞，一切都非常合理。"

"哼，骨牙那个老家伙，当年我当首脑的时候就全力反对过我，要不是有几个部落的头领向着他，早就成了我嘴里的食物了。正好，趁这个机会，如果没异常还好，一旦有任何差池，绝对不会放过他。"

"好的，首脑，到时候我把他抓来，送到您嘴边享用。还有另外几个反对您的家伙，也应该成为食物，他们从来没有真正地诚服您。"

"阿古多，你是最忠心的，我不会亏待你的，好好干。还有不到 1 光年,继续发送信息迷惑他们。"联络用的运输舰里面装载了大量量子通信设备,在曲率航行的时候损坏了一部分,剩下的还是能保证正常联络。

双方一来一回,都在极力收集对方的信息,沙蟒文明虽然智慧不是特别高,但是毕竟达到了恒星级中期,战舰数量更是有120多万艘。

根据分散在空中的精密卫星传来的情报,沙蟒文明并没有隐藏的舰队力量,胡宇根据双方来往的信息分析出了沙蟒文明的特性,这是一个喜欢以强攻取胜的文明。胡宇故意把三号四号五号行星周围的舰队来回调动,显现出紧张的样子,而隐藏在天仓五恒星光芒中的舰队,却像一条毒蛇,潜伏待机。

绕道去沙蟒舰队后方的舰队一直用常规引擎驱动,现在也已经达到了0.3倍光速,这两支舰队已经关闭了引擎依靠惯性向着沙蟒舰队靠近。只等对方的居民舰和战舰分开后,便发动曲率引擎,一举毁灭他们的基础。

第 20 章　星际战争

默默地等待中，两年过去了，沙蟒文明的主舰队 100 万艘战舰终于和居民舰脱离，开始加速前往五号行星，除了 100 万艘战舰，还有几百艘奇形怪状的大型飞船，估计是补给舰或者是功能舰。

此时沙蟒文明距离五号行星的距离是 0.1 光年，而沙蟒战舰的速度也飙升到 10 倍光速多点，不知道有没有保留，即使没有保留这个速度也已经超越了猎杀者 6 倍光速的极限，在星际战争中，多百分之四十的速度是可以影响一场战役的胜负的。

最多 4 天沙蟒舰队就能到达五号行星，五号行星的 20 万艘猎杀者战舰彼此相距上万公里，隐隐地组成了一面火力墙，无数的星际地雷也已经部署完毕，这些星际地雷大部分是千吨 TNT 当量的，但是中间隐藏着十几万颗巨型当量的大家伙。

"阿古多，我已经等不及了。"首脑用猩红的舌头舔了一下巨大的嘴巴。

"首脑，一会儿到达五号行星，我亲自带一个小队先给您弄点儿新鲜食物尝尝。"阿古多谄媚地说道。

时间一点一点地过去，说不紧张是假的，胡宇不露声色地擦了擦额头上紧张的汗水，此战，只许胜不许败。胡宇甚至已经做好牺牲自己的准备，能否打赢这一仗，胡宇自己心里都没有把握。

但是不到最后一刻决不放弃，这也是胡宇多年来养成的心性。不是说占据了绝对优势就一定会赢，以少胜多以弱胜强的例子在地球战争史上数不胜数，随随便便就放弃不是胡宇的作风，如果是这样首领也不会把领导舰队的重任托付给胡宇，况且舰队还有一张底牌，到了关键时刻不得已也只能动用。

离接触仅仅只有 20 分钟了，甚至已经可以透过光学设备看到沙蟒文明的舰队了。上百万艘战舰组成的舰队，说不震撼是假的，但是猎杀者舰队没有出现慌乱，依然在星空中保持着完整的队形，应付即将到来的大战。

"沙蟒舰队，请立即脱离曲率航行，使用常规引擎进入到五号行星。"最后一刻，胡宇继续发送着信息，迷惑还要继续，而实际上，舰队的所有攻击系统都已经启动，只等沙蟒舰队进入射程就会万炮齐发，不需要沙蟒舰队先动手，星际时代，谈对错是没有意义的，文明和文明之间没有对错，只有生死。

"哈哈，首脑，愚蠢的人类文明还在以为我们真的是来维修飞船，补充物资的。"屏幕上，阿古多把信息展现给首脑看，首脑并没有随战舰一起行动，作为高贵的首脑，是不会冒险参战的，他的座舰留在了居民舰队中间，由20万艘战舰负责防守。而阿古多则在前线负责指挥，同时亲自率领一个小队的飞船负责为首脑优先抓捕食物，也就是人类。

"阿古多，可以攻击了吗，每次想起新鲜食物，我都会感觉很饿。"

"首脑，还有一顿饭的工夫，食物就会进入攻击范围，可笑他们还要求我们脱离曲率航行，我们马上就要攻击了。"

"攻击。"

"攻击。"

几乎同时，阿古多和胡宇下达了攻击命令，此时双方的距离不足百万公里，20万艘猎杀者发出怒吼，无数的高能激光束，无形的高能粒子束，以及上百万数量的星际巡航导弹喷射而出，向着沙蟒舰队倾泻而去。

同样的，沙蟒舰队也发射出了几百万数量的球状物体，这些球体每颗直径超过5米，以极高的速度前进着，除了球体武器，还有远超人类数量几倍的激光束。

这些圆球高速达到战场后，悄无声息地裂开，然后一种超强射线辐射到战舰上，附近的一艘战舰很快失去了行动力，包括里面的人员也失去了联系，这超强辐射以一种极快的速度衰减着，超过5000公里便失去了攻击力。

从几秒路程的激光炮到几分钟路程的实体弹药，几个回合下来双方都有损伤，猎杀者损失了2万多艘，沙蟒舰队明显优于人类战舰，只损失了几千艘。

3万艘猎杀者和8万艘歼90战机使用AI自主的四级冒险模式前出攻击，各种高能武器的爆炸扰乱了空间，双方都无法进入到曲率航行状态，只能用常规引擎驱动战舰进行攻击，沙蟒战舰的曲率优势反而不存在了。

猎杀者和歼90已经冲入沙蟒舰队内部，双方胶着缠斗在一起，而17万艘战舰分散在外围远程打击，使用了AI自主模式的战舰不计后果地攻击确实给沙蟒舰队造成了小小的混乱。

猎杀者所有武器统统开火，也不管是否会伤及自身，一艘艘战舰被击

毁，在星空化为一团火光，几秒后沉寂。其中有沙蟒人的战舰，更多的是猎杀者和歼 90 战机。

"该死的，人类竟然在骗我们。"阿古多骂道，作为食物的人类竟然给强大的沙蟒舰队造成了不小的损失。

很快阿古多调整了作战方案，80 万艘战舰脱离胶着的战场去追击边打边退的 17 万艘猎杀者，剩下 15 万艘战舰负责围剿这 3 万艘猎杀者，经过完全由 AI 控制的猎杀者和歼 90 的混乱攻击，加上各种星际地雷的轰炸，此时沙蟒舰队损失了足足有 5 万艘，而 3 万艘猎杀者还有 2 万艘在战斗。

胡宇知道这种战法不可复制，自己的舰队只不过是捡了个便宜，要不是沙蟒舰队轻敌冒进，区区 3 万艘猎杀者在百万艘沙蟒战舰的围攻下是起不到多大作用的。

半小时后，3 万艘猎杀者全部被击毁，17 万艘有人操控的猎杀者已经后退 2 个天文单位，附近三号行星和四号行星的猎杀者共 10 万艘也已经从两边合围而来，对于人类的合围战术，沙蟒舰队依然没有做出有效的对战阵形，只是简单地把舰队分成三部分，分别应对三个部分的猎杀者。

"引力炸弹。"胡宇命令道。

十几万颗同样是球形的引力炸弹被发射出去，引力炸弹突破防线进入到沙蟒舰队内部，被引力炸弹波及的沙蟒战舰像被一只无形的强力大手揉搓过，或变形，或解体，纷纷落幕。

但双方的舰队分散的空间实在太广漠了，对于这种战舰来说，彼此没有上万公里的距离根本施展不开，加上双方大战空间的不稳定也会导致引力炸弹的曲率引擎罢工，最终仅只有 2 万多颗引力炸弹发挥了作用。

和沙蟒文明的辐射球一样，引力炸弹也有非常大的距离限制，甚至引力炸弹的有效杀伤面积更小，200 公里内能毁灭战舰，1000 公里就只能杀死里面的人员了。

第 21 章　拼死一击

沙蟒舰队的速度优势在战争中非常明显，猎杀者一艘接着一艘地被摧毁，即使战前做了各种充分的评估，人类对另外一个文明的了解还是远远不足，而在阿古多眼里，同样低估了人类文明的实力。

"启动激光矩阵。"阿古多愤怒地命令道。

随着阿古多的命令下达，沙蟒舰队开始两两配对，相邻的两舰相距一万公里左右，然后两束激光从一艘战舰发出，抵达另外一艘战舰，两艘战舰就仿佛被这两束激光连接在了一起。

被激光束连接的两艘战舰协同前进，光线掠过一艘猎杀者，猎杀者瞬间被切割成两半，沙蟒舰队还剩下超过 90 万艘战舰，拉起了近两百多万条激光线条，组成了一张综合交错的空间死亡之网，沙蟒战舰利用速度优势，对猎杀者进行捕捞，不断地有猎杀者陷入网中，在飞行中撞到激光线上，被切割分裂。

战舰使用的超高能激光炮是需要一个蓄能阶段的，激光炮的能级非常之高，如果想要激光炮保持长时间激发状态，就像打开的手电筒一样，需要消耗的能量非常巨大，一艘战舰根本无法承受，所以激光炮都是蓄能后瞄准发射一次，然后继续蓄能，等待下一次攻击。

"老胡，我看他们这是回收利用，不等激光能量耗尽马上进行回收，稍微补充一些能量再激发出来，这样能量的损耗最少，沙蟒舰队的数量比我们多，而且还搞这种能量回收的事情，对我们很不利啊。"

"命令舰队，分散开来，绕到沙蟒舰队的外围，跳出他们激光组成的大网，从外面攻击。"胡宇命令道。

"老胡，舰队太分散，无法组建有效的火力网，我们很快会被分割歼灭的。"文中华提醒道。

"我知道，但是如果不跳出沙蟒舰队的激光网，我们就像网中的鱼一样任人捕捞，跳出去至少支撑得久一点，我们的主要作用不是打赢沙蟒舰队，而是为偷袭舰队赢得时间，现在偷袭舰队很快就要到了，让战士们尽量保存自己，进行骚扰攻击，再坚持两天。"

"早知道沙蟒的居民舰停靠得这么近，就不用绕那么大个圈子了。"

"中华，命令所有隐藏的猎杀者前出，拖住沙蟒舰队，只等偷袭者一到，马上执行备用的零号计划。谁知道沙蟒舰队还有没有其他我们无法应对的武器和攻击方式，我们不能冒险。"胡宇命令道。

而此时 40 万艘在天仓五作战的猎杀者已经不足 15 万艘了，每一秒都有一艘猎杀者被打爆，战争已经进入到白热化阶段。

沙蟒舰队已经完全掌控了战场，而这时胡宇发现有一部分沙蟒战舰开始脱离战场在远处集结。

"不好，他们要开始追击我们的深蓝号居民舰队。命令偷袭的猎杀者马上进入曲率状态，提前到达沙蟒文明的居民舰队展开攻击，天仓五的猎杀者做好准备，零号计划将于一个小时后执行。"胡宇喊道。

"老胡，我们还有很多舰员在逃生舱中，现在发动零号计划，那他们怎么办？"文中华提醒道。

"来不及了，来不及了。"胡宇轻轻地闭上眼。

"老胡，……"

"好了，别说了，自从首领把舰队交到我手上那一刻起，我就已经预料到这种情况，牺牲在所难免，这或许就是宇宙时代的常态吧。我会给逃生舱中幸存的舰员发送信息，给他们一个交代。"

"同志们，我是胡宇，很抱歉我没能带领你们打败沙蟒舰队，现在告知你们一个情况，沙蟒舰队已经准备追击我们的深蓝号，而我们的舰队已经损失惨重，无力进行拦截作战，深蓝号危在旦夕，为了保证深蓝号的安全，为了我们中华民族的延续，我将在一个小时后启动零号计划，零号计划的启动表示你们也将失去救援的机会，扪心自问，我实在无法下达这个命令，对不起，希望你们理解。"

"将军，不要管我们，只要能保证我们人民的安全，我愿意放弃生命。"

"将军，您就下命令吧，从我参军的那一天起，就没怕过牺牲。"

"麻烦转告我的父母，我不能继续侍奉他们二老了，我没有丢他们的脸。"

"转告我的孩子，他爸爸不是胆小鬼。"

……

一条条信息传送到胡宇眼前，这个身经百战的老兵眼睛湿润了。

随着胡宇的命令下达，一艘隐藏在天仓五恒星光芒中的特殊飞船突然加速，径直飞向天仓五，天仓五的高温烘烤着这艘飞船，几分钟，它突入到天仓五内部 5000 公里的地方，解体爆炸。

这是一艘使用了很多锺元素的耐高温飞船，里面有 30 公斤反物质，舰队在天仓五停靠的这些年，制造了超过 50 公斤反物质，这是其中的很大一部分了。

惊天动地的爆炸在天仓五出现，一个直径达到十几万千米的巨大光斑出现在天仓五的一侧，紧接着一个火焰蘑菇在天仓五长了出来，只不过，它的高度达到了 50 万千米。

狂暴的粒子流和各种高能射线如同决堤的洪水一样喷涌而出，向着人类和沙蟒文明的战场涌去。

一个小时后，天仓五的怒火将清洗这里的战场，而那时也是猎杀者偷袭开始的时候。

沙蟒舰队已经集结了超过 20 万艘战舰，而且还有源源不断的战舰在脱离战场，在战场的一侧集结，猎杀者此时只剩下不到 10 万艘。

此时的沙蟒舰队还蒙在鼓里，他们不知道，天仓五已经被人类激怒了，面对它的怒火，没有任何文明能正面抵抗。

十秒

九秒

八秒

……

一秒

"所有猎杀者马上进入曲率状态，以最高速度脱离战场。"胡宇命令道。

三秒钟后，狂暴的粒子流和高能辐射组成的冲击波到达了战场，沙蟒舰队在冲击波面前，就像大海中的一叶扁舟，转眼回归了最基本的粒子态。

而猎杀者则在前几秒脱离了战场，以 6 倍光速向着天仓五的两侧高速行进着，天仓五的爆发呈一个巨大的圆锥形，就像手电筒的散光一样，只要脱离了这个散射区域就安全了，几分钟后，猎杀者停了下来，回头望着战场。

曾经布满了战争残骸和舰队的数百亿立方千米区域，此刻再次回归了原始状态，所有碎片，战舰，包括几万名还在逃生舱中的人类舰员，统统消失了，没有什么力量能阻挡恒星爆发的狂暴冲击波，这就是战争的残酷。

两分钟后，冲击波过去，天仓五也恢复了平静，这些猎杀者再次加速，赶往沙蟒文明的居民舰队，那里已经开始了战斗。

4万艘偷袭的猎杀者在被沙蟒舰队发现后，失去了偷袭的意义，于是他们分散开来，不管不顾地冲向了沙蟒居民舰。

负责护卫沙蟒母舰的20万艘沙蟒战舰并没有前出迎敌，反而更加紧密地集合在一起，把首脑的座舰围了个水泄不通，确保母舰的绝对安全，至于居民舰首脑才不会管他们，自己的安全才是最重要的。

第 22 章　巨大收获

"首脑，您还是先带领舰队转移吧？"骨牙长老建议道。

"哼，转移，转移到哪里去，母舰才是根本，我们沙蟒文明的一切都在这里，失去母舰，即使我们逃掉了也会退化到行星级文明，我们现在还有20万艘战舰，地球文明这里才4万艘战舰，加上观测到的援军总计也才12万艘，即使在数量上也比不过我们，更何况，我们的战舰远比他们的强大，命令舰队，原地消灭他们。"

"是，首脑……"

骨牙长老说到一半，便化为一摊烂肉，和骨牙长老一样的，还有沙蟒文明的首脑，以及母舰上的所有沙蟒生物。几百艘猎杀者冒着沙蟒舰队的战火突入到母舰附近几千公里的地方发射了上千颗引力炸弹。

"首脑死了！"

"首脑死了！"

所有的战舰都知道了他们的首脑已经死去，突然之间他们全部停火，沉默了十几秒后，残存的沙蟒战舰全部开启曲率引擎，四散逃去，瞬间消失在茫茫星空。

500多艘风格迥异，大小不同的居民舰却是静静地停在星空，一动不动，没人知道里面发生了什么，直到几天后赶来增援的舰队派遣突击队进行登舰攻击的时候才发现，里面早已经是地狱一般。

仅仅有少部分沙蟒生物存活，而且是奄奄一息。为了争夺控制权，食物，或者是战败后的疯狂，沙蟒生物开始互相残杀，死伤无数。

两万多名携带重型火力的突击队员很快控制了这些居住型飞船和沙蟒母舰，这是一笔巨大财富，各种科技和宇宙知识都是目前舰队最急需的。

就这样，500多艘居民舰和一艘母舰，在13万艘猎杀者的特殊陪护下，缓缓向着三号行星绕道而去。深蓝号已经航行了将近1光年，此时也调转方向，向着三号行星返回，舰队必须再次休整补充才能上路。

胡宇清点着战争损耗，50万艘猎杀者仅剩19万艘，其中还有很大一部分破损，舰员损失150万，被打爆的猎杀者里面逃生的舰员获救的不到

百分之一，仅有数百名舰员获得营救机会，不是不想救，而是没机会救，战舰时刻都是广漠的空间高速机动，谁敢停下来一秒马上就会变成活生生的靶子。

有失必有得，与损失相对应的是巨大的收获，缴获的沙蟒舰队被科学院接收后，立马开始科技解析工作，对于眼前的舰队来说，这无疑是一个巨大的宝藏，沙蟒舰队融合了四个文明的科技，如果不是沙蟒文明本身不太擅长科研，融合了四个文明科技的舰队绝对能轻而易举地碾压地球舰队。

"院士，有什么现成的能拿来用的，现在舰队损失惨重，而且此地经过了大战，不宜久留，我们急需提升实力。"胡宇询问曾院士。

"有，我初步看了一下，沙蟒文明已经有了物质衰变和聚变的仪器的雏形。我们结合自身的科技继续深研，在理论上并没有瓶颈，相信用不了几个月就能进入应用阶段。在这个仪器的基础上我们稍加改造，反物质就可以源源不断地制造出来，以前一年才能制造一公斤，现在一天就能制造一公斤，而且我们可以制造更多的仪器，生产出更多的反物质，另外激光武器和引力炸弹的威力也能改进，提升效果。"

"真的，如果有了足够的反物质，在这银河系，我们也算有了一点儿自保的能力。"

"嗯，不光如此，有了这种仪器，我们将不用为物质发愁了，理论上随便什么物质，都能变成我们想要的元素，什么飞船残骸，各种垃圾，都不会再浪费一丁点儿，而且制造元素还会获得能量，我们再也不用为能量发愁了。"

"还有什么其他的好东西，院士？一次性拿出来啊。"文中华问道。

"好东西多着呢，比如曲率技术，引力技术，磁力技术，等等，甚至各种奇思妙想的小工具，数不胜数，毕竟这可是包含了其他三个恒星级文明和一个行星级文明的全部科技，等我们解析完这些科技，估计该达到毁灭者所说的星系级文明了。"曾院士说道。

"对了，那些外星生物肖院士怎么处理的？"胡宇想到了俘虏。

"嘿嘿，可别说，这几天把肖院士忙坏了，我来这之前去了一下生物科学舰，吐着回来的，这些搞生物的简直就是一群疯子。我们现在有4个文明的外星生物，对于沙蟒生物我们的生物学家们可不太友好，让我们牺牲了150万的战士。其他3个文明的生物吓得瑟瑟发抖，还好肖院士跟他们说了，只解剖沙蟒生物，其他的生物取点样本研究就可以了。"

"嗯，生物学利用好了，也是一门大杀器，我们从虫子身上获得了几乎永生的生物技术，未来我们得到的外星生物会越来越多，说不定哪种生物能再让我们取得突破性的进步。"

"将军，接下来怎么办，这种事情还要你拿主意。我们只能为你提供科技的支持。"曾院士问道。

"天仓五最多还能停留 30 年，30 年后必须离开了，我们闹得动静太大了，很容易引来周边星系的文明，说不定又是一场麻烦。在这 30 年里，优先进行曲率技术的解析，让我们舰队获得更大的前进速度。其次，猎杀者要再次建造了，有了成熟的技术和设备，这次最少要建造 100 万艘，相应的人员培训也要到位，不过以后，还是尽量使用 AI 来控制战舰，人员实在太宝贵了。我们在天仓五已经待了 50 年，人口也仅仅增长了不到 2000 万，这一下就损失一百多万，还是年轻的精英，让人心痛啊。"

"好，将军，我会让计算机部结合外星科技，制造更为先进的 AI，这条路迟早都要走的，未来我们可能还将建造更多更大的战舰。"

"对了，中华，牺牲舰员的家属安置工作做好了没？"

"已经做好了，他们虽然悲伤，但是也都表示理解，还有，英雄追悼会将于今天下午举行，全体民众都会参加。"

"嗯，下午我会亲自主持追悼会。"

第 23 章　英雄不朽

2298 年 3 月 9 日，下午。

整个舰队都沉浸在悲伤中，今天大家将送走英雄的最后一程。舰队将举行盛大的纪念活动，为了 150 万在战争中牺牲的将士，胡宇站在三号行星的基地内，面对着基地内和深蓝号上的 5 亿多双眼睛，致了追悼辞：

"同胞们，自从我们离开地球，离开太阳系，已经 113 年了。80 年前，我们被迫和首领分开，来到这荒凉的天仓五星系。这些年来，大家齐心协力，废寝忘食，克服种种困难，终于，我们建设起了强大的猎杀者舰队和北极星号舰队。

"但是面对沙蟒文明，我们还是处于弱势，为了赢得这场战争的胜利，为了保卫我们这几十年的劳动果实，为了守护我们深蓝号上的 5 亿多人民，150 万优秀的舰员牺牲了自己年轻的生命。

"对于这 150 万军人的牺牲，首先我负有不可推卸的责任，如果不是特殊时期，我此刻应该站在军事法庭，接受人民的审判。但是现在我还不能丢下舰队去安抚我这颗内疚的心，我答应过首领，一定会把舰队发展壮大，一定会在这银河系中为大家拼出一个安全的家园，到时候我们不再流浪，不用再担心敌人来犯，大家可以安居乐业，享受生活。

"在和沙蟒文明舰队的战斗中，我们的全体指战员没有一个胆怯后退，没有一个忘记自己的使命，他们没有辱没作为一个军人的荣誉。我们全体民众都应该为他们感到自豪，感到骄傲，他们的功绩将写进民族的历史大册中，与世长存。

"今天，是我们送走 150 万烈士的日子，他们是我们民族的骄傲，是我们文明的先驱，他们的名字我们虽然无法一一说出，但是他们的事迹我们将永远铭记。

"同胞们，未来需要我们去创造，需要我们流血流汗，需要我们每一个人的奉献，需要我们每一个人去守护。我们的每一滴汗水，都是未来的希望，我们的每一点努力，都是为未来打下的坚实基础。

"舰队属于每一个人，不管是军人还是普通老百姓，我们都是舰队的一分子，为了舰队的将来，我们要一起努力，让民族的名字响彻整个宇宙。

"好了，现在让我们一起送别150万烈士吧。所有人，敬礼！"

一艘小型的白色飞船缓缓地启动，这艘名为不朽号的小飞船，装载着每一位烈士的遗物，设定好航向，它将用300多年的时间，依靠惯性滑行到太阳系，虽然太阳系已经不复存在，但是人们心中那一块空间才是英雄的埋骨之地。

天空中，残存的19万艘猎杀者发出了怒吼，巡航导弹爆炸的闪光照亮了整个星空，这是大家在为战友和亲人送行。他们的生命已经逝去，他们的事迹如同星空中爆炸的闪光弹一样耀眼。

深蓝号舰队和地面基地中，人们低低地抽泣着，这150万烈士不仅仅是他们的亲人、朋友、丈夫、儿子、父亲，也是整个舰队的一分子。他们年轻、优秀、英勇、无畏，他们明明知道军人在舰队中是最危险的职业，但是依然毫不退缩，勇往直前，因为整个舰队需要他们守护，需要他们奉献，他们是最可爱的人。

现在他们离去了，怎能不让人悲伤，怎能不让人惋惜，怎能不让人为他们痛哭流泪。大多数人依然沉浸在巨大的悲痛中，不过胡宇已经强制自己摒弃悲痛，作为舰队的领导人，还有很多重要的事情等着他去做。

天仓五在宇宙中的方位已经完全暴露，这里随时都有可能有其他文明过来查看，留给舰队的休整时间已经不多了，必须要在短时间内补充军力，尽早起航。猎杀者在之前的战斗中已经充分暴露出各种弊端，防御尚可，但是机动性和攻击力却是非常不尽如人意，比起沙蟒文明的舰队差了一大截。

改进型猎杀者的设计方案已经呈交到胡宇办公室报批，改进型猎杀者外观并没有任何变化，只是在驱动系统和武器系统方面进行升级，结合沙蟒舰队的科技储备设计，改进型猎杀者的曲率航行速度能达到20倍光速。

在常规动力方面也有了非常大的提升，激光武器和反物质武器将成为改进型猎杀者的标配武器。如果之前的猎杀者有这个数据表现，胡宇相信即使以50万对200万，也有一战之力，不会逼到最后启用两败俱伤的打法。

深蓝号在战争中没有任何损伤，这次引擎经过改进后也将达到3倍光速左右，比以往0.8倍光速快了好几倍。最重要的是无论是猎杀者还是深蓝号，以后进行曲率航行都不需要消耗宝贵的蜼元素。

天仓五的几颗行星表面再次忙碌起来，无数的工程机械再次发出了怒吼，各种岩石矿产源源不断地被开采出来，经过一系列的冶炼加工，它们将成为新型猎杀者的一部分。有了之前的基础，这次的开采行动进行得快速而又高效，从转运设备到第一炉钢铁出炉，仅仅用了不到一个星期的时间，钢铁产量很快攀升到每天几百万吨，而且这个产量每天都在刷新纪录，为了舰队的安全，所有人都在努力地工作着。

时间一天一天过去，胡宇的心中也一天比一天紧张，反物质引发的天仓五大爆发已经过去20多年了，这些高能粒子流和伽马射线跨越20多光年的距离，已经扩散到临近几个行星系，时间拖得越久，天仓五暴露得越多，人类也就越不安全。

猎杀者的建造已经到达尾声，加上原来的19万艘，一共有60万艘猎杀者巡游在天仓五星系中，不仅补齐了原来的数量，在科技人员和工人们的努力下，硬生生地多建造出了10万艘，它们全部都装备了前两年才投入生产的最新式的曲率引擎和常规动力引擎。因为科技解析每天都有跨越式进步，昨天能做到10倍光速，今天早上起来说不定就能达到11倍光速甚至更多，正因为如此，曲率引擎才是最后一批投入生产的设备。

新式曲率引擎的速度已经接近30倍光速，远超当年预估的20倍光速，即使搭载在深蓝号上面也能有5倍光速之多。除此之外，改进型猎杀者的AI系统更为强大，舰员也由五人减少到两人。

改进型猎杀者上装备了十把长度超过5万公里的激光刀，在引力技术突破后，激光被一只无形的大手约束在0.2光秒的长度内，激光刀除了能被约束在猎杀者周围，也能像以往一样被释放出去，进行远程打击。

除了激光刀这个杀器，猎杀者最恐怖的武器就是反物质炸弹了，现在反物质的产量已经达到了每天两公斤，眼下已经有2万公斤的反物质被制造出来，它们被分成50克一份的大小，装进特制的曲率引擎炸弹中。

有了高能激光，反物质炸弹和引力炸弹的加持，改进型猎杀者成了一部真正的战争机器，怪不得巡视者说仅凭一艘战舰就能毁灭一个恒星级文明。现在一艘猎杀者毁灭一个行星级文明也是轻而易举，文明等级之间的差异实在太大了。

第 24 章　阴谋开始

距离和沙蟒文明的战争结束已经 28 年了，300 艘深蓝号在 60 万艘改进型猎杀者的护卫下，再次进入曲率状态，这一次的目标，是 500 光年外的马腹一，即半人马座 β 星。

根据这些年天文学家用凌日法和引力透镜观测结果，马腹一至少有两颗岩质行星存在，马腹一环境恶劣，存在文明的可能性非常低。一般文明连开采都看不上眼，这种地方正适合眼前人类，别的文明不喜欢意味着这里安全性高，舰队可以在这里安心地发展一段时间，还有很多科技等待消化和提升。

舰队很快消失在天仓五，流浪了百年的人类再次上路，以 5 倍光速向着马腹一前进，100 年后舰队将到达马腹一，重新开启建造任务。

舰队离开不足一年，在距离天仓五 50 多个光天的地方，一支破烂不堪的舰队再次聚集起来，这是残存的沙蟒舰队，经过了几十年的激烈战争，他们重新确认了新的首脑，只不过舰队在内讧中损失到不足 2 万艘，科技树也退化到恒星级文明初期，他们已经无法与人类抗衡，静静地停靠在虚空中进行着激烈的讨论。

新首脑蚂猛在吃掉一个族人后，决定前往天仓五，和人类拼个你死我活，面对着残暴的新首脑，沙蟒文明仅剩的智者们没人敢反对，正当蚂猛准备出发的时候，一艘通体银色的菱形飞船出现在沙蟒舰队前面，拦住了他们的去路。

这艘飞船虽然个体仅仅 200 米，但是它随便动动就超过千倍的光速让沙蟒舰队不敢轻举妄动，沙蟒文明生物虽然鲁莽，但是不是傻子，这个速度意味着什么它们很清楚。

"谁是领导者？"银色飞船侵入到沙蟒舰队，毫不客气地问道。

"大人，我是沙蟒文明的新首脑，蚂猛。"蚂猛姿态极低地说道，咧口大嘴，露出满口獠牙，做出他自认为最为尊敬的姿态。

"很好，我是银河系第 98511 号星区的巡视者。"

"尊敬的巡视者大人，沙蟒文明愿意为您效劳。"沙蟒生物面对弱小生物能毫不留情地绞杀，面对强大的文明却能从骨子里做到卑躬屈膝。

"很好，你们立即前往天仓五，现在天仓五非常安全，周围200光年内的几个高等文明我已经打了招呼，你们暂时可以在天仓五安心发展。至于科技树，我可以帮你们补齐，而且给予你们星系级文明顶峰的曲率科技和武器科技。"

"感谢巡视者大人。"蚂猛激动地说道。

"别着急，我是有条件的，我给你们200年时间，在200年内，你们必须消化所有科技，打造出舰队，然后找到人类，消灭他们，如果做不到，你们就没有存在的必要了。"

"是，是，巡视者大人，我们一定完成任务，只不过，巡视者大人，以您的实力，完全可以轻而易举地消灭人类，为何还要借助于我们？"

"不该知道的就不要问，叫你们出手自然有我的道理，你们只要按我说的去做，以后还有更多的好处，前提是你们值得培养，否则……"

"我懂，我懂，大人，我们沙蟒文明和人类文明的仇恨不共戴天，即使您不要求，我们迟早也会找人类文明的麻烦。现在有了大人提供的科技帮助，我们肯定能在短时间内强大起来，去消灭该死的人类文明。"

"很好，记得我说过的话。"

巡视者说完，驾驶飞船瞬间离开了，沙蟒舰队发现计算机中多了很多的东西，有很多都是他们见所未见，闻所未闻的科技。蚂猛望着巡视者离开的方向，狡猾地笑了，人类，消灭你们的时间很快就要到了。

深蓝号还在星空中航行着，胡宇不知道，一个针对人类，针对银河系所有文明的巨大阴谋已经开始酝酿，尤其是低等级文明以后想要发展，将会无比地困难，大部分文明将会在阴谋中毁灭，当然，这是以后的事情。

"老爸，我想去一线舰队。"舰队的夜晚，胡云航对胡宇说道。

"问我有什么用，你该去问你的主官，你又不归我管，再说了，你的培训任务完成了吗？舰队现在急需大批量的军事人员，我们到达马腹一以后，舰队数量会增加几倍甚至十几倍，这个时候你还想着自己威风痛快，一点大局观都没有，我看啊，你这个中校算是干到顶了。"对于儿子，胡宇也是有些恨铁不成钢，虽然胡云航已经非常优秀了，但是谁叫他有个当舰队领导的将军父亲呢。

"唉，唉，停，我懂了，老爸，你还是吃个水果吧。"别人可能对位高权重的胡宇有些忌惮，胡云航可是从小到大敢骑着胡宇的脖子拉屎拉尿的。

"烂泥扶不上墙。"胡宇没好气地骂道。

"宇哥，儿子算不错了，不能这样说他。"

"云航啊，不是我不让你去一线，我知道，你是怕在后方有人说闲话，说你是将军的儿子就能待在后方保证安全。"

"是，老爸，我承认确实有这方面的想法，不过我主要还是不太适应后方的鸡毛蒜皮的工作。"胡云航认真地说道。

"军方的每一个命令的发布都有严格的程序，不会因为我是将军就会对你有所偏袒，这是舰队生存的根本。作为一个中层领导，你要有大局观，算了，你慢慢体会吧。"

"行了，行了，这里是家，吃东西都堵不上你俩的嘴，真是的。"肖晓插嘴说道。

"晓儿你也是的，儿子这么大了你还维护着他，他就是被你宠坏了，搞得一点儿主见都没有，别人的一点点想法就能影响他。"

胡宇当年还是个中尉的时候，一次意外受伤进到医院，肖晓那时候还是个护士。后来，胡宇就经常装病去看医生，其实是去看护士，再后来，就和肖晓结婚了。

"行了，我一会儿还有个重要会议，先走了。"

"这么晚了，还开会？"肖晓关切地问道。

"是啊，现在舰队处于特殊时期，我们随时都会面临各种危险，所以必须提前做好各种预案和准备，走了。"胡宇站起身来，整理了一下军服，带上军帽走了出去。

"宇哥，早点儿回来。"小女人肖晓在后面喊道，看着这个男人的背影，肖晓心中充满了爱意和敬佩。

"行了，老妈，老夫老妻了，还这么花痴。"胡云航咬了一口水果，笑道。

"你懂什么，想当初，你老爸……"肖晓满脸洋溢着幸福地回忆着。

"得了，得了，姐姐，您慢慢犯花痴吧，受不了您，我去给那些新兵上上课。"胡云航坏笑道，顺手多拿了一个苹果，也走了出去。

第 25 章　一根电子

科学舰里，此时的地球时间已经是晚上 12 点整了，舰队里面一直在沿用地球时间，此时依然灯火通明，到处都是忙碌的身影，距离天仓五已经超过 6 光年了。

胡宇睡不着，先是去找老伙计文中华巡视了一下舰队，接着两人又乘坐小飞船来到了科学舰。关于舰队的未来还有很多问题需要探讨，正好肖一院士也在，没有在他的生物舰进行那些恐怖的研究。

"将军，总参谋官，有什么事吗，这么晚还来我们这？"曾昭远院士问道。

"睡不着啊，过来问问现在科技的解析进度怎么样了？"

"现在我们人手不足，科技越发达，科技树的分支越多，我们只能挑选一些主要的科技进行攻关解析。"

"舰队前往马腹一的这 100 年时间，刚好可以培养大批量的科学家补充到科学舰中，反正闲着也是闲着，想办法提高大家的学习热情。还有舰队的生育水平也要想办法提上去，我们有足够多的深蓝号舰队设计容量是 100 亿人口，现在才不到 6 亿，太浪费了。"

"嗯，我会安排好的。"文中华回应道。

"等我们到马腹一消化完大部分科技，就寻找一颗宜居行星安顿下来慢慢发展，漂泊流浪始终不是文明的正常状态，也不知道首领和罗部长他们怎么样了。"

"老胡，放心点，罗部长身经百战，他们现在肯定是打得过就打，打不过就跑，是一条躲在暗处的毒蛇，肯定不会有事情。首领已经往银河系边缘方向飞去，那里在高级文明眼中是荒凉之地，所以首领也会很安全，反而是我们自己现在情况不容乐观。"

"但愿吧，对了院士，我们的通信问题怎么办，总不至于一直使用电磁通信吧。"

"快了，快了。"

"院士，您就说一下吧，让我心里有个底。"

"哈哈，好吧，先给你说个现象，我们大家都知道，电子在原子中的位置是不确定的，它会在当前能级的轨道中瞬间消失和出现，我们永远无法得知电子下一刻的准确位置，只能以薛定谔方程式的解来描述电子位置。当电子在吸收或者释放能量时会发生轨道跃迁，也是没有运动轨迹的，对于电子这种神秘的行为方式我们研究了几个世纪都没有定论。"

"这个我还记得一点，好像是这样，电子会以概率电子云的方式出现在原子核外的任何地方，并不是我们常规想象中像行星绕着恒星旋转一样。"胡宇说道。

"没错，再来说我们的量子，在曲率航行中相互纠缠的两个量子很容易就会丢失纠缠态，为什么会出现这种情况这些年我们进行了深入的研究，证实了最开始的想法。"

"什么想法？"文中华问道。

"是维度。"胡宇说道。

"维度？"

"没错，是维度。"

曾院士继续说道，"我们研究了很多年一直没能解开为什么一对量子会出现纠缠态的谜底，但是曲率航行大批量量子失效让我们有了新的想法，我们认为所谓的一对量子，其实就是一个粒子。"

"院士，您越说越邪乎了。"文中华还是不明白。

"别着急，文总参谋，一对处于纠缠态的量子其实是一个粒子，这个粒子虽然在三维空间看起来是两个独立的粒子，但是我们认为，这两个粒子在第四维度是相连的。例如我们现在有一个U形磁铁，把这个磁铁竖起来，让南北极吸附到一块铁板上，如果有一种二维生物生活在纸上面，那么它肯定认为磁铁的两极是两个独立的端点。我们把磁铁平移，这种二维生物也会发现磁铁的两端具有量子纠缠一样的特性，但是在我们三维生物看来，这两个点在第三维度其实是相连接的。同理量子可能在第四维度也是相连的，我们就像二维生物一样，无法看到第四维度的东西，但是并不代表它不存在。"

"那这和量子丢失纠缠态有什么关系呢？"

"这块磁铁的两极吸附在铁板上，磁铁的磁力非常大，和铁板的联系非常紧密，就像粒子和三维空间一样紧密，当我们对铁板进行弯曲折叠或者其他形变，可能会导致磁铁断裂开来，如同我们进行曲率航行一样。曲率航行时空间的高速扭曲形变很容易使得这根粒子在第四维度断开，二维空间的形变会影响三维空间的物体，三维空间的形变同样会影响四

维空间的物体。"

"这根粒子！好别扭的叫法。"

"确实别扭，但是事实也确实如此，当初在天仓五曲率试验的时候发现这个情况后我们进行了无数次的试验，证实只有这一个结论才能解释为什么量子会在曲率行进中失去纠缠。同样这个结论也能解释为什么电子的轨道变化是瞬间的，因为电子根本就在第四维度完成位置变化，然后直接投影到第三维度，所以我们在第三维度找不到它的位移轨迹。"

"还有个现象也可以得到解释。"曾院士继续说道，"我们的原子是由电子和原子核组成，原子核我们暂且算它静止，但是电子是时刻在高速运动中的，并且电子具有极高能量级。按照经典电磁理论的说法，电子会向周围辐射能量，这样的话电子能量就会减小，并逐渐缩小轨道半径向原子核靠近，最终电子会落向原子核。但是实际情况却并非如此，几个世纪的观测结果证明电子和原子核的关系非常稳定，但是电子确确实实在向外辐射能量，这就解释不通了。电子就像一壶离开火焰的开水，永远保持沸腾状态，这是不合理的，但是把这种情况代入第四维度就能很好地解释了，电子在第三维度失去的能量完全能在第四维度补充回来，所以电子的能级在没有外界条件介入的时候不会发生改变。"

"略懂了，院士，那个毁灭者说连大星区文明都没有掌握维度技术，如果我们掌握了维度技术，岂不是超越了大星区文明？"文中华问道。

"总参谋官你想得太美了，大星区文明哪是那么容易达到的，那个毁灭者只是说大星区文明没有彻底掌握维度技术而已，但是具体到了哪一步了我们无从得知。"

第 26 章　四维网络

"中华,别着急,迟早有一天我们能达到甚至超越他们的。"

"不着急,不着急,对了,曾院士,说了这么多,您还没说通信问题怎么解决,听得我大脑神经都打结了还没到重点。"

曾院士看了文中华一眼,微笑着继续说道:"新的通信方式我和一些空间物理学家已经设计好了,是基于第四维度的空间网络的新型通信网络,这得益于我们的磁力显微镜研制成功。"

"磁力显微镜?"文中华问道。

"因为可见光的波段最小是 380 纳米左右,而电子的直径是 10^{-6} 纳米,所以我们的常规显微镜无论怎么先进都是看不到电子的,这种情况一直到我们的定向磁力线控制技术成熟才有了改善。光是不连续的,但是力是连续的,力场就像一桶沙子,我们把电子放进这桶沙子以后压紧,沙子中间会有一个和粒子形状一模一样的空洞出现,这就是磁力显微镜的原理。"

喝了口水,曾院士继续说道,"我们用磁力显微镜观测了经过供能的粒子,发现了一个怪现象,这个粒子在不停地改变形状,我们推测这是由于粒子的四维状态在三维空间的投影在发生改变。但我们把磁力线穿入粒子内部再继续供能,奇怪的事情发生了,无论我们输入多少能量,粒子的能级都不再提高。当我们把能级提高到和粒子一个级别后,粒子上一条不属于这个世界的通道出现了,与此同时与这个粒子处于纠缠态的另外一个粒子那里也出现了一条通道。"

"四维通道!!!"文中华和胡宇齐声喊道。

"没错,就是四维通道,我们提供了更多的能量把这条通道扩展到了十万分之一米,虽然比头发丝还细 10 倍,但是却是实实在在的第四维度通道,而且我们已经实现了物质传输。"

"院士,如果再弄大一点,那曲率引擎就可以淘汰了。"文中华高兴起来。

"我倒是想啊,仅仅扩展到万分之一米,就需要一个两亿千瓦核电站来供能,这几乎是我们科学舰的电力系统的总装机容量三分之一了。想

要扩展到能飞过猎杀者的大小，除非搬10个太阳过来，而且还要搞成戴森球一样地聚集能量才行，我终于知道为什么大星区文明也没有彻底掌握高维通道的原因了。"

"唉，空欢喜一场。"

"中华，这已经很不错了，起码相关的技术我们已经掌握了，迟早有一天我们能进行高维穿梭的。"

"这种通道是基于空间的，通道直径是粒子的百万倍，所以不会像粒子一样脆弱，即使我们进行万倍光速的曲率航行通道也不会有任何影响。我们现在要做的就是打造一个四维网络，让电磁波通过第四维度传播，这样就能解决通信问题。"

"院士，既然通道也是一对一的，这样只能解决远距离通讯问题，还是不能做到任意两艘战舰之间的通讯。如果我想指挥到猎杀者舰队的每一艘战舰或者每艘战舰之间都建立通讯链接，那岂不是要在每艘战舰中都搭建60万条通道？"

"将军，当然不用60万条，4条就够了，最终我们组建的四维通信网络就和捕鱼的大网一样，每个结点就是一艘战舰，由4条通道连接前后左右的4艘战舰，这样即使渔网的某个地方出现了破洞，也不会影响到整个网络的信息传递。"

"原来如此，对了院士，那这个通道口会随着战舰的移动而移动吗？有没有测试过？"

"当然会，这是空间通道，战舰里面也是空间，我们移动战舰的时候相当于把战舰里面的空间和原来的空间切割开来了，处于这个空间中的通道自然也会跟着战舰一起移动。"

"既然如此，是不是可以马上投入应用了？"胡宇急切地问道。

"理论上是可以的，还有一个情况，如果强行破坏通道会释放出大量的能量，当量比起物质湮灭还要大十几倍，这是我们暂时测量到的数据，低维度进入高维度需要吸收能量，反过来高维度跌回低维度会释放能量。这一点我们将继续深入研究，希望在未来能发展出空间武器或者说维度武器，不过暂时你们不要抱有希望，几百几千年内是否能攻克这个难题我一点把握都没有，先要等其他基础科学突破才行。"

"曾院士，您想得太周到了，真不知道该如何感谢您。"胡宇真诚地说道。

"老胡，快，快，打我一巴掌。"突然，文中华大叫起来。

"中华，你疯了吗，好端端的打你干什么？"

"快点，打我！！！"

"总参谋官，你有什么不舒服吗？"肖院士满脸疑惑地问道，大家也都像看稀奇一样地看着文中华。

文中华见大家不理睬他，自己狠狠地甩了自己一巴掌，揉了揉眼睛。

"你们看，我觉得我是疯掉了，这是神仙吗？"文中华指着舷窗喊道。

大家顺眼望去，瞬间血管爆裂，毛发竖起，只见舷窗外一个巨大的发着青光的物体紧贴着舷窗外飞行，仔细一看，那个青色发光物体竟然是一头巨大的老牛，牛背上还站着个白胡子白头发的人类老头子。只见那个老头子还指着舷窗里面，嘴巴不停地张合，满脸怒容，似乎在骂着胡宇等4人。

第 27 章　骑牛老头

几个人也算是见多识广,从骨子里是不会相信神仙这个东西是存在的,那么眼下这个骑牛老头到底是怎么回事。大家一时拿不定主意,只能呆呆地看着这个小老头一个劲儿地怒骂。

"中华,这个是人吗?"胡宇对着一旁呆住了的文中华问道。

"是神仙吧。"文中华已经有些痴呆了,在宇宙虚空中见到各种外星事物并不奇怪,大家也都多多少少接触了六七个文明的生物。但是在这种虚空中见到一个骑青牛的老头子怎能不让人惊奇。

"我觉得他好像是要进来。"曾院士猜测道。

"进来?能行吗,我们是地球第一批走入宇宙的人,除了我们之外难道还有其他地球人吗,这个人虽然外形像人,但是我总觉得不太妥当。"

"老胡,要不我们干他一下子,看看有什么反应。"回过神来的文中华建议。

此时那个白胡子老头仿佛骂得更厉害了,隔着几米厚的舷窗都能感觉到唾沫直飞,口水乱溅,而且还在牛背上直跳,就像一个被激怒到极致除了骂却又没有任何办法的人。

"让他进来。"胡宇思考了一下,决定道。

"老胡,这可是科学舰,重中之重。"

"不要紧,我们就看看他到底要干什么。"

两位院士点点头,同意了胡宇的说法,胡宇走到舷窗边,打开了舰体气密室和外界的舱门,那个老头果然停止了骂街,立马飞了进来,也不管胡宇几人,直接一屁股坐在桌子边,抓起桌子上的食物不管不顾地大快朵颐起来。

几人只得看着他一个劲儿地胡吃海喝,半个小时后,老头子好像终于吃饱了,拿出挂在腰间的葫芦,一股酒香飘了出来。

老头子灌了几口酒,抹了抹嘴巴,嗝……

"刚才是哪个混蛋说要干老夫一下子的啊?"

老头酒足饭饱,终于说话了,虽然吐字发音有别于普通话,但是几人还是能听个八九不离十。

"如果老夫没记错的话,是你这个小混蛋说的吧。"老头子一口一个老夫,指着文中华又要开始骂了。

"嘿,老头,别得寸进尺啊,你吃我们的东西,占我们的地方,我还没盘查你的身份来历,你反倒质问起我来了。"文中华也不服输,直接撑了过去。

"还有你们几个小子,老夫在外面叫了半天你们都没发现,害老夫追了那么久。"

"老先生息怒。"肖院士拉了拉文中华,示意他别冲动,"老先生,我们刚刚在研究问题没有注意外面的情况,请问您来自哪里,为何会说我们的语言?"

"老夫来自哪里?老夫不是人类嘛,这种问题还要问,现在的小辈都这么弱智吗?"对于肖院士的示好这个老头并不买账,而肖院士也是哭笑不得,自己也是一把年纪几百岁的人了,还要被这个老头羞辱。

"老先生,我并不是这个意思,我是说您怎么一个人在这宇宙中,你看我们都需要借助飞船才能生存下来。"肖院士继续说道。

"看你这个小辈态度还不错,老夫就告诉你,老夫的青牛其实是生物机械牛,我在外面的时候可以用力场制造一个小型生存圈,空气、能量都环绕在老夫周围。"

原来是这样,几人这才算明白一开始所谓的神仙本质,舰队已经可以精确控制磁力线,如果用磁力线打造一个虚拟圈,把空气和能量固定在里面,人类完全可以不用穿着宇航服就能在宇宙真空中生存。

"老先生,不知怎么称呼您,还有,您来自哪里,现在要去哪里?"一旁没有开口的胡宇问道。

"老夫行不更名坐不改姓,周道是也,别人都会尊称老夫一声道子先生,乃是大周天子域下楚国人士,不过看你们的装束就知道周朝完蛋了,现在是哪个朝代了?"

"什么?你是道子?写《大无道经》的道子?"几人惊道,对方竟然是春秋时代的道子,这可是将近好几千年前的人物。

"是也,有何不妥,《大无道经》确是老夫所撰写。"

"道子先生,后人都传当年您骑青牛,西出函谷关,霞光万道,再后来就没有了您的消息,到底是怎么回事?"胡宇问。

"唉,当年老夫对周室失望至极,就想到处走走,走到函谷关又被逼着写了本《大无道经》,好不容易自由了,刚刚出关,就被外星文明劫

持了，世人愚昧，霞光万道不过是外星文明飞船发出的光而已。"说到这里，老头子的情绪缓和了一些，语气也好了很多。

"那后来呢？"

"他们把老夫和其他一些被劫持的人类以及其他文明生物带到了一个陌生的行星系，然后和我们一起搞搞研究，还好那个文明的领导者不知是何原因保住了老夫的性命，还让老夫跟随他身边，并且学习了他们的部分科技。一直到1000年前左右，老夫找准时机，乘坐自己制造的青牛飞船逃了出来准备回家，这不，刚刚老夫发现一只舰队，飞近一看里面竟然是人类，可把老夫高兴坏了。"

"道子先生，家，已经没有了。"曾院士叹了口气。

"老夫知道，周朝腐朽无能，迟早要灭亡。"

"不是，道子先生，我是说，我们的行星系已经不存在了，所以我们才流浪到此。相信您也应该听说过银河系虫族的事情，在100多年前，虫群降临到太阳系……"

"啊！怎么会这样，不应该这样的，老夫熬了快3000年了，就为了回家看一眼，呜呜……"老头子一听地球没有了，竟然开始抽泣起来。

老头沉默了一下，抹了把老泪，再次抓起葫芦灌了几大口。

"算了，这也是自然之道，没什么大不了的。"老头很快缓了过来。

"道子先生，您暂时就留在舰队吧，反正您也没地方去，在舰队我们也好照顾您。"

"老夫果然没看错人，当时你说让老夫进来的时候老夫就知道你小子良心还算不错。"

"对了，当时你在外面如何听到我们说话的，是什么科技？"胡宇问道。

"科技个屁，老夫看你们的嘴形而已。"道子没好气地回道，"不过老夫才懒得留在你们舰队，一点意思都没，既然家园没有了，老夫就到处走走看看，老夫会在这里停留一天时间，青牛你们拿去研究。"

"这，谢谢先生了。"

"不用谢老夫，老夫知道这是你们最想要的，怎么说你们也是老夫的后辈，在这里遇见也是天意使然，反正对老夫又不会有任何损失。"

第 28 章　虫群消息

道子主动提出让舰队解析青牛的科技，不仅让大家彻底打消了对这个怪老头的最后一丝猜忌，还让大家对他刮目相看，之前的野蛮无理也统统抛到脑后去了，锦上添花算不了什么，雪中送炭才是真。

尽管众人再三挽留，无奈道子执意要离开舰队去宇宙漂泊，大家也没有再勉强，文中华一转开头的挑衅作风，对老头的态度变得比亲爹还要好，忙前忙后地伺候着，就差背着老爷子到处逛了。

"老爷子，来，再干一杯，这可是好酒，要不是您来，我这一辈子别说喝了，连酒香都闻不到。"酒桌上文中华不厌其烦地给老头子讲述了从春秋时期到新中国繁荣复兴的历史进程，听得老爷子不住地点头，完了还要求文中华给他拷贝一份历史资料，他巡游星空的时候慢慢研读。

"老爷子，你知道虫族的消息吗？"

"知道一点儿，劫持老夫的那个小星区文明距离银河系文明和虫族的战线不到 1000 光年，而且常年都有舰队和虫群战斗，老夫常年跟随他们的领导者，也知道一点儿消息。对了，太阳系的虫子最高是几阶段的？"

"六阶，我们就是在六阶虫出现后逃离太阳系的。"

"真没出息，才六阶就跑路了，劫持老夫的那个文明和二十五阶的虫子都战斗过，那才叫作灾难，银河系文明对虫族有一个大概的实力判断，每五阶对应一个文明等级。比如说一阶到五阶，相当于行星级文明，文明之间的差异很大，有些文明刚刚进入恒星级就能和十阶虫群战斗，当然还有像你们这种没出息的，进入恒星级文明后连六阶都对付不了。"

"老先生，我们……"文中华无力辩解。

"行了，虫群每个阶段的实力也不尽相同，老夫也没有完全看不起你们，谁叫你们是老夫的后辈呢，看不起你们就是看不起老夫自己，嘿，小子，想知道二十五阶虫是什么样子吗？"

"当然想，快点说，喝了我们这么多好酒，说多点信息就当酒钱了。"

"当初老夫跟随那个小星区文明领导者率领的舰队突破虫群防线，深入了几百光年查看情况，就是这一次老夫看到了那条恐怖的二十五阶虫，它足足有几万公里长。这个庞然大物不单单拥有无穷的力量，超高的防

御，还能进行曲率飞行。"

"老爷子，你没喝多吧，生物怎么可以进行曲率飞行？"

"愚蠢，不要把你的认知局限于地球那一块小地方，谁说生物就不能进行曲率飞行。"

"那后来你们怎么弄死它的？"

"弄死个屁，直接闪了，那是几十个单位的虫群，随时能淹没舰队，老夫就是此时趁着混乱逃走的。"

"老先生，您听说过深渊吗？"

"深渊？不，不，不，没听说过，没有，没有！！！"老头子连忙否认道。

从老头子的态度来看，他明显知道深渊的消息，但是却讳莫如深，既然老头不愿意说，文中华也没有继续追问。

此时已经是凌晨了，众人也都聚集在一起一言不发，看着道子先生自顾自地吃喝。

"好了，老夫该走了，天下没有不散之筵席，诸位，老夫告辞。"老头子向众人拱拱手。

"先生，一路保重。"众人纷纷和老头子告别。

"有缘再见。"道子爬上了巨大的生物机械青牛背上。

"后辈们，离开之前，老夫再告诉你们一个重要消息，赶路的时候老夫不小心惹到了一个星系级后期文明，现在他们在追捕老夫，用不了多久相信他们就会到达这片星域。不过老夫喝了你们的酒，也算你们好运气，投送虫群四维空间气泡百分之九十九以上都完全破败降低为三维空间。但是这周围100光年内却残留了一个，虽然残破了但是躲一躲还是可以的，活下来，老夫还会再找你们的，后辈们，老夫去也。"

"你个老匹夫，老混蛋！"文中华一下子又暴跳起来，整了一圈，最后还是被耍了，骗吃骗喝，浪费了那么多好酒，谁知道这个老头子竟然到处惹祸，还把敌人带到舰队这里。

青牛发出白色光芒，转眼消失在深邃的星空。

"唉，这个老先生，火上浇油啊。"肖院士叹道。

"这道子先生真是惹麻烦啊，不过我判断他们不会有大规模舰队来追击一个破老头，所以我们不见得没有一战之力，青牛的最高速度是多少？"胡宇问道。

"大约50倍光速。"

"毁灭者说过，星系级文明的势力范围可达上百光年到几百光年甚至更多，我们在天仓五闹得那么大，30多年过去了依然没有其他文明来查看，说明这周边几百光年不是那个文明的领地。我判断那个文明可能距离这里最少也有上千光年，否则以他们的速度和控制力不可能让道子先生跑掉的。"

"老胡，不对吧，你怎么知道老头子跑了很远。"文中华捏了捏额头让自己清醒一点，"老头子的青牛才50倍光速，星系级文明的速度一般是百倍光速到千倍光速，追击他要不了那么久追的。"

"当然，如果一开始就追击的话道子先生肯定跑不了多远，甚至连跑的机会都没有。我怀疑道子先生根本不是得罪了他们，如果仅仅是得罪的话不至于人家这么锲而不舍地来追他，而且不会等过了很长一段时间才想起来追。道子先生应该是拿了人家的某个重要物件，或者窃取了什么信息，一开始别人不知道，等知道了才来追，所以才会让道子先生跑了这么远。"

"好像是这个理，那他到底拿了什么或者窃取了什么信息呢？"

第 29 章 四维气泡

"是物件的可能性不大,道子先生随便就把机械青牛飞船给我们研究,说明青牛飞船里面不会有秘密物品,所以我觉得他很有可能知道了某个重要的信息或者窃取了人家的科技,其中窃取科技的可能性又很低。如果窃取了科技我相信道子先生应该会直接转让给我们,他只字不提,又急于离开,应该是知道了一些不该知道的秘密。"

"这个坏老头子,净惹祸,还要我们来擦屁股。"

"假如我的判断正确的话,那个文明距离我们上千光年,那追击的力量到此处已经非常分散了,毕竟这是一个立体的空间,搜索的范围是上亿立方光年,但眼下还是找到老先生所说的四维气泡最为稳妥。"

"谁知道这坏老头子说的靠不靠谱。"

"我觉得是靠谱的,而且我觉得道子先生身上还有更多的秘密。"曾昭远院士分析道,"如果道子先生存心要害我们,大可不必告诉我们这些消息。其次道子先生乘坐仅仅 50 倍光速的青牛飞船,他自己知道维度气泡的存在却不去躲,显然有信心逃离追击。还有道子先生是如何得知那个星系级文明在追击他的,包括之前文总参谋官问到深渊的消息时,道子先生的表情明明知道却矢口否认,种种问题都值得推敲。"

"我们偷偷验证了道子先生的 DNA,证实他确确实实是人类无疑,而且基因更接近我们古人,他的身份是没有问题的。"肖院士补充道。

"只是我们谁都没见过四维空间气泡到底是什么样子的,之前毁灭者也提过,投送虫群的四维空间气泡最少都是一个地球大小。道子先生也提过投送虫群的气泡有几个地球大,这说明四维空间气泡还是比较大的,但是在这方圆 100 光年内找一个地球大小的东西,而且还不是一个实体,难啊。"胡宇说道。

"将军,道子先生既然这么说,那么他一定有把握我们能找到,他知道我们的深蓝号飞船仅有 5 倍光速,所以这个气泡很有可能距离我们不会太远。"曾院士说道。

"这样吧,老胡,我先调集 30 万艘猎杀者向着四周散去,沿途释放卫星,先进行个大范围的搜索,留下 30 万艘守卫深蓝号舰队,舰队最好停止机动，就待在原地，这样被发现的几率最小。"

"好，不过搜索舰队要等四维网络通信搭建完毕才能出发，如果找不到空间泡，我们只能面对这个星系级文明的怒火，拼死一战了。"

"一个月之内可以完成四维网络搭建，另外我建议重点搜索周围50光年内的空间，如果距离太远，即便找到了我们的深蓝号也要很长时间才能赶到，意义不大，道子先生不会这么做的。"

一个月后，30万个节点，60万条通道，120万个通道入口，加上节点中继设备，一个四维通信网络搭建完毕，通道的稳定性不再像量子一样脆弱，即使战舰在高速曲率机动中也不会断裂。

基于这种网络，指挥舰能指挥到战场的每一艘战舰，随时查看战场态势进行战术调整部署，战舰之间还能即时通信，对于战争中的相互配合、支援、掩护等各种战术也能更加有效地实施，整个舰队的战斗力提高了百分之五十都不止。

这30万艘猎杀者已经出发，携带大量的卫星设备，飞往周围100光年内的空间进行探索，猎杀者战舰有近300米的长度，30万艘集中在一起有如乌云蔽日长虹贯天般浩大无比，但是一旦进入浩大宇宙这点数量就像大海中撒了一把盐一样毫不起眼，想要找到一艘都无比困难。

有几次舰队和卫星传来消息发现特殊事件，但是经过曾昭远院士的验证，这些都不是四维空间气泡。眼下最忙碌的不是舰队，也不是胡宇，而是科学舰中的一帮空间物理学家们，他们想尽各种办法来试图寻找气泡的位置。

转眼又过去了两年，第二批20万艘猎杀者早已经完成搜索任务回航了，第一批30万艘猎杀者仍然在百光年内的区域搜索着。这天，最远处的卫星传来了信息，不过并不是四维空间气泡的消息，而是另外一个外星文明的战舰到来，这些战舰拥有超过500倍光速的速度和长达几千米的巨大身躯，不过数量不多，仅仅只有5艘战舰。

很明显这是那个追击道子先生的星系级文明的舰队，面对这种级别的文明舰队，猎杀者和常规武器已经没有什么作用了。胡宇只得把所有的反物质部署到舰队周围的空域，如果对方发动攻击，希望这些隐匿在空间的反物质炸弹能起到一些效果。

科学舰中。

"两位院士，马上撤离吧，科学舰的速度太慢了，目标又大，你们是文明的希望，我恳请你们带领科学家赶紧离开。"

"不，我们还有最后一个希望，我正要去找你，我需要整个舰队的配合来进行试验。"曾院士说道，"如果试验成功，我们就有安全度过危险的希望，但是如果失败了，可能我们连逃离的时间都没有。"

第 30 章 空间波动

"曾院士，到底要怎么做，你说吧。"

"我的设想是这样的。"曾院士开始了讲述。

"虫子是三维生物，如果需要通过高维来传送，必有一个三维空间结构来固定虫群，否则三维生物肯定会在四维空间发生什么情况我们都清楚，这种情况会严重影响传送结果，所以虫族首脑或者他们幕后的操控者制造了空间气泡这个东西。"

"由于这个空间气泡有着三维结构或者说三维部分已经和大宇宙融为一体，所以即使飞船从这个空域经过也难以发现它的存在，因为它就是正常的空间。"

"既然这个空间气泡和第四维度存在联系，在现有的技术条件下引力波可能是唯一能发现它存在的东西，引力波是空间的涟漪，普通电磁波通过这个空间气泡的时候不会有任何变化，但是引力波不一样。引力波是基于空间的存在，它经过这个空间气泡的时候一定会被第四维度吸收而损失一部分能量。"

"我们现在还有 30 万艘战舰分部在这个空域中，现在需要他们动用战舰的大部分能量变成一个个引力源来挑动三维空间，制造出 30 万道引力波，然后我们观测引力波的传输情况，就能知道这个四维空间气泡的位置。"

"只需要所有战舰在原地各自以一定的频率开启和关闭曲率引擎，就能达到制造出引力波的效果，每一艘战舰既是引力源也是接收装置，这些引力波的数据一旦被周围的战舰接收到，就会通过四维网络传递到科学舰中提供分析比对。"

"好，既然如此，曾院士，现在我把舰队的指挥权交给你。"

60 万艘猎杀者，60 万种频率，60 万道引力波在空间传播，猎杀者游弋在星空中，一边躲避星系级文明的追捕一边等待引力波的传递，同时祈祷那个星系级文明不要有向深蓝号移动的迹象，深蓝号暂时是幸运的，那 5 艘星系级战舰一直在外围追捕猎杀者，完全没有发现静静停留在虚空的深蓝号。

时间一点点地过去，每过去一秒，就意味着深蓝号被发现的几率增加一分，科学舰中的这帮空间物理学家已经好多天没有离岗休息了，一个个蓬头垢面，胡子拉碴，满脸油污，双眼布满血丝，但是一个个都像吃了兴奋剂一样紧张地工作着。

"院士，发现异常数据！！！"一个科学家大声喊道。

"我来看看。"院士马上对大屏幕的数据进行查看，果然，在已经接收到的20多万道引力波数据中，发现了一个异常，这道引力波发出的振幅和波长在接收端竟然完全不一样。

"马上核对，确认发射方和接收方。"

"院士，已经核对好了，数据没有问题，这道引力波被超过5万艘战舰接收到，只有这个方向的2艘战舰收到异常数据。发射方，就是我们这艘科学舰。"助手回答道。

"什么？"曾院士不敢相信。

"没错的，院士，因为我们处在舰队的中心位置，所以距离我们最近的5万艘猎杀者先后都收到了这道引力波的数据。"

"收到异常数据的2艘战舰在哪个位置，距离我们多远？"

"院士，最近的是这一艘，距离我们大约……2光天。"

"唉，早该想到的，早该想到的。"曾院士自责道。

"院士，您这是怎么了。"胡宇安慰道。

"将军，我们还是低估了道子先生啊，我现在都有些怀疑这个空间气泡根本就是他弄来的或者说就是他建造的。"

"院士，我们赶紧去验证吧，那个星系级文明已经发现了我们的存在，现在我们外围的猎杀者正在遭到捕杀，猎杀者损失上百艘了。"

"走。"

一艘小型飞船搭载着胡宇、曾昭远院士和几个空间物理学家脱离了深蓝号舰队，小飞船在极短时间内加速到0.5倍光速后依靠惯性进行飞行，舰队在引力炸弹的基础上早已经攻克了舰内力平衡的课题，使得飞船可以用常规动力引擎进行连续大G值加速而不会对里面的人员有任何伤害。

"院士，这里看起来并没有任何异常。"大家很快来到了目标空域，胡宇说道。

"不错，看起来是没有任何异常，因为空间气泡的三维部分已经完全和我们的大宇宙三维空间融合在一起了，但是它的第四维度依然还和三维空间有很紧密的联系。"

"这点我理解。"

"还有一点，为什么叫四维空间气泡，将军你可想过？"

"院士，有什么问题吗，不就是多了个第四维度吗，还有，我们如何进入呢？"

"如果我没有估计错误的话，我们只需要在这里启动曲率引擎即可，将军，想不想见识见识？"曾院士神秘微笑道。

"当然。"

"好，我们马上进入第四维度，不过在这之前，大家要注意一下，我们在进入第四维度后发现任何情况都不要轻举妄动。虽然在理论中和想象中，我们有过无数第四维度的猜想，但是这仅仅是猜想，所以安全起见，大家各自保持自己的位置，不要移动，有任何问题都要经过我的指令才能执行，大家明白了吗？"

"明白。"众人回答道。

"启动曲率引擎。"

第 31 章　第二世界

随着命令的下达，小飞船启动了曲率引擎，周围的空间开始弯曲，远处的星空在视线中也开始扭曲变形，小飞船并没有像以往一样在大宇宙发生位移，在启动曲率引擎后的一刻，这艘飞船神奇地从大宇宙空间消失了。

"院士，这就是四维空间吗？"胡宇问道。

"我想，应该是的。"曾院士回道。

眼前的景象尽管已经想象过很多次，但是还是大大超出了大家的意料，飞船内所有的物品都已经变了样子，这是一个全新的光怪陆离的世界，它超越了时间，超越了空间，超越了人类的想象。

"院士，院士，你们还好吗？"胡宇喊道，怕在这种空间中大家有所不适。

"没事，不用担心，多维空间不会对物体有实质性影响，但是大家不要走动，待在原地，我们需要慢慢摸索在这空间中的生存方式。"曾院士回答道，在胡宇眼中，曾院士此时的面部神经联动着嘴巴在不停运动，而内部脏器也在缓缓蠕动。

"对了，院士，我们要怎么才能脱离这个空间？"

"很容易，只需要关闭曲率引擎就可以了，我们现在就像飞行在天空的蚂蚁，一旦失去能量就会跌落回地面，四维空间是高能空间，低能量物体会被直接排挤出去。差不多了，现在所有数据都已经收集完成，我们回归大宇宙吧。"

伴随着一阵光影交错，眼前的事物终于变回了正常样子，即使是这群见多识广的科学家们此刻的感受远远比看了一场大型劲爆演唱会要来得激烈，毕竟这是人类第一次真正进入第四维空间。

第四维空间的重要性不管是在普通应用还是战争中都有着无可替代的重要作用，尤其是在文明之间的战争中，掌握了维度科技就等于掌握了对方的生死，战场中随意进入第四维度，对三维进行打击，就像用脚踩死蚂蚁一样容易。

而且维度应用远远不只是传送和躲避这么简单，维度之间存在着巨大的能量差，可以说维度本身就是一件恐怖的武器，如果切割一块四维空间，强行让它失去第四维度变成三维空间，丢失的一个维度将会释放出巨大的能量。

胡宇马上命令深蓝号舰队和周围的30万艘猎杀者向这里靠近，远在几十光年到上百光年的另外30万艘猎杀者也收到了返航信息，不过他们却没有一艘返航。

"将军，我们是不会返航的，现在回来无异于把深蓝号的隐藏地点告诉敌人，我们现在在外围拖着敌人的战舰，深蓝号抓紧时间隐蔽。不过将军放心，虽然现在我们遭到敌方追捕，但是舰队非常分散，损失也不算大，等深蓝号隐藏完毕后我们会分散绕道继续前往马腹一，在那里等待你们的到来。将军，保重。"舰队司令扬帆和陈鹏都回复道。

"好吧，我们一起征战多年，你们从未让我失望过，我会派遣2艘工程舰也绕道前往马腹一，工程舰的速度也能达到20倍光速，随时保持联络，祝你们好运。"

外围的猎杀者虽然遭到追捕，但是对方仅仅只有5艘战舰，即使速度上是人类的十几倍，但是想要在方圆100光年内追捕30万艘小小的猎杀者谈何容易，即使猎杀者不逃往远处，仅凭5艘战舰没有个几十年的时间是无法全部剿灭这30万艘猎杀者的。

四维空间气泡距离原深蓝号停靠空域不到1光天的距离，只需要几个小时深蓝号就能到达空间气泡附近。卫星传来的消息，5艘外星战舰还在80光年外的区域忙活，外围空域的大量猎杀者战舰成功地吸引了他们的注意，一直没有继续搜索前进。

科学舰中，曾院士和几名顶尖的空间物理学家正在紧张地讨论，最后得出的结果是少数人经过严格训练或许可以在四维空间中生活，但是现在不是少数几个人，而是几亿人。这几亿人中有活泼乱跳的娃娃，也有各种从事繁忙工作的工人，深蓝号里面是一幅忙碌的场景，而且还有各种各样的动物，这些因素都无法准确地控制。如果想要在四维空间中生存，必须把第四维度分割出去，只留下三个维度。

三维在四维中是可以存在的，但是如何把第四维度去除却是个难题。最后一个叫刘博的空间物理学家提出了一个设想，既然第四维度难以剔除，那就在大宇宙稳定一块空间拖进这个空间泡中，让这块空间不和里面的空间发生融合，或许可以为深蓝号舰队制造出一片三维空间。

只是这个设想已经是切割空间的范畴了，人类连在四维空间的生存方

法都没找到，更别谈切割空间了。不过刘博院士解释说这并不是切割空间，只能叫拉扯空间，就像纸片上的蚂蚁如果飞上天空，蚂蚁和纸张又牢牢粘连在一起，如果支撑蚂蚁飞起的力量很大，连带着纸片都被拉扯变形了，纸张的拱起也代表了这部分纸张进入了三维空间，而且刘博院士还提出了一个把大宇宙三维空间拉扯进这个四维空间气泡的具体方案。

第32章　拉扯空间

刘博院士是跟随曾院士成长起来的新一代空间物理学新秀，舰队离开地球的时候出生，在舰队到达天仓五的时候就被授予院士头衔。与其他科学家一看就是做研究的严谨面容不同，刘院士有着北方人的高大身材，胖胖的身体，戴着一副400多度的眼镜。

刘博院士在空间物理方面的成长速度很快，在曾院士的带领下，短短十几年就在众多空间物理学家中脱颖而出，一连提出了好几点关于空间物理方面的新理论并且得到了证实，曾院士有意把空间物理方面的事情交给刘博主导。

这次刘博院士提出的把大宇宙空间拉扯到四维空间气泡中的设想已经经过了各种演算，成功率将超过百分之八十。

试验开始了，四维空间气泡所在的三维大宇宙空间，一百多艘猎杀者组成了一个直径几千米的球形，这个球形空间的内部停靠着一艘小飞船，曾院士和刘博院士等几人再次待在了里面。

组成球形外壳的猎杀者同时启动了曲率引擎，但是小飞船并没有任何动作，空间外胡宇看着这个战舰组成的大球缓缓消失在眼前，连同里面的小飞船一起。

5分钟后，这些飞船再次凭空出现在胡宇眼前，就仿佛从来没有动过一样。

"曾院士，刘院士，怎么样？"胡宇第一时间发去了信息。

"成功了，将军。"刘博院士回道。

"谢谢。"此刻胡宇再也找不到任何合适的话语，如果没有这些科学家，舰队可能早就不存在了。

曲率引擎工作的时候会扭曲周围的空间，100多艘猎杀者组成的球形同时开启曲率引擎后，等于把这个空间外围的一整圈都扭曲了，使得球形空间外部的任何变化想要进入内部都很困难，只要猎杀者保持队形，进入第四维度后猎杀者打造的三维空间球并不会被第四维度渗透，它是一个独立的空间。

实验中的小飞船在进入第四维度后，飞船内一切正常，几位科学家并

没有感受到第四维度，这里的空间依然还是大宇宙的三维空间。

在继续进行了几次时间较长的试验后，几位科学家确认了空间的安全，胡宇马上下令深蓝号相互之间紧密靠拢，护卫深蓝号的30万艘猎杀者舰员全部撤离到深蓝号上面，剩下的工作交给AI去执行即可，这些简单的东西电脑远比人类更加靠谱。

30万艘猎杀者在中央电脑的控制下一艘接一艘地排列开来，一个直径超过300千米的巨大球形出现在星空中。球形里面是300艘深蓝号和其他功能舰，他们紧密地挨在一起。如果是在飞行中这种距离几乎是致命的，猎杀者启动曲率引擎，这个巨大的球形一点点地消失在三维大宇宙中，舰队安全了。

"陈鹏，将军和深蓝号已经安全了，我们也准备撤退吧，我已经损失1000多艘猎杀者了。"扬帆通过四维网络连接到陈鹏。

"好，我们照原计划，分两队绕大半个圈后再返回马腹一，我们这里距离马腹一大约还有400光年，绕行的话大约是700光年到800光年，需要30年左右，路上小心，如果遇到其他文明，尽量不要发生冲突，我们已经四面楚歌，将军的压力太大了。"陈鹏回道。

"希望这些外星战舰不会在这里停留得太久，不然将军他们需要待的时间就长了。"

"走吧，我们走得越快，将军越放心，30年后见。"

"好，保持联络。"

有了四维空间网络，战舰相隔得再远也不会丢失联系，不过即便相隔很近的两艘战舰，他们之间的信息都有可能经过几十光年几百光年外的第三艘或者更多的战舰来中转才能彼此通信。

30万艘猎杀者虽然在外星战舰的追捕下损失了几千艘，但是依然是一支庞大的队伍，他们现在不再拖延外星战舰，全部向着外围急速前进着。随着时间的推移他们彼此之间的距离变得越来越遥远，外星战舰的追捕也变得越来越困难，他们的捕杀数量从一天几十艘到一天一艘，再到几天一艘几个月一艘，最后甚至失去猎杀者的踪迹。

深蓝号依然在四维空间气泡中躲藏着，追捕者刚刚离开，此时回归大宇宙还不是时候，况且现在正是研究第四维度的绝好机会，离开了这个地方，以后想要再找到一个虫族残留的空间气泡就难了。

这是道子先生留给舰队的一笔巨大财富，如果不吃到撑是不会离开的，舰队的发展可以晚几十年几百年都没关系，只要完全掌握了第四维度的这一项技术，舰队最少都有能力抗衡小星区文明，说不定在大星区文明手中也能有逃跑的能力。

最先到达马腹一的是 2 艘工程舰，他们幸运地逃过了外星战舰的追捕，率先到达马腹一。不过工程舰上人员也很少，加起来也不过 100 来人，他们花费了 20 年的时间才到达马腹一，先驱者的重任就落到了这 2 艘工程舰上。

马腹一是一个三星系统的星系，其中两颗恒星的质量是太阳 10 倍多。每一颗恒星的辐射量都是太阳的 2 万多倍，仅仅这两颗恒星加起来就是太阳辐射量的 4 万多倍了，如果地球处在这里，用不了多久就会被烤得汽化，第三颗恒星虽然好一点，但是也是一颗年轻的狂暴恒星，按照这个速度，用不了几百万年，它就将走完自己的一生。

由 3 颗狂暴恒星组成的三星系统注定了这里的环境极其恶劣，一般的行星在这种环境下根本无法存活，而且三星系统的运行轨迹极为复杂，大部分三星系统的行星最终的命运都是一头栽入恒星当中，变成恒星的一部分。

马腹一的三星系统相对比较稳定，两颗大质量恒星组成了一个双星系统，这个双星系再和第三颗小质量恒星又组成了一个复合型的双星系统，这种结构下恒星的运行轨迹是规律的，不会出现混乱的情况。

科学家们在早期使用凌日法和引力透镜就已经计算出马腹一的第三恒星具有两颗行星，随着工程舰的到来，证实了科学家的计算结果，第三恒星，也就是那颗质量小一些的恒星确实有两颗行星存在。这两颗行星大小相当，质量大约是地球两倍，都属于岩质行星。

两颗行星的轨道极为诡异，它们在马腹一的存在时间应该不会太长，即便是稳定型的三星系统，也只是相对于恒星来说稳定，对于行星来说依然是不稳定的。行星所受到的引力会随着 3 颗恒星的运行轨迹时刻变化，这就导致了它们不可能像太阳系中的行星一样有一个近似圆形的轨道，它们的轨道是不规则的，但是可以通过数学模型来准确预测。

现在这两颗行星的轨道都已经大大偏向了两颗大质量恒星组成的双星系统一边，可能过不了多久，他们就会被双星系统抢过去。不过它们能在这种狂暴的能量空间中存活下来，代表了它们有着远离恒星的轨道，两颗行星相距的最近距离不过 2 个天文单位，但是它们与第三行星的轨道最近点也有 50 多个天文单位，只是这个最近点会随着时间的推移慢慢变小，直到它们被双星系统抢过去或者一头撞向第三恒星。

对于人类来说这都是很遥远的事情，没有几十万年不会发生，现在它们将成为人类的领地，为人类的发展贡献出各种资源。

两颗行星由于轨道变化，温度也在时刻变化，它们都没有自转，可能是 3 颗恒星的拉扯让行星停止了自转，抑或被潮汐锁定，它们的公转周期经过初步计算，大约在 450 年到 480 年之间，这样正好，舰队以后可以直接在背日面进行各种活动。

零下 200 摄氏度的低温对于工程舰来说完全不算什么，宇宙真空中的温度比这还要低几十摄氏度，这种恶劣环境不可能存在生物迹象、水、大气，没有自转磁场也肯定不会有。出于谨慎，工程舰还是在高轨道发射了小型机器人进行采样分析，直到确定对人类不会造成任何主动性伤害后工程舰才降落在行星表面。

2 艘工程舰经过考察，选择了距离第三恒星更近的第一行星，这颗行星在 20 年后会进入第三恒星和其他两颗恒星的中间位置。到时候它会受到 3 颗恒星超过 200 年的炙烤，整颗行星的表面温度将会上升到 600 多摄氏度，对于任何文明生物来说这都是地狱。

不过正是这种极端环境才更加安全，谁也不会想到这种恶劣环境中还会有一个文明的舰队隐藏这里。

2 艘工程舰降落后马上开始了工作，首先最重要的工作是探明行星各处的矿产资源储备情况，既然是岩质行星，势必铁元素的储存是相当丰富的。现在舰队中已经有元素衰变机和聚变机，理论上可以通过任何元素进行衰变和聚变来得到舰队想要的任何元素，而且能获得巨大的能量，但是靠那个东西想要打造一支舰队基本上不可能。

只有一些稀缺的元素才会用衰变或聚变来获得，大量使用的铁碳等元素还得依靠从行星直接开采。

很快工程舰就探明了第一行星的矿产分布情况，并且通过四维通道传回到了深蓝号舰队中，此时的深蓝号舰队在 30 万艘猎杀者的护卫下已经脱离四维空间泡，向着马腹一航行而来，他们将在 80 年后抵达马腹一。舰队中的科学家们根据工程舰传回的信息很快制定了马腹一的发展方案。

第33章 舰队会师

工程舰根据科学家反馈回来的信息开始了工作，他们将在第一行星进入第三恒星烤炉之前在行星表面挖掘出若干个巨大空洞，以后到来的舰队都会进入空洞中，人类也将在这些地下空洞中生存发展。

第一批到来的舰队不是深蓝号，而是陈鹏和扬帆两位将军率领的30万艘远距离撤退后再绕回马腹一的舰队，他们发来的消息，将在10年后到达马腹一。

工程舰必须在这支舰队到来之前准备好地下空间，最起码也要准备好人员的地下生存基地，30万艘战舰，60万人，至少也需要挖掘四五个立方千米的地下空间才能够这些舰员勉强居住，而且还要搭建配套居住设施。

又过了5年，第一批猎杀者舰队经过了漫长的旅途终于来到了马腹一第一行星，30万艘猎杀者依次排列停靠在行星表面，把一个长宽100公里的区域占了个满满当当，舰员从猎杀者里面开出来的小型行星车也几乎把地下城入口围了个水泄不通。

舰队的到来虽然给这些不完善的基地带来了很大的压力，但是同时也带来了大量的劳动力，以往工程舰的100来人就是顾此失彼，很多工作无法同时开展，机器也不能全力运转，况且他们还要维持自己的生活，能把这几个地下城挖掘出来并且搭建了足够60万人居住的钢铁房屋已经非常不容易了。

只不过地下城除了空荡荡的钢铁房，其他的几乎什么都没有，即便如此，也比猎杀者的环境要好多了。人类是群居动物，经过了数十年的孤寂航行，这些舰员终于再次见到了人群，他们相互拥抱在一起，不管认不认识。

地下城食物和水都不够，他们就把猎杀者上面的储备搬进来，几个地下城一连好几天都沉浸在嘈杂的喧闹声中，人们欢歌笑语，庆祝重逢。工程舰上的人看到这一切，只能替他们高兴，自己是幸运的，起码有个小群体陪着，这些舰员可是30多年对着同一张面孔，如何能不感到厌倦。

随着深蓝号舰队的一天天靠近，第一行星的地下城也越来越多，设施

越来越完善，现在已经完善的地下城有 5 个。地下城为了节约空间，参考了深蓝号的设计，仅仅这 5 个地下城，就足够容纳深蓝号的全部人口。不过大家已经在深蓝号上憋得太久了，好不容易找到一个行星落脚，怎么还能拥挤度日，所以还有 20 多个未完善的地下城正在施工中，以及同样数量的用于生产的地下城。

胡宇站在地下城里，真诚地感谢第一批到来的工程舰人员，如果没有他们，现在的一切都要从零开始，就是这 100 多人，硬是从几台机器开始，硬生生地打造出这一片成果来。对于他们，胡宇除了在舰队予以表彰授予了先驱者的荣誉外，还给予了足够多的舰队贡献点，他们可以使用这些贡献点来换取舒适的生活以及一切能用贡献点换到的东西，这是他们应得的。

会议室中，扬帆和陈鹏正在详细汇报沿途的情况。

"将军，我们集团军所属 15 万艘猎杀者绕行 700 光年，沿途只发现一个行星级文明，为了避免不必要的麻烦，我们没有去打搅他们，也没有采集任何样本。"扬帆汇报道。

"我们集团军在途中没有发现任何文明踪迹，也没发现任何异常。"陈鹏汇报。

"这么小的地方能发现一个文明就不错了，我们现在自身难保，暂时不要去打搅他们，等我们舰队离开马腹一的时候再去看看。"胡宇说道。

"将军，这些年，舰队一切都还好吧。"

"嗯，都好，你们把新到的猎杀者和深蓝号都要隐藏起来，现在你们俩跟我去科学城。"

"明白，将军，放心吧。"

胡宇放下手头的工作，带领扬陈二人马不停蹄地赶往另外一座地下城，每座地下城之间的距离并不相同，地下城的建设都是根据矿产分布来挖掘的，城与城之间通过地下通道相连。

胡宇在地下轨道车中又通知了几个人马上赶去科学城，准备召开重要会议。

"将军，我们到了。"门口走进来另外两个高级军官——高建川和李志雄，和陈鹏、扬帆一样，这两位也是中将军衔，他们 4 人分别担任了猎杀者舰队的 4 位司令员。

"今天叫大家来是关于新式战舰的方向问题，我们缴获的沙蟒文明科技可以用于战舰方面的，在曾院士的带领下已经基本解析完成，加上这

100多年来我们在这些科技基础上的进步，猎杀者已经不能适用于未来战舰的需要，曾院士已经领导战舰设计小组在工作了，今天就是来听一听你们对新式战舰的设计要求。"

"将军，总参谋官，猎杀者的缺点就是攻击力不够强，速度不够快，防御不够高。"李志雄抢答道，这位司令员带兵如同亲兄弟，战术运用也非常娴熟，而且很有智谋，号称军中小诸葛。

"废话连篇，你脑子里装的是猪粪嘛！真是侮辱诸葛两个字。"文中华没好气地骂道，真是被这几个人气死。

"将军，其实我觉得猎杀者在现有的科技条件下能否造得小一点，小一点的话机动性更灵活，躲避更敏捷，目标也会小很多，这样的话生存能力会更强一些。现在的猎杀者虽然体形庞大，但是大部分体积都用在了防护装甲上面尤其是舰艏，超过50米的厚度都是装甲层。"高建川思考了一下，再次发言。

"老高，战舰变小意味着装甲层变薄，虽然目标会变小，但是只要一击就会被毁灭，我们的舰员将没有任何生存机会。"陈鹏不同意高建川的意见。

"除了这个，还有呢？"胡宇问道。

"还有就是激光攻击能力太差了，但是大功率激光又太耗费能量，现在有效的武器只有反物质一种。我想如果把反物质炸弹的曲率速度提上去，在战争中我们将会更有主动权一些。"高建川提出了第二点意见。

"我有个想法，把战舰控制室和逃生舱合二为一，而且要有很好的机动能力和最好的防护能力，这样我们的战舰在被击毁后舰员逃生的机会才会更大。将军，我知道现在舰队还会扩大几倍，我们的舰员都很宝贵，而且舰员每次战斗都损失很大。"陈鹏说道。

第 34 章　战舰隐杀

意见被一条一条地提出来，大到战舰武器、推进、控制，小到按钮的位置，在没有星际战争经验的情况下设计的猎杀者，缺点还是很多的。

"好了，大家的意见很宝贵，曾院士领导的战舰设计小组会把你们的意见考虑进去的，你们会后也要去聆听一线舰员的意见，及时汇总整理发送给曾院士和我。现在曾院士已经有一份新式战舰的初稿，给你们先高兴高兴。"

"同志们，大家请看。"曾院士指着会议桌上的全息影像说道。一艘类似于三角形的小飞船三维影像出现在众人面前，在外形上看，新战舰和猎杀者并没有太大差异，曾院士开始了讲解。

新式的战舰命名为隐杀者，这个类似于等腰三角形的飞船长度100米，底边宽80米，最厚处20米，比起猎杀者战舰来，隐杀者的体积只有其十分之一不到。

完全解析掉沙蟒文明和其他几个文明的曲率技术后，又在四维空间气泡中待了30年，空间物理学家对曲率的研究如同坐上了火箭，加上隐杀者的小巧体形，计算机模拟数据得出隐杀者的最高航行速度可达500倍光速。

隐杀者战舰的武器主要以反物质为基础，现在舰队的反物质产量已经提高到每天10公斤了，存储下来的反物质已经超过200吨，基本够舰队消耗。

隐杀者战舰虽然减小了体积，但是防御并没有减小反而加强了好几倍，第一是材料科技的进步，第二是研发了新型的防御系统，是基于能量场和空间的防御机制。

新式战舰通过调整曲率引擎的位置和功率，把战舰周围的球形空间用能量场进行不规则扭曲，敌方攻击过来的不管是激光束还是实体武器，在即将击中的一刻却会诡异地改变方向，比起猎杀者的生存系数大了20倍以上。

"隐杀者小了这么多，会不会对我们舰员生活造成影响，毕竟他们需要长时间待在里面，生存空间小了，会产生很大的压抑感。"

"当然不会，隐杀者进行了重新布局，加上我们现在对能量的利用更加有效，减少了很多设备，所以战舰内的空间会很充裕。我们预留了很多空间给舰员使用，再说了，隐杀者虽然小，那也是一个100米长、80米宽、25米高的庞然大物，舰员们在里面生活是完全没有问题的。"

"对了，院士，居民舰不会重新制造吗。"陈鹏问道。

"深蓝号会进行一些小范围的改造，建造深蓝号不容易，不可能说拆就拆了，我们会对深蓝号的曲率引擎进行优化升级或者直接更换，调整位置等等，虽然工程量很大，但是比起重建一艘深蓝号这点工程量不值一提。改造后的深蓝号理论速度会达到100倍光速左右，和隐杀者一样具有能量场扭曲空间进行防护，深蓝号能量充足所以防御强度比隐杀者还要强几倍。"曾院士回道。

"院士，你的意思是，猎杀者要全部拆掉？"高建川有些不舍得。

"是的，猎杀者已经没有改造的价值了，加上现在我们处在地下城中，为了隐蔽我们不能在行星表面大规模建造冶炼基地。我知道你们很舍不得猎杀者，它们虽然只是一个机器，但是却陪伴了大家200多年，相信我，这不是猎杀者的终结，而是它们的涅槃重生。"

"谢谢院士。"

"不用谢我，你接下来可是有得忙了。"

"忙点好，在基地中我们都没什么事情可做。"

"几位司令，我们科学院通过对战争的模拟，会同将军和文总参谋官一起商定，隐杀者的建造数量将会达到3000万艘，也就是说最少需要6000万舰员，现在我们的所有舰员加起来才不到300万，连零头都不够。"

"院士，这也太多了吧，且不说舰员问题，3000万艘隐杀者，没有上千年也造不出来啊，难道我们要在这里停留上千年的时间吗？"

曾院士笑笑："当然不用那么久，隐杀者战舰我们全部采用模块化设计，几个世纪前，我们造一架飞机大约需要几百万到一千万个零件，现在我们造隐杀者，只需要不到50万个零件，这就是技术的进步。"

"院士，我还是不敢相信我们能在这么短的时间内打造这么庞大的舰队！"

"这一切都是经过我们严格计算的。"

"曾院士，虽然战舰的建造不成问题，但是需要的舰员数量也太多了吧，6000万，我们现在总人口经过了一两百年的发展，也才刚刚8亿多

点,现在一下子要了差不多十分之一的人,不太现实啊。"

"哈哈,我吓唬你们的,如果真需要这么多舰员上舰,我们的舰队结构是非常不健康的,现在我们的全息技术和四维通信技术都非常成熟,舰员直接在深蓝号上就能模拟隐杀者的真实情况进行驾驶,就像打游戏机一样简单,省略了最为复杂的舰员生存保障系统,结构更加简单,所以我们才有信心建造3000万艘。"

"那还好,那还好。"几位司令擦了擦额头上的汗水,如果真的需要那么多舰员上舰,一旦战争爆发,损失可就难说了。

"好了,差不多了,会议就到这里了,大家去忙吧,曾院士会参考你们的意见对隐杀者进行修改设计的。"胡宇说道。

胡宇闲不下来,离开了科学城后又马不停蹄地通过管道来到了生物舰中。因为生物技术的特殊性,肖院士提出不需要建造专门的地下城,生物学家仍然在生物舰中工作,其实这里的生物学家只是生物学的一个分支而已。

经过了10层防护门,换了3套衣服,消毒5次,胡宇才来到生物舰严格保密的中心实验室。

"将军,刚准备去找你,我们需要一座独立的地下城,和其他地下城完全隔绝,或者一艘深蓝号。"

"肖院士,要一座地下城或者深蓝号没问题,现在新的地下城还在建造,我让工程队在行星另外一面给你们挖一个吧,深蓝号不太适合你们,有什么具体要求没有?"

"没什么要求,就一个大点的空间就行了。"

"院士,要这座地下城做什么用?"

"来,我给你看看,我们的新产品。"

第 35 章　异形军团

说着，肖院士把胡宇带到一间用厚重闸门封闭的房间中，一走进这个房间，浓浓的寒意扑面而来，房间中都是低温产生的寒气，在一个玻璃箱中，胡宇看到了肖院士的新产品。

玻璃箱中冰封着一个身长超过 10 米的巨大怪物，这个怪物和沙蟒生物有着几分相似，都长着一个巨大如同蟒蛇般的头颅，强壮的四肢，背部有 8 条章鱼触角一样的肉条，触角尾端有尖刺和利爪，一眼看上去，这就是个巨大的生物战争机器。

"肖院士，这是什么？"胡宇问道。

"第一代星际生物战士。"

"我们现在的战力应该足以应付十阶以上的虫族了，这个没什么用了吧。"

"当然有用，它们的数量庞大到无穷无尽，足以撬动一场战争胜利的天平。"

"什么！！无穷无尽？院士，这种东西应该有一定的智慧吧，万一控制不好，反噬我们自己怎么办？"

"这个东西确实有着不低的智慧，它的主体基因是沙蟒生物，我们剔除了沙蟒生物基因中的几个序列，取而代之的是犬类基因，少了狡黠和自我，多了忠诚和服从，另外最主要的安全措施就是这个东西。"

肖院士说着，从旁边一个容器里拿出了一个类似软体螃蟹的东西，浑身都是滑溜溜的粘液，要多恶心有多恶心，而且这个东西的 8 条肢体紧紧地贴着肖院士的手，还在轻轻地摩挲，仿佛和肖院士非常亲昵。

"这个就是我们的最后一道防线，我们叫它小螃蟹，它其实也是我们制造出来的一种基因生物，属于寄生类产品，是一种非常忠诚的产品，平常会寄生在生物战士的大脑中，一旦生物战士有任何威胁到人类的异动它就会用这 8 条脚搅碎生物战士的大脑。"

"院士，我们完全可以进行芯片植入，弄个小型炸弹在生物战士大脑中，这样不是更可靠？"

"芯片当然没有这个小螃蟹可靠，生物战士是没有使用年限的，小小

的芯片在生物战士恶劣的大脑环境中出现变故的可能性太大了,小螃蟹却不会。将军,告诉你一个秘密,小螃蟹有一部分人类基因,潜意识中它可能认为自己是人类的一部分,不过它并没有智力,所以我们不要有心理负担。"

"既然如此,我们就打造一支生物军团,起码它的生产比隐杀者要容易得多。我会让基地加快有机物的生产,并且先拿出一部分战略储存让你们先进行胚胎培育,先弄个1亿小个体出来,等食物充足了再慢慢养大。"

"将军,这种东西始终只能是附属产品,不能当作主力使用,不怕丢人地说,这个生物战士已经是我们目前生物技术的最顶端了。生物始终是生物,它是无法和钢铁武器相抗衡的,我们在研究生物技术的时候就已经确认了这件事情。"

笨鸟先飞,穷者多劳,仅仅18年,2000万艘隐杀者已经制造完毕,比预期提前了两年,人们的工作热情一天比一天高涨,在星际漂泊了几百年的人们,似乎更加向往在星际间流浪的感觉,不过胡宇却更加希望能为大家找到一颗宜居行星,让大家结束这种提心吊胆的漂泊生活。

现在舰队已经强大起来,即使碰到其他星系级文明,只要自己不主动招惹,相信没有哪个星系级文明来主动发动战争,此时大家不知道的是,一艘长度仅仅200多米的菱形银色飞船已经隐藏在马腹一的第三恒星烈焰中两年多了,它一动不动地注视着舰队的一举一动。

它终于离开了马腹一,以超过5000倍光速航行速度向着天仓五飞去。

"蚂猛何在。"银色菱形飞船里的生物发出了信息。

"巡视者大人,蚂猛见过大人。"

第36章　来势汹汹

"还记得我的话吗？"这个巡视者，正是人类舰队离开太阳系后碰到的第一个外星文明生物。

"大人，小的不敢忘记，当初大人给予我们科技，让我们发展到星系级文明顶峰，并且200年后去消灭那个人类文明。"

"嗯，记得就好，现在你们的情况怎么样了？"巡视者问道。

"大人，我们经过148年的发展，现在人口已经从最初的200万发展到10亿了。在大人给予的科技支持下，我们最新的战舰有3000米长，数量已经有1000多万艘了，再过52年舰队数量最起码可以达到2千万没问题。"

"太慢了，怪不得你们败于人类手下，我给予你们科技，给予你们安全的环境，这么多年过去了，你们才这点实力。你们知道吗，人类在远不如你们的科技储备和资源环境下已经制造出超过2千万的战舰，而且我相信他们的战舰质量一点也不比你们的差。"

"什么？！大人，这不可能。"

"愚蠢，你们做不到，不代表人类做不到。"

巡视者的怒骂让沙蟒文明新首脑蚂猛非常不满，这些年在天仓五星系，他可是过足了当首脑的瘾。

100多年前，原来的首脑在战争中死去，而蚂猛的部落舰队却奇迹般的好运没有受到任何损失。他们原本准备一路掠夺流浪，至于找人类拼命，只不过是蚂猛随口一说而已。作为新的首脑，一些表面工作还是要做好的，说到底，蚂猛还要感谢人类，如果不是人类它怎么可能当上沙蟒文明的首脑。

只是没想到碰到了巡视者，巡视者给出的条件让蚂猛想都没想地就答应下来，有这种好事不干是傻子，200年后，就算打不赢人类也无所谓，起码科技不会丢失，而且只要自己用点心，舰队也能保存很大一部分，说不定随便应付一下就得了，这是当初蚂猛的想法。

享受高高在上的权力100多年，蚂猛已经完全改变了想法，等舰队再庞大一些就悄悄离开天仓五，以现在舰队400倍光速的航行能力，完全有机会躲开巡视者。到时候找一个远离此地的星系，好好地享受自己的生

活才是正道，谁吃饱了撑的去找人类文明拼命。蚂猛没想到离200年期限还有50多年这个巡视者就来了，而且一来就对自己颐指气使，让蚂猛心中非常不满。

"怎么，不舒服，一群自以为是的蠢货，你们以为我在骗你们吗！哼，告诉你们，人类文明虽然整体还是恒星级后期文明，但是他的舰队已经达到星系级文明中期的水准，你们虽然整体已经达到星系级初期水平，但是舰队也处于这个水平，在银河系中，战争力量才是决定文明等级的根本，所以你们和人类文明交手想要获胜很难。"

"大人，既然这样，我们不是明摆着去送死吗？"

"你们还有赢的希望，我查看过人类的战舰，虽然数量上有2000万之多，但是体积很小只有100米长。"

"大人，您说人类文明的战舰只有100米长？这么小的战舰能干什么，别说2000万，2亿我都不放在眼里。我们战舰装备了强大的激光武器和反物质武器以及厚实的装甲，连装甲厚度都超过100米，人类这么小的战舰能不能经得起我们一击都难说，到时候不用武器，直接撞也要撞死他们。"

"愚蠢，愚蠢啊，你当人类是傻子吗？他们敢这么做肯定有这么做的理由。"

"不用担心，大人，我们马上出发。对了，人类文明在哪儿？"蚂猛认为这个巡视者实在废话太多了，也太过于小心，况且自己不仅仅有1000万艘战舰，还有更恐怖的武器。

"就在马腹一，距离此地500光年。"

"马腹一，人类真是狡猾啊，竟然会待在那个鬼地方，好了，大人，我们马上集结舰队出发，您是要跟随我们一起吗？"

"不，我还有其他事情，如果你们能消灭人类，除了人类的科技储备，我还将给予你们一部分小星区文明的科技，如果失败了，我会帮人类追杀你们。"

巡视者的银色飞船再次消失在星空中，沙蟒舰队也开始集结，他们800万艘集结在天仓五行星系的三号行星，另外200万艘把天仓五隐隐地包围了起来。

随着沙蟒战舰的启动，天仓五这颗巨大的恒星竟然跟随着舰队运动起来，离开了原来的位置，而且速度竟然一点也不慢，也达到了350倍光速。远在500光年外的人类舰队对沙蟒文明的行动却丝毫不知，他们也没有想到200年前的沙蟒残余会有今天的实力。

"老胡，马上来作战指挥室，有紧急情况。"文中华焦急地通知胡宇。

"中华，说一下情况。"胡宇走进指挥室。

"你看，这是刚刚收到的消息，一支千万级别的舰队向我们袭来，而且还裹挟着一个东西，据我们分析，这是一颗恒星，目前他们的速度大约是300倍光速，距离我们仅仅20光年，24天后会和我们正面接触，来者不善啊。"

"对方明显也是星系级文明，继续收集情报。"

"老胡，现在该怎么办，一旦对方来者不善，我们完全没有转移的时间，现在我们的家当都在第一行星当中。"

"让我们的隐杀者全部升空，向对方亮明身份，展现我们的实力，如果对方不是专门冲着我们而来的话，应该不至于贸然发动进攻。"

"将军，你看这些战舰的造型有没有几分当年沙蟒战舰的风格？"

"确实有几分沙蟒战舰的味道，不过沙蟒文明已经不存在了，逃走的一部分丢失了科技树，以他们的智力水平是不可能在短时间内制造出如此规模的舰队的。"

"对方裹挟恒星而来，这是非常不正常的，正常星系级文明航行在宇宙中，即便需要能量补充也完全不需要裹挟一颗恒星，裹挟恒星的目的恐怕只有一个，就是战争。"曾院士分析道。

"如果对方真的想通过打爆恒星来消灭我们，也未免有些太小看我们了，他们能使用飞船弯曲空间驱动恒星，我们驱动一颗行星更加没问题。院士，你马上组织相关科学家进行计算，找出战舰的最佳排列位置，我们把一号行星带走。"

"将军，我们做不到，在一号行星的这几十年里，我们就已经对这个课题进行研究。实验结果证明我们就算把全部隐杀者用上去，也仅仅能驱动一号行星以亚光速行进，对方在空间技术方面的成就已经超越我们很多了。"

"那我们就把一号行星搬到第一恒星或者第二恒星背后，等移动完成后我们舰队前出，主动进攻，把对方挡在外围。"胡宇迅速做出了作战部署。

经过一批空间物理学家的计算，最后集结了1700多万艘隐杀者球形分布在第一行星周围的空域，随着这1700多万艘隐杀者的引擎启动，第一行星缓缓地脱离了原来的轨道，18小时后，第一行星穿过了马腹一第一恒星和第二恒星中间的空隙，抵达了第一恒星和不明舰队相对的背面。

第 37 章　撼动空间

"将军，这颗恒星怎么好眼熟？"曾院士说道。

"院士，恒星不都一样吗，有什么眼熟不眼熟的，现在它们也已经脱离曲率航行状态了，只要有任何的轻举妄动，我们就会发动攻击。"胡宇说道。

"不，它是天仓五，怪不得看起来这么眼熟。"

"天仓五？"胡宇疑惑地问道。

"是的，肯定是天仓五，刚刚光谱分析结果已经出来了。"

"天仓五，我们受过它的恩泽，在我们心中它的重要性仅次于太阳，现在我们只能眼睁睁地看着它沦为沙蟒文明的武器了。"

"人类，我是沙蟒文明的新首脑蚂猛，首先感谢你们杀死上一任首脑才让我有机会登上领导者的位置。原本我是不想和你们发生冲突的，因为我不像上一任首脑那样愚蠢，随意发动针对一个和自己实力差不多文明的战争，但是受人所托我必须要消灭你们文明。原本我是一个爱好和平的人，现在给你们一个机会，放弃你们所有的战舰，所有文明生物归附我们沙蟒文明，我会保证你们的安全。给你们 3 分钟时间考虑，3 分钟后如果没有结果，就不要怪我了。"

"竟然是沙蟒文明，将军，这几乎是不可能的事情。"曾院士非常不解。

"听他们的口气应该错不了了，院士，从表面上看，沙蟒舰队的科技已经超越了我们。我也不太相信他们有能力在短时间超越我们，毕竟我们融合了他们的科技，加上道子先生给予的部分科技，才有了现在的成就。他们仅凭自己，确实不太可能，尤其是他们的生物特性，根本不适合搞科研。"文中华说道。

"既然是沙蟒文明，也就是没有谈的必要了。中华，命令舰队，自由攻击，我倒要看看，到底是自己一步一步研发的科技踏实，还是捡来的科技好用。"

"老胡，那这个天仓五恒星怎么办？"

"沙蟒舰队想依靠天仓五恒星来毁灭我们，那我们就让他们尝尝两颗恒星爆炸的滋味，把战线慢慢朝着第三恒星靠拢，他们天仓五炸掉的同时，我们也把马腹一的第三恒星炸掉！尽早结束战事，马上离开这里。"

"老胡，这玩得有点儿大啊，我们的隐杀者也会有不小的损失的。"文中华有些兴奋地说道。

"斩草不除根，春风吹又生，现在他们还敢找上门来，定要把沙蟒文明的名字从宇宙中抹去。"

"完了，这次我们几百年储存下来的1000来吨反物质将会消耗一空，接下来又要很长一段时间才能制造出这么多反物质了。"

"总参谋官，不要担心，我们现在的反物质产量已经提升到每年50吨，而且毁灭一颗恒星也用不到1000吨反物质这么多。现在我们只需要把500吨反物质送入第三恒星内部，引起的连锁反应就足以导致恒星大爆炸。"

随着攻击命令下达，无数的反物质炸弹在曲率引擎的推动下飞向1光天外的沙蟒舰队，1光天的距离，在500倍光速的曲率引擎驱动下，只需要3分钟不到就能抵达攻击目标。

发现人类舰队已经率先发动攻击，蚂猛几乎要气炸了，在他眼里，人类不过是一盘小菜而已，虽然人类战舰有2000万之多，但是都是百米长的小型战舰，和自己的超级巨舰比起来简直不堪一击。

"给我反击，消灭这些没有觉悟的食物。"蚂猛疯狂地叫道。

无数的反物质炸弹在曲率引擎的带动下航行在这1光天范围内的空域，整个空域都已经被扭曲得不像样子，空域的无序扭曲导致很多反物质炸弹失去了原来的方向，相互跌落进彼此扭曲的空间内，发生剧烈的爆炸。

双方的反物质炸弹都是几十克到几百克大小，它们一旦失去控制，就会和装载它们的正物质发生湮灭，释放的能量足以毁灭一座城市。若不是战舰彼此相隔数万千米到数十万千米，这些反物质炸弹只要很小一部分就能毁灭所有参战舰队。

人类战舰凭借着个体小和优秀的机动能力，在一颗颗反物质炸弹释放的能量裂缝中穿插着，向着沙蟒舰队奔袭而去。而沙蟒战舰也已经躲过了第一波人类的反物质炸弹攻击，开始向着人类舰队冲杀。

"给我杀，统统杀掉，所有的反物质给我全部抛出。"蚂猛愤怒地狂叫着。

收到命令的沙蟒战舰再次集群化地抛洒反物质炸弹，这些炸弹盯住了隐杀者就不松口，一下子就把隐杀者的进攻势头挡住了，沙蟒战舰可以

凭借厚实的装甲抵御人类的反物质炸弹，隐杀者小巧的身躯也能躲避沙蟒舰队的反物质炸弹，但隐杀者仍旧凭借着数量优势不断地给沙蟒舰队制造危机。

战场局势开始变得对沙蟒舰队不利，双方的反物质炸弹几乎都失去了作用，也差不多已经打完了反物质炸弹，隐杀者凭借着小巧的个体在战场中进行骚扰攻击。

沙蟒舰队的激光束武器的能级已经到了一个相当可怕的地步，被攻击到的隐杀者传回的数据，激光温度已经超过了50万摄氏度，这绝对不是物质能够防御的温度，不过能真正攻击到隐杀者的激光束少之又少，加上隐杀者凭借引力场防护分流掉一部分能量，沙蟒舰队的战果很小。

隐杀者专门挑选沙蟒战舰的薄弱位置，比如常规引擎的喷射口，各种外挂武器和仪器接口，都是被攻击的优选位置，沙蟒战舰被击毁的不算多，但是失去攻击力的数量已经引起蚂猛的暴怒了。

1000万。

800万。

700万。

……

沙蟒战舰以一个无法承受的速度在损耗着，隐杀者战舰到此时还剩下1800万艘，损失程度远低于沙蟒战舰，有这个优势全靠力场不规则弯曲空间防护科技。

"老胡，照这个速度下去，我们很快就能吃掉他们，用不着引爆马腹一第三恒星了。"

"再等等，他们马上就会因为无法承受损失而引爆天仓五，只要他们引爆天仓五，我们马上引爆马腹一第三恒星，我不信他们能抗住两颗恒星的怒火。"

"啊！该死的人类，给我引爆天仓五，让他们尝尝恒星爆炸的怒火。"蚂猛已经近乎疯狂了，战舰短时间内损失掉一半，远远超出它的预想。

第 38 章 双星闪耀

原本天仓五的最主要作用是威慑人类，蚂猛并不准备真的引爆它，恒星近距离爆炸的威力是何等恐怖，舰队势必会遭受到一定损失，没想到看似弱小的人类竟然有如此战力，而且那诡异的防护科技让沙蟒舰队的攻击次次落空。

眼下蚂猛已经顾不了那么多了，只有引爆天仓五才能给人类造成不可逆转的损失，起码算打个平手，不至于舰队被人类全部吃掉。

隐藏在天仓五背后的一艘沙蟒战舰在接到首脑指令后，发射了一枚巨大的反物质炸弹，0.3 秒后，它突破天仓五的外部气态物质，在被天仓五的高温熔化前的 0.1 秒到达天仓五核心，几百公斤反物质瞬间找到附近的正物质开始湮灭。

内部剧烈的能量释放破坏了天仓五维持了几十亿年的平衡状态，向内的引力无法束缚向外释放的能量。天仓五在一瞬间解体，它爆发的强烈能量席卷了战场的每一处，战场中大大小小的战舰如同秋风扫落叶一般被能量洪流带向远方。

在天仓五爆炸 1 分钟后，马腹一的第三恒星也被人类引爆了，空域内的能量再次增加十几倍，一时间整个空域仿佛变成了炼狱，高能辐射和粒子流充斥着整个空域，没从天仓五的怒火中回过神来的沙蟒舰队马上又面临着更大规模的能量洗刷。

不过这一次他们没那么好运了，沙蟒舰队引爆恒星已经是七伤拳的打法，面对着体积是天仓五好几倍的马腹一第三恒星，沙蟒舰队再也支撑不住，纷纷在能量潮中解体。

沙蟒文明再一次失去了首脑，原本他们以为自身的舰队能够扛下天仓五的怒火，而人类舰队个体小根本无法在恒星爆炸的能量潮中存活下来。他们不了解人类战舰力场防护科技的特殊之处，这就是星系级中期和初期文明的差距。

凭借着力场防护，冲击到战舰的能量洪流很大一部分被扭曲的空间弯折过去，就像明明看到水中一条鱼，用一根棍子扎过去却怎么也扎不到，水对光线进行了折射。不过恒星爆炸的这根棍子足够强大，即使没有扎

到鱼身上，震荡的水波也给鱼造成了一定程度的伤害，所以人类隐杀者舰队的结果也好不了多少，一半的战舰变成了基本粒子。

双方都低估了恒星爆炸的恐怖，马腹一的第一恒星和第二恒星在这种能量洪流的冲击下也变得极不稳定，超强耀斑一波接着一波地爆发，如果第一行星上面的地下城不是背对着这两颗恒星，连里面的民众都会受到严重伤害。

恒星爆炸的碎片还在缓慢的扩散中，它们可能会变成一朵巨大的星云笼罩在马腹一，不过此时没人来得及欣赏它以后的美，幸存下来的隐杀者马上开始集结，并迅速进入曲率状态对周边空域进行搜索。

其中一支500万艘已经集结完毕，准备前往天仓五搜索沙蟒残余，这一次定要把沙蟒文明彻底抹杀，天仓五星系已经不在了，可能还有沙蟒生物残留在那片空域，这一次沙蟒文明出动的全部是战舰，连一艘居民舰都没有。

天仓五原空域，除了空荡荡的星空，还有几百艘巨大的居民舰，沙蟒文明的居民已经全部搬迁到这些居民舰里面，等待首脑大胜而归。距离这些居民舰几光天的地方，一艘银色菱形飞船静静地停留在虚空，这正是当初那个巡视者的飞船。

"一群废物，蠢货！！！主人交给我的任务目标还差两个才能完成，枉我浪费这么多时间在他们这帮废物身上！！"巡视者气急败坏地怒叫着。

巡视者骂完后马上启动飞船，航向了天仓五原来的空域，沙蟒文明的居民舰还不知道他们的首脑和庞大的舰队已经化为基本粒子，四维网络这种前沿科技不是每个星系级文明都能掌握的，沙蟒文明更加不可能。

"你们这种愚蠢的物种真不知道怎么活到现在的，哼，简直是浪费银河系能量，现在告诉你们，我会亲自送你们去地狱。"

"大人，不要。"

巡视者没有再多说一句，一个穿插，沙蟒居民舰纷纷变成火球，自此，沙蟒文明完全消失在银河系中。

"将军，天仓五空域没有发现任何沙蟒文明的迹象，我们搜寻了附近几百光年的空域也没有任何发现。"

"通知所有战舰返航，我们也该出发了。"胡宇说道。

距离战争已经过去3年多了，打败了沙蟒舰队，却没有获得丝毫的科技，反而把这一片空域暴露在宇宙中。现在舰队依然还有超过千万艘战舰，只要不主动招惹其他文明，找到一个荒凉行星系落脚是没有问题的。

第 39 章 行星文明

深蓝号也已经在泥土中埋藏了 50 多年，人们已经通过连接深蓝号和地下城之间的巨大钢铁管道再次把各种机器设备和各种物资，各种产品搬运到深蓝号上。离开天仓五的时候深蓝号百分之九十还是空荡荡的，现在舰队的物资除了上百艘工程舰被堆满以后，还装满了 100 多艘深蓝号。

这些机器设备都是舰队未来发展所必需的基础，加上几亿人未来几百年生活所需的各种零零散散的物件，所有能忙活起来的人整整搬运了三年多才算把地下城清空。

这一次胡宇并没有为舰队设定具体目标，舰队将会一直往银河系平面的左边航行，直到找到行星系落脚为止，虫族为何入侵、深渊在哪里、星河级文明的存在、沙蟒文明受何人所托、道子先生知道了什么秘密、道子先生本身的秘密，这些问题一直困扰着胡宇。

胡宇感觉，只有越接近虫族，这些秘密才能一一解开。根据道子先生的话分析，马腹一距离银河系文明和虫族战线应该还有 2 万光年到 3 万光年左右，在到达战线之前，胡宇有信心带领舰队突破到小星区文明。

"将军，有个事想要汇报一下。还记得当年我们在马腹一刚会师那会儿吗？我告诉您在途中遇到过一个行星级文明，如果我们离开马腹一不管他们的话，大约 300 光年后，天仓五和马腹一第三恒星爆炸的高能射线和粒子流将会席卷那颗行星。"

"你的意思呢？"

"将军，如果有可能，我们绕道通知他们一下也好，毕竟是我们的原因给他们带来了灾难，如果在地球时代有人能帮我们一把，或许我们也不用沦落到现在这样。"

"行吧，300 光年，我们绕行一下，也花费不了多少时间，先去看看情况，看一看其他文明的发展轨迹对我们也有莫大的好处。如果值得拯救我们就帮他们一把，如果是像沙蟒文明一样的种族，那就让他们自生自灭吧。"

"谢谢将军。"

"去吧，舰队还有很多工作需要你做，安排妥当，不要给我整出漏子。"

"是，保证完成任务。"

准备完毕的舰队从第一行星腾空而起，和沙蟒文明一战，隐杀者战毁一半，现在还剩1000万艘暂时还算比较充足。

舰队经过300光年的短暂航行，来到了扬帆所见到的那个行星系。这是一个十分美丽的星系，3颗行星围绕着一颗年轻的黄矮星旋转，第二行星明显的是一颗生命行星，它表面蓝绿相间的颜色向这些1000多光年外的太阳系陌生来客表明了它的特殊性。

"扬帆，你确定这颗星球上的文明只是处于行星级？"胡宇问道，此时的舰队已经在这个行星系的第三行星轨道停靠，出于谨慎，舰队并没有贸然去打搅第二行星上的文明生物。

"将军，起码几十年前是这样，而且这才过去几十年，他们也不至于发展得那么快，当时我们通过光学设备远远地对他们进行观察，并没有发现任何高科技造物，而且整个行星系内也没有任何文明造物。"

"好，舰队停留在第三行星，派遣考察队对第一行星和第三行星进行登陆考察，我会和科学舰的几位院士一起登陆第二行星。"

"将军，为了安全起见，还是让考察队先登陆吧。"扬帆劝道。

"不用，我们少点人下去，避免引起他们的恐慌，至于安全我相信现在数据已经足够多了，警卫班和登陆舰能完全保证我们的安全。"

一艘小型的登陆舰巡航在第二行星厚厚的云层中，经过几圈的巡视，登陆舰找到了最大的建筑物，一个高度超过20米的奇怪建筑。胡宇和一干人员穿戴好全密封的防护服，在十几名荷枪实弹警卫的保护下走出了登陆舰。

此时登陆舰旁边的陆地上已经围过来几万个本土生物了，密密麻麻的一片差点把登陆舰给围了起来。

这就是这颗行星的文明物种？明明就是兔子嘛。胡宇和大家看着围过来的生物，差点跌掉了眼镜。

众人紧靠登陆舰站着，眼前的兔子生物越来越多地围过来。他们的腿并不像兔子一样弓着，而是像人类一样笔直，只一会儿工夫，已经有超过10万数量了，最近的就在10米开外，整个空地上都被挤满了，发出一阵阵无法言喻的嘈杂声。

双方都像看怪物一样地打量着彼此。

"肖院士，我有一种当明星的感觉。"胡宇笑笑说道。

"将军，你就继续当明星吧，我这正头大呢，他们这密密麻麻一大片，如何找到领导者对话都是问题。"

"肖院士，别急，你看，领导者来了。"

前方，一个看起来十分年迈的兔子被一辆像是木头车的东西拉着，前后簇拥着十几个明显强壮的年轻兔子。

木头车最终停在胡宇一行人面前，年迈的兔子冲着后面的族人挥挥手，大群的兔子们立马安静下来。

老兔子望着胡宇，没有任何动作，曾院士带着几名科学家正在紧张地调试着一台仪器，这台仪器能收集物种的肢体动作和语言。

忙活了好一阵子科学家们却并没有得到想要的结果，仪器中传来的依然是无法辨别的外星语言，曾院士只得放弃了仪器，准备用其他的办法来建立沟通渠道。

"院士，仪器有问题吗？"胡宇问道。

"仪器没问题，是这些兔子有问题，我们需要大量的数据，但是眼前这些兔子，估计都在说同一个事情。我们能采集到的数据寥寥无几，仪器根本无法建立足够大的数据库来进行模拟比对。"曾院士叹息了一声。

"要不我们先打个手势？或者用显示屏来一点点建立沟通机制，反正我们时间充裕，慢慢来，不着急。"胡宇说道，这几百年来，此刻是唯一显得不那么紧急的时候了。

"朋友们，欢迎来到雪星。"头盔中，一声并不那么标准的声音传播出来，虽然有些走音的味道，但是很明显能听懂。

"院士，诸位，你们没开玩笑吧？"

大家你望望我，我望望你，没有人回答，这些人都是作风严谨的老学究，开玩笑这种事在他们身上是很难发生的。诧异了几秒，大家不约而同地把目光对准了眼前的老兔子。

"朋友们，你们好，欢迎来到雪星。"声音的确来自眼前的老兔子。

"你好。"胡宇回复道。

"我是雪星的族长，欢迎你们，请问客人们来自哪里，为何会降临雪星？"老兔子族长问道。

第 40 章　古老文明

"族长，请不必担心，我们带着善意而来，不会伤害你们雪星的任何族人。"胡宇马上表面了立场，避免引起雪族人误会。

"我们雪星已经很久很久没有来客人了，我也已经很久没有走出这座建筑了，连我的族人想见我一面都不知道要等多少时间。今天为了迎接你们，我终于再次走了出来。"老兔子族长依然不急不慢地说道。

"将军，这个雪族族长不简单。"曾院士使用内部频段提醒胡宇。

"我知道。"

"族长先生，感谢你们的热情迎接，请问你为何会说我们的语言？"曾院士问道。

"哦，很简单，你们来这里也有一会儿了，我通过积累你们的语言数据学会的，就像你们开始摆弄的那台机器是一个道理，只不过我们是智慧生命，在某些方面比机器要强一些，所以我比你们的机器先学会一会儿。"

"客人们，你们来自哪里？"雪族族长继续问道。

"族长先生，我们是来自地球文明的人类，几年前我们遭到另外一个文明的攻击，在战斗中我们打爆了恒星，之前我们的一支舰队路过雪星，发现了你们的存在，所以我们在再次起航的时候绕道这里，告知你们 300 多光年后，两颗恒星爆炸的超强冲击波将会席卷这片空域，你们需要提早做好准备，这也是我们降临雪星的目的。"

"感谢客人的提醒，你们的善意会有好报的。"

"对了，族长大人，我们的舰队停靠在第三行星轨道，如果你的族人观测到，请告诉他们不必惊慌。"

这个族长的表现过于冷静，以雪族人的智慧应该对宇宙已经有了一些基本了解，不可能不知道两颗恒星同时爆炸意味着什么，胡宇只得不动声色地把舰队抛了出来。

"将军，请允许我也这样称呼您，"老兔子竟然做出了一个和人类一样的微笑表情，"将军，您完全不必对我们抱有忌惮之心，我们的族人已经通过大量数据推算出你们的善意值无限接近于一百，也就是说我们已经完全信任你。"

三人再次被这个老兔子的话语惊住了。老兔子不紧不慢地继续说道:"将军,不要疑惑,你们在天仓五和马腹一的一举一动我们都知道,不过我还是真诚地感谢你们特意前来提醒我们危险将至。"

"什么?!"三人几乎同时发出了惊叹的声音。

老兔子看着几人充满疑惑的眼神,停止了说话。

"族长先生,按照银河系文明等级的划分,你们应该还处在行星级阶段,请勿见怪,行星级是最低级的文明等级,你们是如何得知我们在天仓五和马腹一的行动的,难道你们不是行星级文明,隐藏了实力?"曾院士问道。

"唉,说来话长,我们确实处在行星级文明阶段,我们行星上的族人还在使用原始的实物载体来传递给远方消息,但是我们又不是行星级文明,我们的等级已经远远超越大星区文明,客人如果不着急,我可以慢慢告诉你们。"老兔子族长叹息了一声,开始讲述。

雪星其实是一颗非常古老的行星,它的年龄和宇宙比也少不了多少,雪星形成后5亿年左右,雪族人诞生了,作为宇宙的第一批文明,雪族人凭借着自身思维速度的优势快速发展,在不到5万年的时间里称霸了银河系。

宇宙刚刚诞生不久,银河系的中央黑洞还在和周边星系的中央黑洞抢夺各种星体,整个宇宙就像一锅沸腾的开水,也就是在这种极度混乱物质剧烈交换的环境中,文明如同雨后春笋一般在各个行星上诞生,但是很可惜,超过百分之九十九的文明无法熬到足以抵抗银河系恒星频繁爆炸的阶段就消逝了。

雪星是幸运的,它不停地在无数恒星中间穿插却没有撞到;雪族人也是幸运的,高速思维的大脑使得我们在极短的时间内就达到星系级文明,到了这个等级我们也算有了自保的能力,能在恒星爆炸的风暴中存活下来。

雪族诞生5万年左右,雪族第一任族长带领我们打败了银河系的几百万个高级文明,一举统一了银河系,任何一颗可殖民的行星都是我们雪族人的领地,雪族人的战舰遍布整个银河系,原本我们可以继续称霸银河系,可是第一任族长却做了一个错误的决定。

接连的胜利冲昏了第一任族长的头脑,在各种数据都处于劣势的情况下,雪族集结了庞大的舰队向临近的仙女座星系发动了进攻,舰队进入

仙女座以后我们才知道，银河系只是一个上不了台面的小星系，银河系的文明也远远不如仙女座文明先进。

那一战，我们彻底败了，数千万亿艘战舰在仙女座星系文明的攻击下全军覆没，我们军力损失超过九成。消息传到银河系，被我们一直打压的本土文明联合起来对我们发动反击，失去了主力舰队的我们根本无法抗衡数百万的文明联合。

每一颗行星上都有我们的族人在流血，你们无法想象那个惨烈的景象，我们无数的族人被杀死后明码标价地被其他文明物种食用，这些还是幸运的，有些族人活生生地被其他文明生物吃掉。

第一任族长眼看着这一切却无力拯救，最后驾驶飞船一头撞进了恒星中结束了自己的生命。

此时在一颗靠近银河系边缘的行星上还有数百万族人，第二任族长在这里产生，他带领残存的几百万族人逃往六分仪座，那个时候六分仪座距离银河系大约40万光年，只有现在距离的十分之一，是一个比银河系还小的恒星系。

第41章　重返银河

六分仪座很适合我们，小星系，距离银河系够远，经过了几十年的航行，我们到达了六分仪座，第二任族长和我们一起思考文明的意义，我们为什么要发展，是为了安全、自保、权力、欲望，还是自然所使。

最后我们大多数人都认为文明的私欲是导致雪族惨剧发生的根源，如果我们不是被欲望冲昏了头脑，也不至于沦落到现在的样子。

所以后来我们对族人进行了基因改造，不光改变了我们的外表，同时也剔除了大部分的私欲，我们变得无欲无求。没有了私欲，科技也变得有些多余，我们在六分仪座边缘的一个小行星系中安安稳稳地生活。

直到 50 亿年前，第二任族长大限到来，他说我们始终是银河系文明，希望我们最终还是回到银河系，过了这么久了，当年的仇恨也应该都忘记了，加上我们族人的外表已经完全改变，敌对文明发现我们的概率非常小。

在 50 亿年前，我带领族人重新返回了银河系，好运再次降临到我们雪族头上，刚刚进入银河系边界，我们竟然发现曾经的雪星还存在着。于是我们把雪星搬到了这里，然后埋藏了飞船，隐匿了一切科技造物，完全变成了一个普通的行星级文明。

"等等，族长先生，你是说，你已经 50 亿岁了？"肖院士打断了雪族族长的话，做为生物学的专家，肖院士对族长的年龄非常感兴趣。

"是的，相信你们也看到，我的大限不远了，1 万年内我就会离开他们。"

"族长先生，既然你们放弃了科技，为什么还知道天仓五和马腹一的事情？"胡宇问道。

"重回银河系以后，我们在周边几百光年内布置了一些高维通道口。这些高维通道口就像是隐藏在星空的眼睛，通过这些通道口我们可以观察到周边的情况，只要不是大星区文明正常情况下这些高维通道口是不会被发现的，所以我知道你们在天仓五和马腹一的一举一动。"

一听到这个雪族文明曾经竟然如此强大，不仅称霸银河系，还把战火烧到了仙女座星系，三人不由自主地心动了一下，即使没落了，遗留下

的科技也不可能像这位老族长说得那么少，舰队如果获得这些科技，肯定会取得突飞猛进的进步。

不过几人马上压制住了这个疯狂的想法，对方敢说出来，就有说出来的资本，再加上对方并没有得罪自己就进行杀戮掠夺，这也不是胡宇这支人类舰队的风格，更加不是胡宇几人的作风。

文明之间没有对错，没有道德，只有输赢，这似乎是所有文明的理解，不过胡宇相信这个宇宙中不总是黑暗，多一个朋友总比多一个敌人要强，即使抛开道德，贸然攻击一个曾经的银河系霸主也并非明智之举。

"族长先生，让您见笑了，我们还以为你们仅仅是行星级文明，竟然还特意跑过来提醒你们注意安全，用我们的话说，真是贻笑大方了。"胡宇有些尴尬。

"不，将军，你们的善意感动了我，回到银河系的这几十亿年，你们是唯一一个满怀善意来到雪星的文明，虽然刚才你们听到我说的科技后心情有所波动，甚至动了抢夺的想法，不过最后你们还是理智占了上风。或许我们错了，剔除私欲并不是最好的解决方法，像你们一样能控制私欲才是最高境界，下一任族长要不要重新发展科技就随他吧。"

"族长先生，看来在你面前，我们藏不住任何秘密，我承认，刚刚确实有这个想法，而且我相信任何一个文明在这种诱惑面前都难以保持平静。"既然被识破，也就没有必要隐瞒了，直接坦白反而更好。

"这没什么，文明物种本来就是充满贪念和私欲的，我们就是最典型的代表，只不过最后我们吃了贪念的大亏，沦落到现在的地步。"

"族长先生，感谢你告诉我们这么多关于银河系的秘密。"

第 42 章　雪族未来

"不用感谢，这些秘密只能作为闲谈的故事而已，对你们起不到任何帮助。"

"族长，现在整个银河系都陷入了危难之中，我们人类仅仅只是星系级文明，但是也准备在抵抗虫族的战争中贡献一份力量，我们不希望我们的子孙后代没有希望。"胡宇豪情万丈地说道。

"将军的气魄宏大，不过你没有经历我们文明的那种大起大落是不会明白我们的感受的，我们一方面想重回文明巅峰，一方面又极力逃避过去，我们始终生活在矛盾中。"

"族长先生，请恕我不敬，已经 100 亿年了，无论过去是辉煌还是坎坷都应该放下了。我们人类有句话，叫反思过去，活在现在，放眼未来，你们却一直活在过去，你的族人们看似活得很满足，一个没有未来的文明即使再满足又有什么意义呢？我倒觉得你们的第一任族长不错，虽然失败了，起码辉煌过，努力过，战斗过，我也相信你的族人内心深处的热血并没有完全冷却，他们一直在等待一个能带领他们重新崛起的族长。"

"反思过去，活在现在，放眼未来！为什么我们种族就没有这种有哲理的语言。"族长轻轻地复述着。

"族长，我们来雪星的目的也算勉强完成了，现在我们该离开了。"胡宇说道，既然雪族人有能力应付即将到来的恒星风暴，舰队还是趁早离开为好，免得雪族人以为人类舰队觊觎他们的科技。

"将军，感谢你的提醒，我会召集族人研究这个问题，推动雪族重新走上科技道路，为了感谢你们的善意，我的族人已经商量好了，把四种基本力的大一统模型送给你们。"

"族长，这份礼物太重了，我们来这里根本没想过要回报的。"胡宇客气地说道。

"没什么的，我们现在能拿得出手的科技也没几样了，大一统模型即使我不送给你们，用不了一两百年你们也能自己攻克。另外我还要告诉你们一条消息，在你们和沙蟒文明战争的背后，有一个小星区文明在幕

后活动，你们要小心。"

"果真如此，我们也一直怀疑沙蟒文明的进步速度，以他们种族特点不可能在丢失科技树的情况下在100多年里赶上我们，族长，可知是哪一个小星区文明在幕后操纵？"

"这个我们不清楚，我们的视线只延伸到雪星周围几百光年。"

"好吧，我们慢慢查，族长，我们没有什么拿得出手的礼物可以送给你们，只有一些我们文明的文化产品，我们称之为音乐，每首音乐都有不同意境，我想应该适合你们，你们的感性思维不如我们人类，这些音乐或许能把你们的情绪放大，使你们的族人更加活跃，充满斗志。"

"将军想得真是周到，我们一定会让族人认真听听你们的文化产品的。将军，我的大限已经不远，此次一别，可能再无缘相见，今天能与将军结识是我们雪族的荣幸，以后我不在了，还望将军在雪族有危难的时候能稍微帮雪族一把，我代表雪族在此先谢了。"老兔子族长深鞠一躬，真诚地说道。

"族长无需如此，按照我们人类文明的话说，既然是朋友，帮忙是应该的，只要在我们能力范围内，我们一定会帮忙的。族长，如果不嫌弃，我可以把我们人类的基因技术送给你们作为参考，或许可以让你延迟大限。"

"不用了，感谢将军美意，我们雪族的大限是无法改变的，其实我并不害怕死去，对我来说，死去反而是种解脱。在50亿年里，我一直无法说服我自己，无法解开脑海中的死结，如果能早日碰到将军，或许雪族今天不是这个样子。"

"族长。"

"将军，这位是我们雪族未来族长人选之一，如果我的族人同意发展科技，他将会是雪族第四任族长。"老族长把一个年轻的兔子拉到前面，给胡宇介绍道。

"岩雪见过将军大人。"年轻的兔子叫岩雪，他走上前来，给胡宇行礼。

"不敢不敢，我不能当你的大人。"胡宇谦虚地说道。

"哦，那我不叫大人，叫什么？"

"这个，我们人类文明不讲究称呼的，只要你觉得开心，随便怎么叫都行。"

"那，我叫你大哥吧，我知道这样叫在你们人类文明中显得比较亲切。"未来族长摸了摸长长的耳朵，轻轻地说道。

"大哥，小族长，好吧，就大哥吧。"多个小弟也是件不错的事情，尤其是这个小弟背后的文明还是曾经称霸银河系的狠角色。

"大哥，在雪星多留几天吧。"

"不了，我们还有重要事情，舰队不能在这里停留。"此时尽早离开，反而能增加彼此的信任。

"大哥，我们才刚见面就要分开，以后想见你一面都难了。"小族长有些依依不舍地说着。

"我们一定会再见面的，带领雪族强大起来，不要拖大哥的后腿啊，对了，既然当了你大哥，我也送你一份礼物。"

一艘工程舰从第三行星出发，以200倍光速驶向第二行星，几分钟后就到达了第二行星轨道上空，一架崭新的歼90战机从工程舰飞出来。

"小族长，这架战机是我们200多年前的产品，歼90，虽然它很落后，但是就是靠着一架架歼90的牺牲，我们得以从虫族口中逃脱。现在我们舰队只保存了两架，它们是历史的见证者，也是我们的功臣，现在我把这一架送给你。"

"大哥，你放心，我一定带领雪族强大起来，到时候我再去找你。"小兔子说着，眼里竟然有了水花，这点和人类非常相似了。

"我相信你，好了，再见了，我们该走了，老族长，保重！"

"将军保重。"

"大哥，我一定会来找你的。"

胡宇转身走进了登陆舰，登陆舰腾空而起，奔着第三行星而去，浩浩荡荡的隐杀者舰队护卫着庞大的深蓝号，再次踏上远征的茫茫星路。

在百倍光速的航行速度下，舰队掠过一颗颗恒星，寻找最适合改造的行星，尽早让舰队民众有一个真正的家园。

"将军，总参谋官，前方20光年发现疑似目标，重力和地球相当，不在宜居带，可能有大气层，恒星干扰强烈，我们需要再近一些才能确认。"

类似于这种信息，在20年来的航行中已经出现上百次了，每一次舰队临近考察总是因为各种原因放弃。银河系虽然行星数量和恒星数量差不多，想找到一颗适合人类的还真不容易，如果想要找到一颗能直接让人类居住的几乎不存在。即使翻遍整个宇宙也不见得能找到几颗。

第 43 章　虫族再现

一艘小型考察舰很快从工程舰中飞出，在 10 艘隐杀者的保护下驶向了这个行星系内部，半个小时后考察舰将会直接对行星进行实地考察。

考察舰很快到达了目标行星，眼前的景象却让考察舰里的科学家和舰员都惊呆了。这哪里是一颗行星，明明就是一个虫球，行星上已经没有超过一平方的空地了，天上飞的，地上爬的，全是形态各异，大小不同，恶心至极的恐怖虫群。

任何人看到这一幕都会头皮发麻，这些巨型虫子最小的也有十几米长，大的比隐杀者还要大几倍，大部分都是多足类，每条虫子口器里都是獠牙倒生，颚牙弯曲，怕是有数百亿之多。

人类对虫族的了解只停留在六阶虫，其他只言片语的消息根本起不到什么作用，眼下正是研究虫族的大好机会。不知道巡视者和毁灭者有没有得知这里的情况，这里距离文明和虫族战线也不是很遥远，说不定还会有其他高级文明前来查看。

为了安全起见，胡宇命令深蓝号舰队和 800 万艘隐杀者全速绕开这个行星系继续前进，只留下 200 万艘隐杀者在此待命。

生物舰也留下了，这种大好机会，不好好研究一番这些生物学家是不会安静的，生物舰虽只是一艘中小型飞船，速度也能达到 500 倍光速，在 200 万艘隐杀者的保护下安全应该不成问题。

陨石卫星在满是虫子的行星轨道上停留，丝毫没有引起虫群的注意，也有陨石卫星穿过虫群组成的天空，落到了行星表面的虫堆里，数据不断地传回到生物舰中进行汇总分析。

"将军。"肖院士找到胡宇。

"肖院士，有什么事？"

"有没有可能，弄几条活的过来，我们需要进行解剖研究，仅靠观测得不到更多有用的信息。"

"院士，我早就猜到你们会想要活体虫子，放心吧，等攻击完毕，我让舰队多留几条活的给你们做研究。"

"将军，你现在要攻击这个虫群？"

"是的，难得碰到一次刚好够我们吃的高阶虫群，让将士们多一点和虫族战斗的经验。"

"也好，这里并非久留之地。"

"我派隐杀者马上清剿这些虫群，顺便再抓点虫子留着以后研究，尽快结束这里的事情后追赶深蓝号。"

1光年外，一支由5000艘战舰组成的小型舰队正在高速朝着胡宇的方向进发，这些战舰长度超过3000米，以千倍光速在行进。

第 44 章 剿灭虫团

如果胡宇在这里,一定认识这支舰队,正是 100 多年前追杀道子先生,毁掉了几千艘猎杀者的那个文明舰队。

由于在此地只做短暂停留,加之深蓝号也已经走远了,胡宇并没有大量抛洒侦察卫星,有 200 万艘隐杀者,需要保护的仅仅一艘生物舰,防卫力量怎么都是足够的,所以胡宇对于外星舰队的到来没有丝毫察觉。

20 万艘隐杀者从舰队脱离出来,飞向了虫群,对虫群发起了猛烈进攻,反物质炸弹一波接一波地抛洒到表面,剧烈的湮灭反应把行星变成了恒星,一时间虫子被炸得残尸横飞,汁液乱流。

反物质和正物质湮灭的能量在一点爆发,被击中的虫子几乎没有活命的可能,狂暴的能量把周围的虫群冲击得翻滚了几十公里才能停下来。

第一波攻击结束后,十一阶和十三阶的虫子死去了几千万条,十四阶和十五阶的却凭借着生物装甲的强悍和对能量的运用在爆炸中存活下来,几百公斤的反物质投下来,虫群战力损失不到百分之一,照这个速度,除非把舰队还剩下的 500 多吨反物质全部投放到这颗行星上才行。

虫群已经暴怒,它们发现了舰队的存在,尤其是那条 300 多米的虫王,生有千足,两对前足格外粗壮,相互对弯如同牛角,浑身黄黑条纹相间,巨大的头颅中满布獠牙,尾部呈 4 条分支,每条分支上都有像老鹰一样的尖锐巨爪,被这个东西来上一下非死即伤,此刻它开始组织虫群对隐杀者舰队进行反攻。

此时胡宇才明白为什么银河系所有文明联合起来也没有把虫群消灭干净的原因,这哪里是虫群,简直就是几十亿艘生物战舰。20 万艘隐杀者一下子被虫群淹没。以一对两千,隐杀者的反物质炸弹完全不够用。

这一战是人类战舰与虫族真正意义上的第一战,高阶虫对高级战舰,战舰凭借着不错的机动性在虫群中穿插。

"37 区,第 28、69、526 号战舰,你们在干什么,马上救援 138 号战舰。"

"149 区,第 56、58、234、483 号战舰,配合 73、74 号马上使用引力炸弹清剿,否则 5 分钟后你们将被包围歼灭。"

"358区，456号战舰，反物质不要钱吗，才5分钟，你用掉了0.3公斤反物质，照你这个打法，20分钟内就可以休息了，虫子才杀死了40条，教官是怎么教你们的，啊？"

"243区，我也要嘉奖你们，战损比第一，再过一小时，你们就把战舰全部玩完了，你们是一群猪脑子吗？242区、244区，尽快结束战斗支援243区。"

……

李志雄的指令夹杂骂声一条条传递到每一位深蓝号中的操作员，这种场合靠计谋已经没有用处，全靠指挥官的临场发挥。

虫群和隐杀者舰队混合起来，生物和科技战舰的特点在战场中完全体现出来，虫群虽然数量庞大，攻击力也不弱，隐杀者却敢在虫群里面横冲直撞，如果把虫群换成是其他文明科技战舰，隐杀者这么撞最起码也是两败俱伤。

如果一条虫子相当于一艘星系级文明战舰，那整个银河系就不用战斗了，所有文明都可以考虑跑路的事情了，虫族的特点就是数量多，增长快。

集团进攻已经开始了，战舰不再各自为战，数十艘为一个单位集结起来围攻一条高阶虫，面对3000多万条高阶虫，空域总算是不再拥挤，小规模舰队一个集团进攻，就能杀死一条高阶虫，虫群已经彻底混乱了，任凭虫王再怎么召唤也无法集结起来，只能一条条地被舰队杀死。

两艘隐杀者不动声色地朝着那条虫王靠了过去，这两艘隐杀者里面装载的全部是核子弹，总当量超过10亿吨TNT，虫王正处在狂怒状态，偌大的虫群现在只剩下区区几千万条，而且还在急速下降着。

见到隐杀者靠近，它竟然一口咬住了一艘，分支的4条利爪抓住了另外一艘，此刻它真的怒了，在它正准备咬碎隐杀者的时候，这两艘隐杀者同时爆炸了。

10亿吨当量的核子弹爆炸，天空仿佛出现了第二个恒星，它的亮度远远超过这个行星系的恒星，虫王的大嘴被炸成两瓣，再也合不拢来，4条分支直接被炸掉一条，虫王在这种爆炸中没有化为灰烬，可见这种高阶虫的强悍。

虫王还没有死去，它顶着破掉的大嘴，在空中剧烈翻滚着，一条十五阶的大虫被它抓住，马上被撕成几块，挣扎了一会儿，虫王终于安静下来，在空中抽搐着身体，再没有任何力气，超大当量的核子弹对它造成

了严重的伤害。

　　虫王落败，其他虫子更加慌乱，全部放弃进攻向着四面八方逃去，无奈它们怎么可能逃脱隐杀者的追捕，如果继续进攻，或许还能让隐杀者损失几万艘，现在只能被隐杀者一条条地追上杀死。

　　一艘隐杀者靠近奄奄一息的虫王，抛出了一条手指粗的合金绳，然后绕着虫王一圈一圈地飞行，几千圈后，虫王被绑了个结结实实，所有的发力点都被多次加固，即使虫王处在巅峰状态也不可能挣脱，更何况现在只剩下小半条命。

　　隐杀者拖着虫王驶向了前来接应的生物舰，虫王太大，隐杀者拖着它根本无法进行曲率状态，只能把它拖离战场后等待生物舰前来接收，肖院士和其他几名生物学家听到虫王被活捉的消息几乎高兴得跳起来。

　　这可是一条相当于星系级文明的高阶虫，每一个大阶段，虫子都会有巨大的变化，能力也有质的提升，这条虫子不光能为生物战士的新型号研究提供帮助，说不定还能为舰队其他方面提供帮助，尤其是能量利用方面。

　　等待这条虫王的将是非常享受的解剖过程，凭它一条就弄毁了超过千艘隐杀者这个功绩，院士们一定会特别优待它的。

　　"将军，怎么样，不错吧，您和肖院士要的虫王。嘿嘿。"生物舰中，李志雄投来全息像向胡宇汇报。

　　"行了行了，马上打扫战场把舰队集结好归队，我们准备出发了。"胡宇没好气地回道。

　　"是，将军。"说完李志雄关闭了全息像。

第 45 章　风星文明

深蓝号舰队和隐杀者主力已经在 40 光年外了，这里留下的战舰全部都能以 500 倍光速航行，用不了一个多月就能追赶上深蓝号。

舰队刚刚集结完毕准备出发，5000 艘庞大的战舰到达了虫子行星附近，双方仅仅相隔 1 个光年时，马上发现了彼此的存在。

"是他们！！！"

"是人类！！！"

"李志雄，给你 5 万艘隐杀者，护送生物舰离开，这里交给我。"

"将军，你随生物舰一起走吧，留下你怎么行，这里交给我来。"

这里的隐杀者全部都是无人战舰，全息远程操控，真正的人除了生物舰上的研究人员就只剩胡宇一个了。

"不了，我留下会会他们，放心，现在我们也是星系级文明，虽然他们比我们要高级一点点，但是想凭区区 5000 艘战舰就吃下我们还不可能。"

"将军。"

"不用多说，我已经决定了。"

胡宇说完关闭了通话。

200 万艘隐杀者，和虫群一战后损失 5 万，留下 5 万艘给生物舰护航，自己依然有 190 万艘战舰，这支力量对付 5000 艘同是星系级文明的战舰，几乎是手到擒来的事情。

"你们是哪里的文明，为何来到此地？"建立了通信，胡宇先入为主。

"人类，我们到处找你们，没想到你们自己送上门来。"

"哼，凭你们区区 5000 艘战舰也敢说大话，不怕被闪了舌头？"

果然，对方意识到双方的战力差距，沉默了一会儿。

"人类，我们现在的战力确实不是你们的对手，不过我们想要走你们也拦不住。我们已经是星系级高级文明，你们才是中级而已。"

"这点我承认，看来是没有交手的必要了，既然这样，不如聊几句，你们是什么文明？"知己知彼百战不殆，多花费一点儿时间套一套对方的信息绝对比马上进攻要明智得多，对方明显对人类有一些了解，而人

类连这个文明的名字都还不知道。

"你还算理智，我们是风星文明，来自哪里当然不会让你知道，不过我却知道你们是来自猎户座第三悬臂太阳系的人类文明，距离此地不过3000多光年。"

"感谢夸奖，你们知道的很多，我想知道当年你们为什么要追杀我们？"

"奉命行事而已，这里的虫子是你们杀掉的？"

"不错，刚刚杀完而已。"

"人类，原本对你们的追杀已经放弃了，毕竟你们只是一个恒星级文明，可是你们发展太快，用不了多久你们就会超过我们，这样的潜在敌人，我们是不允许继续存在的。"

"既然如此，那就别怪我先下手了。"

190万艘隐杀者迅速展开成战斗队形，向着风星文明的舰队包抄过去，1个光时的距离，对于高速战舰来说就在眼前，隐杀者只需要几秒钟就能赶到，这个时间风星文明的战舰连启动曲率引擎都不一定能做到。

果然，短短几秒钟后，隐杀者把风星文明的战舰全部包围起来，列队围绕着做曲率航行，防止风星文明的战舰逃脱，隐杀者已经扭曲了空间，风星文明的战舰若想逃出去，必须使用常规引擎飞出包围圈。

"人类，不要惹急了我们。"

"死到临头还嘴硬。"

胡宇没有再理他们，隐杀者把包围圈扩大，一部分隐杀者进入包围圈内部，依靠常规引擎机动准备开始攻击。

战斗过程异常顺利，仅仅5分钟不到，风星舰队还来不及被全部炸毁就失去了动静，这些问题直到胡宇看到了风星文明的战舰内部，才恍然大悟。

战舰里面的景象惊呆了所有人，无数的生物被低温冷冻，它们一层又一层地在战舰里面堆放，其中超过八成的明显还是文明生物。

战舰里除了不可缺少的动力单元等部分，其他空间完完全全被各种生物占据了，难怪战斗的时候他们的攻击力小得可怜。

5000艘几乎完好无损的风星文明战舰，这些是一个星系级高级文明的产品，对于胡宇来说无疑是一笔巨大的财富，通过解析这些战舰的科技，肯定能再次提升舰队的实力。但是胡宇没有把眼光放在这里，风星，才是胡宇的目标。

风星人的目的已经显而易见，他们就是这个行星上虫族的饲养者，如果他们使用普通生物来喂养虫族，或许胡宇不会觉得有什么，毕竟自己也在舰队培育生物战士，但是使用文明生物来喂养虫族，这点就很不人道了，这是对智慧生命的践踏，是对文明的侮辱。

其次是风星人喂养虫族的目的，这点也很值得推敲。如果风星人能控制虫群，完全可以在自己的势力范围内进行喂养，从科学舰破译的风星战舰航线图上得知，这支舰队来自4000光年外的另外一个行星系。

胡宇并不认为风星人能控制虫族，如果虫族是一个星系级文明就能控制的话，银河系也不至于沦落到一半的区域都被虫族占据的地步，既然风星人根本就控制不了这些虫子，那他们为什么还要跨越4000光年的距离来这里投放食物喂养虫群。

这个问题谁也解答不了，要想知道答案，只有去风星走一趟了。

"中华，你现在马上就近寻找一个行星系，行星越多越好，能展开工作的最少也要四五颗，一个星系不够就找两个，或者从其他行星系搬运行星，我们要做笔大买卖。"

"老胡，你是想……吃掉风星文明？"

"当然，这种用文明智慧生物来喂养虫族的败类，又仅仅比我们高级一点点，正是我们的下手好对象，我们不会有任何顾虑。"

"好嘞，一直以来我们都是被别人追着打，这次终于能主动出击一次，我想大家一定都非常支持的，老胡，你忙完也赶紧过来。"

"嗯，把这些战舰处理完毕我会追赶深蓝号的。"

第 46 章　风星战舰

风星文明有 3000 多亿居民，战舰 3 亿多艘，天基炮台和星际地雷超过千亿，如果人类想要打败这支庞大的力量，至少需要建造 300 亿艘隐杀者，这个数量连胡宇想想都头大。

曾院士通过分析风星文明战舰，认为风星文明的战舰在同级别文明中不光数量和体积庞大，其攻击力和防御力也几乎没有弱点。他们同样使用威力巨大的反物质和引力场进行攻击，辅以强大的激光炮。如果想要打败风星文明的舰队，除非使用比风星文明数量更多威力更强大的战舰进行强攻。

风星文明是一个经营了 5 万多年的星系级高级文明，人类现在仅仅在军事科技上是星系级中期文明，在文明等级上就落后半截，加上时间的差异，想要在短短 500 年内积累出打败风星文明的舰队几乎不可能。

既然强攻不行，曾院士把目光瞄准了周围的恒星和 1000 光年外的一颗造父变星，也称中子星。

造父变星是宇宙的灯塔，也是一把量天尺，它是恒星演化的末期产物。早期的人类依靠造父变星的周光关系来确定其所在星系的距离和位置。

眼前这颗造父变星正处在壮年时期，它每时每刻都在向周围宇宙释放出巨大的能量。曾院士在设想有没有可能驱动这颗造父变星，把它送入风星文明领地后引爆。造父变星虽然是恒星末期的产物，但是爆炸的能量却远远超过恒星，一颗造父变星爆炸产生的能量将点亮整个银河系，这是一场宇宙中最大的灯光秀，星系级文明还没有近距离欣赏这场灯光秀的资格。

利用造父变星摧毁风星文明看似简单快捷，但是如何搬运，如何防护，如何在风星文明不知觉的情况下把造父变星送入领地，这些都是比登天还难的事情。

这些问题最终还要落到曾院士他们头上，时间还很充足，办法总会有的。持久战人类是打不过风星文明的，对方的后勤保障太强大，一旦战事爆发，风星能投入超过 2000 亿的人口来维持后勤，所以胡宇只能速战速决，一击即溃。

新式战舰被设计成和风星文明一样的大小，长度超过3000米，这艘巨型战舰仅仅各种装甲层的厚度就超过百米，尤其是容易被攻击的舰艏厚度已经达到200多米，远远超过风星战舰50多米的厚度。

在星际战争中，装甲的厚度往往决定了一艘战舰的生存能力，力场不规则扭曲空间防护和反引力防护也有着能级限制，一旦敌方战舰少部分能量渗透到战舰上，即使是能量余波也远远超过地球时代百万吨当量的核武器爆炸，几米厚的装甲和纸糊的没什么区别。

新战机被命名为御风者，意思很明显，就是为了攻击风星文明，御风者的建造难度是隐杀者的100多倍，不说其他，光材料的耗费就是隐杀者的千倍之多，依靠JD3行星系的剩余5颗行星矿石还远远不够御风者的生产数量。

根据胡宇和科学院的院士们商议，御风者最少需要建造5000万艘，这个工程将持续最少500年，预计投入工作人员20亿，机器人200亿，其他各种大型机械和工厂设备也将超过百亿，这是人类有史以来最庞大的一次建造工程，但是这并不是终点，以后的工程只会越来越浩大，越来越震撼。

舰队落脚的JD3星系中，第三号行星上各种造型的居民房如同雨后春笋一般涌现出来，经过50多年的改造，三号行星已经能完全适合普通人居住。这里不再有城市化的密集建筑，所有的居住房屋都以家庭为单位分散开来，大部分房屋之间的距离都超过百米，房前屋后都是郁郁葱葱的绿色植物，河道湖泊，蓝天白云，鸟语花香，居住环境非常优美。

第三行星被大家称为地球二号，与地球相比，这里的一切丝毫不差，除了那份根的情怀。胡宇也下大力气把地球二号建设得更加完美，几百年了，此时也算实现了胡宇心中对大家的承诺。

80多亿人口居住在三号行星表面并没有觉得很拥挤，相反三号行星依然显得很空旷，因为三号行星的陆地面积是地球的两倍多，在不影响居住体验的前提下设计人口容量是500亿。

JD3行星系已经由最初的6颗行星发展到23颗，多出来的17颗都是文中华从周边行星系中搬运过来的。

经过200年的忙碌，1000万艘御风者战舰已经在太空停靠了，其中庞大的战舰全部省去了复杂的生存系统，改由全息操控和AI辅助。

御风者的航行速度也达到了千倍光速，和风星文明的战舰不相上下，

这一切都要得益于曾院士带领科学家对风星文明战舰进行解析，和这200多年科技的进步取得的成果，使得航行速度提升了几倍。

这一天，胡宇率领御风者舰队又截获了一支风星文明的运输舰队，和之前的一样，舰队里面运输得满满的都是各个文明的生物，生命检测仪发现，这次运输的文明生物里面，有一个活着的信号。

第 47 章 一个树人

不多久,从一座倾泻出堆积的文明生物大山中,仿佛有某个巨大的生物在拼命地往外钻,冰冻的文明生物在这个力量的鼓动下不断地从山丘中间滑落。

不多久,一个几十米高的家伙从生物堆里钻了出来,一个树人,一个高大的树人,只不过此刻他光秃秃的没有一片树叶,他望着御风者战舰舱门口的胡宇,一动不动。

"树人!!!"胡宇有些惊讶地说道。

"将军,可否让我上舰,这里实在太冷了,我已经无法支撑了。"

"可以。"

"将军。"部下说道。

"没事,一棵树而已,掀不起风浪。"胡宇自信地说道。

幸好御风者战舰的舱门足够高大,不然这棵大树还真爬不进来,现在虽然爬进来了,也只能躺在里面。御风者战舰并没有人员长期生存的空间,整个战舰内部布局都很拥挤,除了各种武器弹药,还有很多钢梁纵横交错来加强整个战舰的结构强度。

"说说你的情况,放心,我们不会伤害你,而且还会保证你的安全,前提是你不会对我们造成威胁。"胡宇站在树人旁边,缓缓说道。

"将军放心,我绝对不会忘恩负义,你们的救命之恩我还没报答怎么会威胁你们,况且你看我现在这个状态就像砧板上的鱼肉,想威胁你们也根本做不到啊。"树人躺在战舰里面,舒展了一下庞大的身体。

"将军,其实我是树人族第九十七代王子,你可以叫我九十七,百万年前,我和树人族大长老因为一点小事闹得不愉快,一气之下我便离开了母星,在星系间流浪,直到万年前被风星人俘获。"

"我们树族特殊,没有科技也能在星际空间遨游,不过我是一个人,为了安全,我放弃了原来的超过万米高的躯体,只留下一段躯干保存意识,没想到还是被风星文明抓住了。"

"不要觉得奇怪,对能量的使用是每个文明物种都通用的发展方式。我们树人族虽然没有发展科技,但是我们同样需要使用能量,更何况我

们并不是真正的树，我们庞大身躯能聚集到足够多的能量，当我们需要进行星际航行的时候，会把这些能量聚集到体内的某些点上面，使能级提高到足以弯曲空间。"

"我已经没有什么觉得奇怪的了，自从我们进入宇宙以来，超越我们认知的事情太多太多。500年前，我们不相信飞船能超越光速，400年前，我们不相信第四维度真的存在，300年前我们不相信凭几亿人就能建造出一支千万艘战舰的庞大舰队。"胡宇回道。

接下来，树人九十七仿佛很久没有交流一样，滔滔不绝地说个不停，这似乎也是文明生物的共性，现在胡宇接触的文明生物多了，当然其中大部分都是风星文明中接触的，也知道文明生物基本上都是群居型，独行生物根本没有发展成文明的可能性。

树人说的越多，胡宇表现的信任度也在一点点增加，想要完全相信一个其他文明几乎是不可能的事情，为了让树人没有任何顾虑，胡宇尽量地表现出自己对九十七的信任，而这个九十七也似乎没有丝毫顾虑，一直在滔滔不绝地说着。

这个九十七如果稍微有那么一点心机，也不至于离开母星单独进入宇宙中了，以他们这种大个体的面貌出现，不招来其他普通文明生物的追捕才怪。换作自己看到星空中有一颗巨大的树在飞行，也会忍不住想要抓住好好研究一番。

"九十七，百万年了，你就没想过回到母星吗？就像你说的只是因为一点小事，早点回到母星更安全，我相信你的母星有能力保护你们。"

"不错，我的母星虽然没有科技但是也很强大，长老们可以保护我们每一个年轻族人，只是我根本找不到母星了，想回去也没办法。"

"什么叫找不到母星，难道你忘记坐标了吗？"

"唉，不是，我的母星很特殊，它根本就不在这个正常的空间里。那些十几亿年的长老树为了安全，把整个星系的空间折叠了，折叠后的星系不会跟随银河系中央黑洞运动。为了躲避其他正常运行经过的星体对空间的影响，长老们还会经常调整星系的位置，虽然它仍在这个三维大宇宙的空间里，我们却无法知道它的具体位置。"

"折叠空间！"三号行星上曾院士等一帮科学家通过同步传输过来的消息，激动得差点跳起来。

"将军，赶紧问问，如何对空间进行折叠。"曾院士激动地说道。

舰队的空间理论一直认为折叠空间是弯曲空间的下一级科技，只是没想到真的有人能做到这一点，弯曲空间就像弹簧床上放了个大铁球，弹簧床被压得弯曲陷下去。曲率航行正是利用这一点，不断地对战舰前方空间进行弯曲，战舰就像大铁球边上放了另外一个小球，小球会向弹簧床陷下去的地方运动。

折叠空间不一样，假如大铁球两边有 AB 两点，当大铁球下陷得足够深的时候，弹簧床上的 AB 两点会重合到一起，大铁球消失不见，这就是折叠空间。听起来似乎很简单，但是真正实现起来却是难上加难。

首先现在舰队大规模弯曲空间能做到的仅仅是搬运星体，虽然搬运星体的时候星体周围的空间都被扭曲，星体暂时不可见，但是负责搬运的战舰却无法隐藏，其实这个时候可以把战舰和星体看为一个整体，这个整体还是处于可见状态的。

弯曲空间和折叠空间看起来似乎只差一点点，实际操作起来却是有天壤之别。树人族能做到把整个星系折叠进去，连这个九十七王子都找不到他们，可见他们并不是像人类搬运星体一样操作，也肯定不是使用曲率航行技术的进阶，而是另外一套全新的技术。

"将军，你不用问我怎么折叠空间，我也不清楚，如果我知道的话一定告诉你，反正我对那些长老也没什么好感。不过虽然我是王子，未来的树族大长老，但是这种技术全部掌握在长老那里，除非我成为长老或族长才有资格知道。只是我诞生才 100 多万年，离继承族长的时间还很遥远。"九十七看到了胡宇的疑惑，主动解释道。

"无妨，你告诉我们的已经足够多了。"

第 48 章　融入人类

胡宇倒是觉得没什么，即使九十七知道，也不一定会分享给舰队，毕竟这种顶尖科技都是文明的底牌，何况这个九十七根本没有必要说谎，如果要隐瞒的话，他对空间折叠大可只字不提，只不过曾院士他们听到这个显得有些失望。

"将军，你们进入风星是想做什么，我在风星领地待了 1 万多年，知道不少事情，只要我知道的都可以告诉你们。"

"我想知道风星文明的具体战力。"

"这个想必将军你也已经知道了，风星舰队数量大约 3.5 亿，还有天基炮台和星际地雷无数，至于他们战舰的具体实力，你们应该比我知道得更清楚。"

"那你知道风星文明圈养智慧生物的目的吗？"

"知道一点儿，喂养虫族，而且我还知道除了这里的另外 4 个喂养点，风星人以往抓过我的很多分支，分支登舰后他们以为冷冻就没事了，经常谈起喂养虫群的事情，殊不知有些分支的活性在短时间内不会完全失去，他们会把听到的消息传递给我。不过他们为什么要喂养虫族我却是不知道，而且我猜连他们的舰员也不知道，这应该是风星最上层的那几位才会知道的秘密。"

"风星领地中有一种长度超过 30 千米的巨舰，是什么情况？我们通过其他渠道进行打听，至今没有任何收获，按理说战舰保密度虽然高，也不至于连风星人自己都完全不知道它们的用途。"

"我确实见过几次，这些巨舰很神秘，数量我倒是很清楚，只有 100 艘，只是这种巨舰平时很少出现在我们这些被俘获的行星附近，对他们的信息我也知道得不是很清楚，我想可能是风星文明的某种厉害战舰吧。"

"哦，好吧，谢谢，九十七，这是我们的居民行星，你暂时不能离开这里，等到我们完成攻打风星文明的计划后你才能完全自由，到时候我会安排一艘战舰给你，你想去哪里都可以。这段时间你就安心地感受一些我们文明的气氛吧，在这颗行星上你是自由的。"

胡宇把九十七放到三号行星上面，虽然在其他行星上九十七也能生存，显然三号行星对九十七来说是最舒适的，既然九十七提供了足够多的信息，暂时也能信任，就让他生活得舒适一点。

"我懂，我懂，将军，不过就凭你们这点力量想要吃掉风星文明，我认为做不到，起码要建造10亿艘战舰才有一半的机会赢，我建议你们还是尽早离开这里。"

"这点不用你担心，对了九十七，风星人奴役的其他文明你有没有了解，如果可能的话，我们能搭救一个算一个。"拯救一个文明，对舰队来说也是有莫大的好处的，若不是无意间救了九十七，也不会知道这么多的消息。

"其他文明我仅仅知道他们的样子，他们都是普通文明生物，一上舰就死了，吐不出半个字来。不过我要提醒你们，风星人在每个行星上都安插了不少的奸细，他们直接把自己文明的生物改造成其他文明的样子，混迹其中，防止这些文明闹出乱子。"

"好吧，我知道了，等我有问题的时候或者我的族人有问题的时候可能再来问你。现在你可以找一个地方休息，有什么需求可以告诉行星管理部，他们会满足你的。另外我建议你还是不要乱跑，小心踩到我的族人。"

"放心，我行动敏捷，眼光锐利，绝对不会伤害到你的族人。话说这颗行星可真美，虽然比起我的母星来还差很远，其实也算很不错了。哇，这个是你们的小族人吗，真是太可爱了，来，给我抱抱。"

从此地球二号上多了一个快乐的大树，大部分时候，这棵大树上都挂满了小娃娃，娃娃们扯着刚刚生长出来的新叶子，惹得大树一阵肉疼。

九十七对地球人小孩似乎特别喜欢，小孩一开始还很害怕，一段时间熟悉后一见到九十七就开始闹着要爬上去，无奈九十七身高接近50米，娃娃们怎么可能爬上去，九十七就用枝条轻轻卷着娃娃们坐到自己的树冠上，生怕弄疼了这些娃娃们，用细枝挽着他们避免掉下去。

看到这一幕的大人们一开始也害怕，久而久之也就习惯了。九十七把他们的娃娃照顾得比他们的父母还要好，大人们也乐得清闲，有的甚至直接把娃娃送到九十七旁边，等下班回来再接回去。

九十七已经完全融入了人类社会，除了院士们偶尔过来问一下风星文明的情况，其他所有时间九十七都在和地球娃娃在一起。九十七总是会把他们照顾得无微不至，他不但学会了利用敏捷的枝条给娃娃穿衣喂食，

洗澡换尿布，还能教大一点的孩子学习，辅导作业，更是学会了很多人类的食物制作方法，为每个孩子烹饪出好吃健康的食物。

连胡宇都搞不懂为什么这个九十七对人类娃娃这般喜爱，在人类眼中，这哪里是一群可爱的娃娃，更多的时候是一群小魔王。

第 49 章　中子筒井

一转眼又过去了百年,这 100 年舰队的建造速度终于慢慢提了上来,加上前 200 年的制造数量,在 JD3 行星系 300 年过去了,御风者的数量增加到了 2000 多万艘,在接下来的 200 年里完成剩下的 3000 万艘御风者肯定不存在问题。

300 年前从风星喂养的虫子身上提取的蝰元素很快派上了用场,这些蝰元素被融合在穿甲弹的弹头里面,在击中敌方目标的一瞬间温度能高达 2 万多摄氏度,能融化绝大多数金属物质。即使是现在的御风者在不开启力场防护的情况下装甲也能被这种穿甲弹深入 10 米到 20 米,给御风者造成一些损失。

风星文明的防御圈足足有 1 光年,如果不把这些天基炮台和星际地雷清除,为舰队打通一条通往内部的道路,舰队将深陷在这种立体防御网中,被熟门熟路的风星战舰一一剿灭。有了足够数量的穿甲弹,能为舰队减少很多麻烦。

就像树人九十七说的,这点儿战力想撼动风星文明,几乎是不可能的事情,即使风星文明没有防御圈,凭 5000 万艘御风者也是飞蛾扑火,为了打赢这一仗,还需要从其他方面想办法。

300 年过去了,曾院士和一帮物理学家还是没有掌握驱动那颗造父变星的办法,这些年舰队的科技进步非常大,起码御风者这种大舰的速度都远远超过隐杀者,达到了千倍光速,更加庞大的深蓝号达到了 800 倍光速,搬动一颗地球质量大小的行星能超过 500 倍光速,如果是太阳质量大小的恒星搬运速度也将近百倍光速,这在以前是不敢想象的。

造父变星和这些普通星体都不一样,它本身就拥有极大的密度,对空间弯曲非常厉害,太阳虽然质量大,但是就像跑道上的一架飞机,一个人类大力士都能拉动,造父变星却像一辆深陷泥潭的汽车,质量比飞机小得多,但任凭大力士力气再大也难以推动。

这一天,胡宇又来到科学院询问造父变星的情况,实验室中。

"将军,很抱歉,我觉得只有小星区文明才有可能搬动一颗造父变

星。"刘院士说道。

"我理解,不用太上心,我们还有时间。"

"这家伙虽然质量不如恒星,却是个真正的硬骨头,它继承了母恒星的大部分角动量。根据角动量守恒定理,直径越小,转速越快,它们的自转速度最快的一秒能旋转七八百圈,这种大质量高能级物体的高速转动对空间的扰动是非常严重的,我们实在是一筹莫展。"

"我们的科技才发展几百年,有现在这个成就已经很了不起了,唉,其实搬不动,弄一块也行啊,可惜我们也没能力在一颗造父变星上面活动。"胡宇叹道。

"等等,弄一块,对啊,我怎么没想到。"刘院士叫起来。

"小刘,你有办法?"

"院士,我们虽然不能在造父变星的表面活动,但是弄下来几块物质还是能办到的。"

"用其他星体撞击?"

"是啊,院士,我们只要多弄几块造父变星的物质,也就是中子简并态物质,根本用不着把整颗搬过去,点爆整颗还可能引起银河系其他高级文明的窥探。"

"怎么收集保存这些造父变星的物质,有把握吗?"

"有的,院士,我们只需要把一颗恒星搬运到它附近,引力自然让它们相撞,相撞必然会有一小部分造父变星物质被抛洒出来,被撞击出来的物质会马上发生膨胀并在几分钟到十几分钟之内会完成贝塔衰变,释放出高能电子,同时伴随着巨大的爆炸,继而成为普通物质。我们需要在20秒之内把这些处于简并态的中子物质收集起来,用定向力场和定向磁场对这些中子简并态物质进行控制,不让它们发生贝塔衰变。"

"就这么简单?"胡宇有些不相信。

"就这么简单,最难的环节是保持中子简并态不发生衰变。这些物质就像被压缩的弹簧,想要把一条弹簧从展开状态压缩很难,但是维持一条已经压缩的弹簧却要容易得多,所以在小范围内控制这些物质是没有问题的。只不过飞船装上了这些物质后力场会直接把质量加到飞船上,飞船的质量会变得非常大,行动也会很缓慢。"

"这个倒不是问题,我们连恒星都能搬动,几亿吨物质不算什么,到时候用搬运星体的办法来搬运小飞船。"

"将军，你安排搬运恒星的事宜，等飞船制造完成，恒星也差不多该到了。"

"两位院士，多待一会儿吧，我知道你们，下一次休息又不知道是何年何月了。"

事情进行得非常顺利，距离目标造父变星600光年的地方，一颗质量和太阳相当的黄矮星被几百万艘御风者裹挟着送到了距离造父变星1万公里的地方。恒星刚被御风者释放出来就被巨大的引力拉扯开始绕着造父变星旋转。

远远地望去，恒星已经变成了一个长着长长尾巴的大蝌蚪，在造父变星的拉扯下，恒星主体的距离越来越近，终于，两个狂暴的巨兽狠狠地撞击在了一起，造父变星的体格小，说是撞击有些不恰当。

在一秒内，恒星把造父变星包裹起来，紧接着，恒星的内部物质急速变化，核心能量不足以抵抗外部物质的压力和来自造父变星的引力，伴随着巨大的爆炸，恒星炸裂成数万块几百公里到几万公里的巨大碎片，爆炸产生的亮光相当于数百万个太阳。

这还仅仅是恒星和造父变星撞击，如果是造父变星爆炸，那场面该是有多么宏伟壮观，五艘小型飞船快速地在爆炸的余波中穿梭，这种小飞船的外壳全部有一半的物质是锺元素，只有这种特殊元素才能在如此恶劣的环境下让飞船保持完好。

小飞船在爆炸的同时启动曲率引擎，穿过光速传播的能量潮运动到距离造父变星200公里的地方，它们在预定位置寻找第二放射源，从造父变星剥离的简并态物质脱离后会立马开始贝塔衰变，释放出高能电子，同时体积会迅速膨胀万亿倍，并且发生二次爆炸，释放出巨大能量。

尤其是膨胀，比衰变来得更快，膨胀过度的物质将毫无意义。小飞船必须在这一切发生之前从一大堆恒星物质中找到属于造父变星的物质，这些物质小的如同芝麻，大的也不过篮球，如果失败，舰队只能再耗费几年重新搬运一颗恒星过来。

不过在撞击之前的几年里，曾院士和刘院士已经在舰队的超级计算机中进行过多次模拟，尽管能量爆发超出预计，好在造父变星的物质抛洒位置并没有多少变化，这种沉重的物质和模拟拟定的位置仅仅相差几十米，5艘小飞船几乎同时都到达了各自的位置，在0.001秒内计算机就对物质进行了辨别，确认了造父变星的物质。

小飞船直接打开舱门,把这些物质包裹进去,在物质即将发生膨胀的一刻,定向力场和磁场到达,从各个方向对这些物质进行继续压缩,保证它们的完整性。这一切都发生在电光石火间,从造父变星抛洒物质到小飞船对物质进行控制,前前后后不超过5秒钟。

第 50 章　行动开始

尽管最终获得的中子简并态物质只有几十立方厘米，一帮科学家们还是露出了轻松的笑容，终于成功了。虽然不是直接搬运造父变星，但是有了这几十立方厘米的简并态物质，舰队也算有了一些底气。

时间飞逝，又过去了 200 年。

5000 万艘长达 3000 米的巨舰已经整整齐齐停留在三号行星轨道上空，为了建造这些战舰，前前后后有超过 60 亿民众参加工作。其中最少有 3 亿人的工作时间长达 500 年，工作时间超过 300 年的有 20 多亿，动用自动化机器人 300 多亿台，其他机器设备不计其数。18 颗岩质行星上的主要矿区被采集一空。

每艘战舰里面都装载了最少 20 公斤反物质，可别小看这点反物质，20 多艘御风者就能摧毁一颗小质量恒星，除了反物质，更多的就是大当量的引力炸弹，引力炸弹的威力随着舰队曲率航行技术的提高而提高，不过引力炸弹的攻击效果相对提升，之前威力小的时候对付的是恒星级文明，现在威力大了，对手的战舰水平也提高了。

至于穿甲弹，数量已经多达几百亿，这些穿甲弹全部从一个小型工厂里生产出来，虽然每天产量只有几万枚，但是足足生产了 400 多年，它们被用来专门清除风星文明防御圈中的天基炮台和星际地雷，对付风星战舰是毫无作用的。

行星上的重要物资和设备已经开始向地球二号和另外一颗岩质行星转移，这一次胡宇要带走两颗行星，除了地球二号，另外一颗行星被打造成了仓库和生产基地的资源行星，这颗行星的矿产是 23 颗行星最丰富的一颗。

但是一直没有进行开采只作为工厂生产基地，还把其他行星生产过剩的矿产搬运过来，现在这颗行星上的矿产多到足以再打造一支 5000 万艘的御风者舰队。

和以往一样，其他 21 颗行星上的一切，大到机器设备，小到一颗螺丝钉都必须完完全全地搬运到资源行星上，生活类的可以适量搬运到地球二号上。这样做一来是发扬中华民族勤俭节约的良好美德，另外一点

也是为了安全，不让其他文明发现人类文明的信息。

这次搬家可不像以往，舰队在这些行星上耕耘了 500 年，坛坛罐罐数不胜数，深蓝号已经临时改造成运输舰，担任这些物质的运输工作，300 艘深蓝号来来往往穿梭于星际间，加上舰队这些年打造的一万多艘大大小小的运输舰，面对海量的物资，没有个十年八年是搬运不完的。

对风星文明的战争即将开展，这次战斗不能拖得太久，一击不成只能选择撤退，到了这个地步，胡宇更感到了战争的必要性。且不说这个风星文明对人类敌对，现在舰队科技已经大范围出现瓶颈，很多科技已经超过两三百年没有进步了，如果不发动对风星文明的战争进行科技升级，舰队很可能要和风星文明一样，耗费数万年都没能迈入小星区文明。

这个宇宙似乎也是公平的，定居型文明可以安定发展，绝大部分都不敢进行掠夺，流浪型文明受苦受难，却有进行掠夺的勇气和资本。

针对风星文明的作战计划已经在制定了，现在敌明我暗，人类知道风星文明的一切，风星文明却不知道人类的任何消息，利用信息的不对等，也能增加不少胜算。

夜晚，地球二号宁静祥和，这里的天空没有任何污染，五六颗行星反射的 JD3 恒星光芒透过大气层洒满地球二号的每一个角落，比地球十五的夜晚更加明亮。一切都已经安排妥当，就等两年后出发的日子了。

这一刻，胡宇和 100 多亿民众一样，终于放下了忙碌的工作，可以回到家中好好休息一下，胡宇已经记不清上一次一家三口团聚是哪一年了。

"云航，有个任务，原本不应该在家里说，不过指挥部已经敲定了，准备晚点把命令下达给你的，现在就由我通知你，10 天后，你亲自带领 1 万艘御风者战舰去到 3800 光年外的一个地方，去寻找一个星系级文明，具体坐标明天正式任务下达会告诉你。这个文明和风星文明可能有冲突，原本这个情报 3 年后就能确定，但是我们等消息确定后再去找他们就来不及了，所以要提前行动。"

"是。"胡云航认真回道。

这个情报是九十七的一个分支被风星运输舰队带出来后悄悄传递给九十七的，胡宇准备好好利用一下，并且已经探知风星文明调集了 2 亿艘战舰去远征这个叫 S378 的文明，这是个好机会。

在文中华的亲自指挥下，物资的搬运正加班加点进行着，资源行星的表面几乎已经堆满了各种物品，现在先不管规整，只要东西运到资源行星上就行，规整的事情可以留在路上慢慢进行，时间十分宝贵。

3年后,地球二号和资源行星在1000万艘御风者的裹挟下已经进入了曲率航行,剩下的4000万艘御风者开始搬运留下的21颗行星,这些行星将要被投入JD3恒星的烈焰中,毁灭人类的一切痕迹。

3年后,御风者舰队已经到达风星文明最外围的卫星检测圈,经过了几百年的秘密监测,胡宇早就摸透了这些卫星和隐藏舰队的位置,轻而易举地就绕过了他们了监测,直奔风星领地,此时距离风星文明还有1000光年。

距离风星文明5光年,舰队再也无法躲避随处可见的侦察卫星,4000万艘御风者终于直接暴露在风星文明眼中,元首的智囊团在针对各种数据进行分析后得出前来的舰队同样是星系级文明,并且知道了这是几百年前元首要追杀的人类文明。

既然是人类文明,来意就不用说了,不过元首轻蔑地笑了,区区4000万艘战舰,即使风星文明已经派出大部分舰队远征S378文明,留下的舰队依然有1.5亿艘,是人类文明的近4倍,再加上不计其数的天基炮台和星际地雷,人类文明这点力量元首和其他人都没放在眼里。

轻视归轻视,智囊团还是紧张地行动起来,力求用最简单快捷的方案灭掉人类舰队,最好把他们歼灭在防御圈之外,现在人类舰队距离防御圈只有不到5光年了,智囊团已经来不及分析为何千光年内的侦测系统会全部失效,只得马上调集战舰前出迎敌。

第 51 章　全力攻击

　　1亿艘战舰分成4部分，分别从4个方向飞出了领地，抵达外围防御圈，而此时御风者舰队也到达了，从制定防御策略到集结，再到战舰飞出防御圈，这一系列的动作耗费了风星舰队几天的时间。调动如此庞大的舰队，已经说明风星文明的作战素养丝毫不比人类的差，甚至还要强一些。只不过这几天的时间已经足够御风者到达防御圈外围了。

　　数百亿穿甲弹在半个小时内全部被发射出去，面对如此庞大的穿甲弹流，风星战舰也吓得赶紧躲避，不过他们很快反应过来，穿甲弹并不能对战舰造成丝毫破坏，但是就是这几分钟的躲避，得以让穿甲弹流突破战舰防御，直接突入到防御圈内。

　　战舰在发射出这些穿甲弹的时候已经使用常规动力引擎把速度加到0.6倍光速，穿甲弹的速度也比飞船还稍快一些，这些合金铁棍子一路前行披荆斩棘。天基炮台是智能化程度很高的武器系统，它们的主要防御对象还是战舰和大型武器，面对长度不到1米的穿甲弹没有丝毫办法，想打打不中，想防防不了，连捕捉它们的信号都是难上加难。因为穿甲弹根本没有任何信号，它们被战舰和电磁轨道赋予极大的初速度，没有推进系统，没有通讯系统，什么都没有，这种简陋的设计反而增加了它们的生存率。

　　星际地雷就更别想对付穿甲弹了，这些星际地雷只有一套简单的敌我识别系统，攻击全靠撞击后的近距离爆炸，和穿甲弹有着相同的效果，只不过一个是进攻，一个是防御。

　　天基炮台和星际地雷拿穿甲弹没办法，但是穿甲弹却能对付得了它们，穿甲弹的方向直指风星领地内部，沿途任何阻挡都会被穿甲弹流碰到，一旦被穿甲弹撞上，数万度的高温马上融化这些武器的外壳，穿甲弹直达内部。

　　如果从远处能看到这些爆炸的火光，就像一场盛大的烟火宴会，穿甲弹需要1年半的时间才能完全打通这个通道。这意味着战舰需要顶住风星文明舰队1年半的时间。

　　星际战争由于彼此相隔遥远，除非拥有绝对实力或者脑子被火烧了才会出现大规模战舰集结对射的场面，在这场战争中，御风者和风星战舰分布在 1 光年的立体区域内，战舰之间的距离少则几千公里，多则上百万公里。

在这种分部情况下，一场战争打个几十年几百年一点也不奇怪，这就是为什么风星文明的战舰要携带上百年的物资供给了。即使风星战舰全部参战，在没有大范围攻击武器上场的情况下撑个十年八年也没问题。

现在最重要是等待胡云航的消息，让那个 S378 文明能主动前出，一部分舰队缠住风星舰队，另外一部分舰队奔袭风星领地，来一个围魏救赵。胡云航到达目的地附近已经两个多月了，一直没有找到那个所谓的 S378 文明，这让胡宇心中有了一点不好的感觉。

御风者已经和风星战舰缠斗在一起了，双方战舰都在不定时地进行曲率航行，搅动空间，让更多的战舰只能依靠常规动力引擎机动。一艘艘战舰相互穿插，伺机攻击对方，它们就像灯前的飞蛾，来回往复，肆意翱翔在星空。

超过百亿颗卫星在这片区域内被释放出来，它们为战舰提供更为准确的坐标和收集战场信息，它们不断地被摧毁，又不断地被重新释放出来。在双方战舰实力相差不大的情况下，谁的卫星多，谁的卫星性能强，谁就能占据更多的主动权。

御风者和风星战舰的缠斗已经两个多月了，双方各有损伤，风星舰队凭借着数量优势展开二对一的攻击，但是御风者的配合更加紧密，战场沟通更加通畅，装甲更加厚实，实际御风者损失的数量比风星战舰少一些，两个月内有超过 50 万艘御风者被击毁，风星战舰损失 70 多万。

穿甲弹流才前进了不到十分之一光年多一点，加上对方的 1000 万艘战舰已经开始拦截穿甲弹流，穿甲弹能不能突破到防御圈里面还是个问题，即使少部分突破防御圈意义也不太大了。

地球二号，一个直径超过 20 千米，高度 3 千米的巨大圆柱形地下建筑内，这里是整个舰队的指挥中心，圆柱形地下建筑的整个内壁被隔成一个高度 2 米宽度 1 米深度 3 米的操作室，这些操作室足有 1 亿个，现在使用的只有 6000 多万，御风者 5000 万，隐杀者 1000 万。

每一个操控员控制一艘战舰，控制室显得比较拥挤，但是为了更加精准地控制战舰，让指挥员随时指挥到每一艘战舰，只能选择拥挤一点，每隔几个小时，就会进行操控人员的更换，现在舰队的人口达到 150 亿，

培养一两亿操控员并不是难事，为了打赢这场战争，这次的战舰全部使用人工控制。

圆柱形建筑中间是指挥中心，这里有数千万指挥员把胡宇和文中华等几位高级将领的命令细化，分别发送到各个区域的操控员，实现指挥的高时效性。然后就是各个将军展现指挥艺术的时候了。

4大司令员把战场分成了4个区域，一区和二区由扬帆和陈鹏分别负责，这两位中将司令员跟随胡宇最久，是地球时代慢慢成长起来的，他们俩的作战思路受胡宇的影响，习惯稳扎稳打，也会大胆创造战机，属于稳中求进的打法。

李志雄还是习惯自己的老套路，不过现在指挥的不是几万艘几十万艘战舰，而且1000万艘，人脑毕竟是人脑，他也不可能同时顾及1000万艘战舰的每一艘，只能把战区细分为1000个小区，不时地制造各种漏洞吸引风星战舰入坑，再伺机消灭。

高建川是4人中学历最高的一位，和李志雄的小聪明相比，高建川的指挥战斗就像国手下围棋一样，布局宏大，即使连胡宇有时候也看不懂，让敌人以为胜利在望，等到关键时刻再来一下子，敌人才知道之前的一切不过是假象。

在敌我力量不对等的情况下，能打出一比一的战损比，一部分功劳是四维通讯网络，一部分也是这些将领的指挥才华。

然而战场的态势还是慢慢向着不好的方向发展，其中之一的原因就是风星战舰的反物质储存量远远超过御风者，在JD3行星系全力生产了400多年，每艘御风者也只能分到10公斤反物质，现在来看风星战舰的反物质明显要高出御风者好几倍。

战斗中的反物质一般都是以50克或100克为单位发射，意味着御风者最多只有200次机会，一旦打完反物质，就只剩下引力炸弹和高能激光束了，但是反物质的破坏力更强，杀伤力更大。

被反物质击中的风星战舰立马被炸出一个直径上百米的洞口，紧接着就是连锁爆炸，在一团火光中退出战场。若要说战场的壮观，其实一点儿都不壮观，任意两艘战舰之间都相隔几万公里到十几万公里。

战舰的爆炸还不如星空的繁星明亮，双方的战舰更像是一个个猎人，隐藏在黑暗中寻找猎物，只有战舰出现在附近被各种设备捕捉到才能发现对方的存在。

这种遥远的距离和高速机动带来的结果就是想要击中对方的战舰非常

困难，也就是为什么一场星际战争要打个几十年几百年的原因。但是在文明领地内部作战又不一样了，防守的一方必须集结起来保护行星的安全，而进攻的一方也只能集结起来对抗，短时间内就会结束战斗。

第 52 章　强行破袭

"老爸，中华叔。"这天晚上，胡云航发来了消息，胡宇正和文中华在指挥中心指挥作战，4 位司令也只有两位在作战了，人类必须要休息，只能布置好任务，交给夜晚值班的指挥员来执行，只有胡宇和文中华，一直坚持着每天 18 小时的高强度工作。

"云航，什么事？"

"老爸，中华叔，我到这里已经 5 个月了，并没有发现所谓的 S378 文明，这两个多月我把舰队分散搜索周边 200 光年区域的所有星系，别说星系级文明了，连行星级都没发现一个。"

"好的，我知道了，你继续扩大范围搜索，如果 500 光年内还没发现 S378 文明就返航追赶我们，记住，要小心。"

"知道了，我会小心的。"

切断了通话，胡宇的眉头皱了起来，一下仿佛苍老了十岁。S378 文明的位置不应该出现这么大的误差的，胡云航搜索以目标坐标为中心，搜索了 200 光年的区域，也就是一个直径超过 400 光年的空间，如果是星系级文明，不可能搜索不到任何痕迹的。

"几位，现在情况有变，风星舰队可能根本没去攻打 S378 文明，甚至连 S378 这个文明存不存在都难说，我们不能再等了，现在我命令，所有御风者集结，顺着穿甲弹打出的通道直插风星文明内部。"

"老胡，穿甲弹才突入不到 0.2 光年，这样冒险进去我们的战舰损失会超过千万艘的。"

"没时间了，再等，风星文明的真正大部队就要到来了。我们必须马上攻入风星文明内部才有一线生机。"

"好吧，你安排。"

"大家听好，我们距离风星文明领地内部只有 1 光年的距离，如果我们全速曲率航行只需要不到 9 个小时，现在穿甲弹为我们打通了 2 个小时的安全通道，2 个小时后我们将会迎来风星 1000 万战舰和无数天基武器的攻击。"

"我要求大家不要管这些，第一梯队 20 万艘御风者抱成团，尽量缩小被攻击的面积，不计损失，冲入拦截穿甲弹的风星舰队，这个应该不难，只要2个小时，而且这2个小时内没有天基武器的攻击，只需要承受风星舰队的炮火。"

"第二梯队，紧跟着第一梯队，1万艘战舰，这1万艘战舰的任务是保护1万艘隐杀者，其中真正需要保护的是一艘装载了中子简并态物质的特殊隐杀者，如果不出意外，这艘隐杀者将毁灭包括第一梯队和风星文明大部分的拦截战舰。等第二梯队清理了拦截舰队，第一梯队进攻的同时，在外围的御风者也要做好防守通道和进入通道的准备。大家明白了吗？"

"明白。"

"第一梯队马上要攻入风星的拦截舰队里面了。"

"加大攻击力度，让舰队不要再节省反物质了，在接触的一刻，把所有反物质都打出去，给第二梯队赢得机会，让他们尝尝中子简并态物质的威力。"

第一梯队冒着无数的反物质炸弹雨在急速前进着，曲率状态下被反物质击中的概率比使用常规动力引擎要大百倍，因为战争启动曲率引擎后就变成了一个巨大的引力源，这个引力源会自动把周围的反物质炸弹吸引过来。

在曲率状态下，防御系统也无法启用，只能凭着厚实的装甲来硬抗这些反物质炸弹，因为是无人战舰，引力炸弹的效果并不明显，不过风星人不知道，如果他们全力使用反物质的话，这20万艘战舰可能飞不过0.2光年。

追击的风星战舰被其他御风者拦截在穿甲弹打开的通道口，现在突入通道口的御风者只有20多万艘，暂时没有引起风星舰队的重视，但是等下大规模御风者进入通道的时候肯定会让风星舰队知道意图。

现在这20万艘御风者每秒钟都有几艘到几十艘被反物质炸弹炸毁，湮灭产生的巨大能量瞬间就能让一艘御风者化为光爆，20万艘御风者组成的阵列就像一个在暴雨中打着伞行走的人，每一个雨滴都代表了一个反物质炸弹摧毁一艘御风者。

不断地有战舰被爆炸的能量波及，在一团爆炸中断成几节，在星空中翻滚着，高速撞击到风星文明的防御圈中，引起一连串的爆炸。战舰的碎片遍布整个星空，这些高速飞行的碎片威力丝毫不亚于穿甲弹，一时间整个星空像燃放了一场绚丽的烟花。

"快，再快一点儿，顶住。"胡宇心中默默地喊着。

终于，第一梯队在损失18万多艘战舰后冲入了风星文明的拦截舰队中。

第 53 章 中子增殖

冲入风星拦截舰队的 2 万多艘御风者马上向四周包围过来的风星舰队发射了全部反物质炸弹，掩护第二梯队的隐杀者冲进来。

不到半分钟，残存的 2 万艘御风者就在密集的风星战舰围攻下化为一团团火光。

就在第一梯队御风者全部损失殆尽的时候，第二梯队终于也冲入了风星拦截舰队中。

第二梯队，还剩不到 2000 艘御风者，隐杀者也只剩下不到百艘，但是那艘装载了中子简并态物质的隐杀者在御风者的全力保护下完好无损。

"攻击。"胡宇轻轻说道，这是舰队第一次使用这种物质进行攻击，在胡宇心中，这是另外一张王牌，现在就看这张王牌是不是真的能扭转战场态势了。

第 1 秒，隐杀者关闭了能量，力场和磁场消失。

第 5 秒，悬浮在隐杀者舱内的鸡蛋大一块物质表面开始流淌着电流，失去了约束后，表面的电子开始从中子中释放出来，这是贝塔衰变，中子变成一个电子和一个质子。

第 10 秒，物质开始膨胀，表面的电流也越来越强，已经能看到电弧闪烁。

第 28 秒，贝塔衰变产生的能量发生了第一次爆炸，释放的巨大能量把隐杀者炸成了星际垃圾。

第 40 秒，在强大的简并态力作用下这块物质已经膨胀了数亿倍，它们已经变成了气态，并且在爆炸的能量冲击下向着四面八方飞去，速度接近光速。

第 80 秒，来不及衰变的中子以极强的穿透力进入了战场中的每一艘战舰，每一个生物，每一个宏观碎片中。

被中子侵入的宏观物体一开始并没有任何影响，但是几十秒后，这些物体内部都发生了翻天覆地的改变。

中子极其不稳定，它们无法单独存在，在进入这些宏观物体中后，会继续进行贝塔衰变，释放出电子，形成新的物质，并释放出巨大的能量。

这一切就像把微型炸弹放入了每一艘战舰的控制系统，每个风星人的大脑中。

除了爆炸，更多的中子衰变后变成普通物质，释放的能量不足以影响战舰，但是他们可以让原本的物质中凭空多出了一块，就像人体内突然之间多颗结石，甚至是肿瘤。

尤其是战舰的控制系统，里面都是密密麻麻的电路，这些电路平常被很好地保护起来，但是中子却能轻而易举地穿透保护层直达内部，进行增殖造成短路或者信号异常。

因为风星舰队需要拦截密集的穿甲弹流和不管不顾进行曲率突进的御风者舰队，所以风星舰队彼此之间的距离不像之前那样相隔几万公里以上，这次他们全部集中在一个太阳大小的范围内，这也是穿甲弹流能打通的通道直径。

第120秒，1000万艘风星战舰有的像中风一般开始抖动，有的引擎和装甲开始冒烟，有的开始蹿出火光，准备迎接连环爆炸，有的则毫无声息，静静地悬停在星空。

无论是风星战舰还是残存的御风者，以及周边几十光秒内的天基炮台，统统失去了控制。这就是中子简并态物质的威力，虽然只有鸡蛋大的一块，里面蕴含的中子数量却是天文数字，这些中子充斥到舰队中，让一支庞大的舰队悄无声息地失去了战斗力。

部分战舰能保存完好，不过舰员却没有一个能存活下来，这些风星人在第一时间就被中子流击中丧命。

不管是胡宇还是科学院的科学家们，完全没有想到小小的一块造父变星物质能有如此大的破坏力，怪不得说引爆一颗造父变星，整个银河系都能被点亮。

"继续突进，不要恋战，陈鹏扬帆，你们负责守住通道口；李志雄高建川，以最快的速度进入通道，减小守卫通道舰队的压力。快，不要在乎损失，外围的胜利毫无意义，只有突破到风星文明里面，我们才有胜算。"胡宇命令道。

通道口的直径大约100万千米，扬帆和陈鹏的防守极为困难，毕竟对方的数量优势摆在那里，而且防守的一方怎么都会吃亏一些。现在御风者凭借着通信优势和常规动力引擎的优势才勉强把战损比逼平。

风星领地内，军事大臣马上让去不存在的S378星系的舰队掉转方向返航，不过他们已经航行出了1000光年，最少也要1年才能返回风星。

1年时间,在星际时代不过是转眼即过,随便一场星际战争打个几年几十年是很正常的,只不过风星文明没有想到,人类会使用这种诡异的战法,完全不在乎战舰的损失数量,如果人类没有中子简并态物质还用这个打法,别说区区4000万艘战舰,即使有10亿艘战舰都不够用。

　　与此同时,胡云航也结束了任务,既然S378文明不存在,那继续寻找就没有任何意义了,相当于白跑了几万亿亿公里,耗费了八九年的时间。

　　不过胡宇并没有就这样让胡云航返回,而是让他把舰员集中到5000艘战舰中。其他的战舰被分成若干小队,在设定了安全保护程序,留下了一道预定信息之后,远在若干光年外的人可以直接操控这些战舰到达预定目标之后马上自爆,只留下信息载体,或者连同信息载体一同毁灭。这些战舰转向向着银河系中心飞去,胡云航和其他舰员则返航追赶地球二号。

第54章 不计损失

防御圈中,胡宇的舰队还在努力地突破防御圈,前面的危险解除了,只有后面的追兵还在,压力瞬间减小很多,至少已经有 2500 万艘战舰突破了风星战舰的封锁,进入到通道中。通道口负责守卫的战舰的损失数量却是让人心疼,短短三四天的工夫,已经有超过千万艘御风者被反物质炸弹和引力炸弹摧毁。

通道中的情况也不乐观,胡宇也小瞧了这些天基炮台和星际地雷的威力,一部分天基炮台能发射出数十米直径的激光,舰队由于在曲率航行中无法启动力场防护,只能任凭这些激光炮打击在御风者舰体上。

若是一束激光还好,御风者百米厚的装甲还不至于被这些高能激光烧穿,但是越靠近风星领地内部,防御武器就越多,到最后的 100 个天文单位,激光武器已经多到相互穿插形成了一张密不透风的大网。

御风者在之前的强袭中已经损失超过 500 万艘,不愧是经营了 5 万多年的老牌星系级文明,光是靠着这个防御系统,就能抵挡数千万艘同级别战舰的袭击。

胡宇只能继续命令舰队保持高速曲率航行,完全不顾战舰的损失已经多到每秒超过 10 万艘,如果停下来清理完这些防御武器再前进恐怕就来不及了。

因为通道口的御风者已经无法阻挡风星舰队的进攻了,而且风星舰队早已经发现了御风者的疯狂举动,只能强行突破御风者的防御,跟着冲进了通道中,双方的距离不足 10 分钟路程。

趁着这个机会,负责防守通道口的御风者倒是狠狠地赚了一笔,残存的 700 多万艘御风者面对急于冲进通道口的战舰,直接把反物质炸弹和引力炸弹朝着通道口发射,同时辅助以强大激光。

在这种强大的攻击下,风星战舰只能硬着头皮闯,一时间被击毁的数量急剧增加。只不过这种损失风星舰队完全能承受得起,加上想要突进通道口的战舰只是一部分,另外一部分仍然在外围围剿御风者。

风星战舰的装甲层只有御风者的一半厚度,强度也只有御风者一半,同为行星系文明,双方的材料科技相差并不大,谁的装甲厚,谁的生存

力就强。御风者能撑到现在，很大一部分靠的就是装甲的厚度。

外围的风星战舰损失由开始的比御风者大变成了远远小于御风者，因为御风者要死守通道入口，不让风星舰队进入，直到御风者损失了 800 多万艘，风星舰队的损失都还不到 400 万，只有御风者的一半不到。

突入通道口的风星战舰已经超过 4000 万艘，胡宇命令防守舰队脱离和风星舰队的接触，尽快撤离，他们的牺牲为进入通道口的战舰赢得了 10 分钟的时间，这已经足够了，现在任务完成，再和风星战舰拼杀已经没有任何意义。

外围还剩下 500 多万艘御风者，他们接到胡宇的命令后，边打边退慢慢向战场外围移动，相互配合脱离战场后马上向着四周飞去。风星舰队并没有追赶，一则速度一致根本追赶不上，二则文明领地内部才是重中之重，这些风星战舰也跟随着一起进入了通道口。

100 个天文单位，在千倍光速下只需要 50 秒就能通过，只不过此时的御风者就像冲入了荆棘丛中的野兽，浑身伤痕累累，但是还得继续前进。

"快，再快一点儿。"胡宇紧捏拳头。

御风者的损失每秒每秒地增加着，他们紧紧地把剩余的几十万艘隐杀者保护起来，利用相互交错的层层装甲让隐杀者免受攻击。

1800 万……

1700 万……

1500 万……

快了，快了，还有 30 秒，一定要顶住。

"老胡，这样下去，我们撑不过的，损失太大了。"不管是文中华还是几位将军，面对这种如同割韭菜一样的收割速度，都已经承受不住了。

"不要管，继续前进！"胡宇坚定地说道。

元首星——风星的起源星，风星文明强大起来后对这颗行星进行了大规模改造，让它的环境更加温和，直到后来，风星文明有了更多的居住行星，这颗行星也就变成了风星的核心重地，只有元首和各种权贵人士能在这里居住。

4000 万艘战舰在这里很快完成列队整顿，准备前往人类舰队即将到达的出口位置迎敌。此时想要进入通道逆向迎敌已经来不及了，只能选择到出口位置进行拦截。

1200 万……

1000万……

800万……

还剩 10 秒。

500万……还剩 5 秒，风星舰队从通道出口发射的各种炸弹已经在眼皮底下了，如果再前进 2 秒，舰队一定会与这些密不透风的攻击流正面撞击，被炸成粉末。

400万，仅仅 1 秒，被摧毁的战舰就高达 100 万艘，这里的武器密集度已经到了每隔几十米就有一个，激光网的大小到了战舰无论如何躲避机动都不能无接触通过的程度。御风者舰队就像一个深入铁水中的冰块，每一秒都在承受着巨大的损失。

"分散。"胡宇命令道。

剩余的 400 万艘战舰马上分成了 4 部分，每个部分保护着一艘隐杀者，战舰损失不要紧，只要隐杀者还在，这次行动就算成功。

为了保护这几艘隐杀者，御风者的操控者也是拼尽全力，终于，在最后一秒，4 个分队的御风者同时从 4 个方向冲出了防御圈，进入到风星文明领地内部。此时所有的御风者加起来还不足 20 万艘，4 艘关键的隐杀者完好无缺。

第55章 威慑风星

突破防御圈的隐杀者还剩50多艘,他们在第一时间迅速地脱离御风者舰队,消失在风星文明领地内部,这就是小舰的好处。他们的机动性远远超过御风者,在几千万艘风星战舰的围捕下也能安然脱离,即使有几艘被击毁,也没有影响到最终结果。

不过其中一艘留在了原地,和御风者一起接受风星舰队的攻击洪流。御风者不停地左冲右突,假意要继续深入风星领地,引得风星战舰大幅度聚集起来,十几秒后,隐杀者被击毁,中子简并态物质失控,3分钟后,残留的几十艘御风者和4000万艘风星战舰全部停止了动作,变成一堆废铁,他们的内部,已经无缘无故多出了很多物质。

不管是战舰还是风星人,面对悄无声息的中子穿入都无法抵抗,直到他们内部多出了很多金属元素或者气体元素。紧接着,战舰一艘接着一艘地爆炸了。

此时风星领地内,已经没有大规模作战的舰队了,更没有数量多到可怕的各种防御系统。这里是看似一片祥和之地,零散的舰队也只有几百万艘,他们分属于不同的势力,此时并没有聚集起来,无法威胁到隐杀者,即使威胁到隐杀者也没有意义。

5分钟后,风星的第一批驰援舰队到达,这一批战舰的数量达到了4000万艘,为了赶时间阻止人类舰队,他们同样在通道中使用曲率航行。虽然天基炮台和星际地雷有敌我识别,通道四周的武器系统不会攻击他们,但是舰队前进路上的各种武器机动速度过慢导致舰队无法躲避,只能直接撞过去。

加上前面有人类舰队撞击通道内的超过九成的天基炮台和星际地雷留下的碎片,还有御风者留下的各种大小不一的残骸,尤其是战舰厚实的防御装甲,其作用丝毫不比各种防御武器破坏力弱,被撞击到也够风星舰队吃一顿的。

风星舰队在以损失1000万艘的代价后终于赶到了文明领地内部,而留给他们的,只是4000万艘领地内部战舰的残骸在四处横飞,以及还有无数的战舰才刚刚开始起火爆炸。这些拼死赶路的战舰蒙了,人类舰队在几小时前瞬间毁灭了守卫通道的 1000 万艘战舰，现在又毁灭了 4000 万艘。

新赶到的战舰已经有些慌乱了，他们不知道人类使用的这种大杀伤武器到底是什么，也不知道人类还有多少这种武器。加上此时人类舰队已经基本上损失殆尽，他们只好静静地留在通道口等待元首的进一步指示。看着眼前悲惨的一幕风星舰队也震撼了，这一战下来，他们的族人已经死去五六亿了，同在舰队服役，这些死去的族人很多都是他们熟悉的人，甚至是朋友、亲人。

已经逃走的隐杀者风星舰队根本无法追击，这些隐杀者有的隐藏在行星大气层中，有的进入行星水域深处隐藏，还有些在行星植物丛中隐藏。风星文明的舰队即使追击到了，也不能在这些行星上大动干戈，这些行星都是他们的家园，行星上有他们的族人和家人。

隐杀者并没有马上攻击，风星舰队也只能耐心等待，等待元首的命令，说不定还有回旋的余地。

此时，元首建筑内，胡宇的信息已经到了。

"人类，你们干了什么！！！"风星元首愤怒地喊道。

"干了什么？这还用问吗？"胡宇不紧不慢说道。

"人类，不要以为你们现在就稳操胜券，你们留在风星的舰队也已经全部毁灭了，凭借剩余的 1500 万艘战舰，你觉得能守住居民行星吗？我们的舰队很快就能找到你们，消灭你们，即使你们能毁灭这里，我们也能毁灭你们，所以我奉劝你们不要轻举妄动。"

"哦，是吗？你们派去寻找我们行星的舰队不过 1 亿艘而已，你觉得，我们没有办法吃掉吗？就在刚才，两次就毁灭了你们 5000 万艘战舰，而且更重要的，你也应该看到了，我们的小型战舰已经停留在你们每一个居民行星上空，只要我一声令下，风星文明从此在宇宙中除名。"

"你到底想怎么样？"

"交出科技树！！！"

"这不可能！！！"

"我觉得是有可能的，我现在数十声，十声后，一颗行星毁灭，再数十声，另外一颗行星毁灭，直到你交出科技树为止，一……二……三……八……九……"

"好，停。"

"合作愉快！"

"不，我并没有说要和你们合作，鱼马星大人，你们可以出现了？"元首大声喊道，把信息传递了出去。

"什么鱼马星？"胡宇问道。

"你们马上就知道了。"

"是那些巨舰！！！"

"既然知道了，何必再问，告诉你们，鱼马星文明是小星区顶级文明，离大星区文明也只有一步之遥。"

"哼，恐怕你请这些鱼马星巨舰出手，所要付出的代价不比我提的要求低吧。"

"不错，但是又能怎么样呢，你们人类文明已经成为我们的敌人，与其让敌人强大起来，不如为鱼马星文明服务。"

100艘巨舰很快从风星文明的母恒星火焰中缓缓显现出来，恒星几千上万摄氏度的烈焰对这些巨舰并没有造成丝毫影响，他们就这么不紧不慢地使用常规动力引擎航行出来，仿佛蔑视一切，不过他们确实也有这个资本，小星区高级文明，还不是这些星系级文明能招惹的。

这次胡宇终于看清了这些巨舰的清晰全貌，与人类战舰的等腰三角形扁平造型和风星文明战舰的中规中矩设计方式不同。这些巨舰就像一个个短小肥胖的大玉米，每一个玉米粒的位置也都有一个相对应的凸起，凸起的部分还流淌着巨大的电弧，暂时胡宇也弄不清这些电弧是做什么用的。

这些战舰的长度达到50公里，直径也有近20公里，这个庞然大物刚刚航行出恒星的烈焰不久就遮挡了恒星的光芒，直到这些巨舰降临元首星，整个元首星都变成了黑夜，恒星的光芒被这些庞然大物严严实实地遮住。

一个鱼马星人把影像投射到元首面前，只见这个生物全身长满鳞片，头部有两对眼睛状的晶状体，上半身有4条章鱼触手一样的器官，下身则是像骡马一样有4条腿。

这个形象人类并不陌生，尤其是胡宇，即使经过了几百年，这个形象依然深深地印在他的脑海中。

"是巡视者！"

第56章　相互制衡

一看到这个生物的样子，胡宇立马爆了，人类舰队刚刚离开太阳系，就被这个生物击毁多艘北极星号，让近亿民众命丧星空。不过眼前这个生物和毁灭人类的那个生物虽然是同一种族，肯定不是同一个个体。

"哦，你见过我的族人？"

"何止见过，我们数千万民众被你的族人杀死。"

"那很抱歉，接下来你们还有更多的民众被我杀死，风星新元首，这一次我们要再增加10个喂养基地，否则这件事你们自己解决。"

"鱼马星大人，上次你给予的部分科技只够我们突破到星系级高级文明，突破到小星区文明的科技一直没有给我们，而我们已经帮你喂养虫族足足1万年时间。这次只不过是对付一个星系级中期文明，你就要增加10个喂养基地，现在我们已经圈养了近千个文明物种，如果再来10个基地，起码还要增加2000个圈养文明，我们恐怕会成为整个银河系的公敌的。"

"愿不愿意你们看着办。"

"鱼马星大人，我们最多只能答应你增加5个喂养基地，再说了，周围这1万光年内的恒星级和行星级文明已经被我们搬运太多，已经引起其他高等文明的注意了。"

"好，成交。"

"又上当了，这帮吸血鬼，他们肯定知道我们无法再增加10个，说出10个只是让我们故意还价而已，早知道就说两个了。"风星元首心里骂着。

"人类，你们的一切我已经知道了，现在我给你们一条生路，命令你们的居民行星航行到风星领地，成为这里圈养行星的一员。放心，我不会让风星文明对你们斩尽杀绝的，每100年，你们上交20亿文明生物和同等重量的其他生物就行了。"

"我不认为这是个好建议。"

"哦，你以为凭借区区一点儿造父变星剥离的中子简并态物质就能抗衡我们？"

"我知道奈何不了你们,不过我知道大星区文明联合发布了命令,小星区文明不得掺杂到低等级文明的战争中去,也不能肆意毁灭低等级文明。你们这种行为不怕大星区文明知道吗?还有,饲养虫族也应该是不被允许的,你们这么干,怕是有灭族之罪吧。"

"你们知道的还挺多,但是你以为你们能把消息传递到大星区文明那里?我们可以轻而易举地追上你们的居民行星,灭杀掉你们的舰队,大星区文明根本不可能知道的,还有其他问题吗?"

"没有了,现在我要求你们马上从这里撤离,同时帮我们毁灭掉风星文明的所有舰队。"

"哈哈哈……你们被吓傻了还是吓疯了,我没听错吧?"鱼马星人狂妄地笑道。四脚不停地蹬地,几条章鱼触手也开始乱舞。

"我再说一次,你们鱼马星舰队马上从这里撤离,到防御圈外剿灭风星文明所有舰队。"

胡宇轻描淡写地说着,完全不把鱼马星人放在眼里,甚至都不拿正眼看一下他们,其态度极其轻蔑,让鱼马星人非常恼怒。

"人类,我的忍耐是有限度的,再说一次,你们的中子简并态物质对我们来说只是个笑话,你没听清楚吗,还是脑子不好使?既然这样,我就打破你们的幻想,攻击。"

随着鱼马星人领队的命令下达,12艘肥玉米分别奔袭3颗行星,这3颗行星正是携带了简并态物质的3艘隐杀者隐藏地。

鱼马星战舰迅速而又准确地找到了隐杀者的位置,每4艘鱼马星战舰合围一艘隐杀者,隐杀者在鱼马星战舰到达的一刻也迅速关闭了能量供应,任由简并态物质膨胀爆炸,胡宇也想见识见识这些鱼马星战舰如何对抗。

隐杀者很快在简并态物质的膨胀和爆炸中成为了一块块金属铁皮。这团鸡蛋大小的物质如果正常膨胀,将膨胀到一个15公里左右的巨大圆球。不过能量的剧烈释放不会让它有成为一个圆球的机会,在几分钟内,它就会以粒子态向着周围飞去。

在这些物质即将到达鱼马星战舰的时候,周围的4艘鱼马星战舰表面流淌的电弧更加强大了,这些数十米的电弧释放到行星的空气中,空气瞬间被电离,若是一个人被这些电流击中,相信在一瞬间就能变成灰烬,连大脑神经都反应不过来。

随着鱼马星战舰的能量增加,这些膨胀爆炸的简并态物质连同隐杀者的碎片的速度越来越慢，越来越慢，直到完全停止，并且开始倒退，最后集中在一个直径不到 1 米的球形中，奇怪的是，原本一块几米长的战舰碎片，此刻看起来也只有拳头大小。

球形内的物质并没有停止运动，简并态物质依然在剧烈地反应，能量在剧烈地爆发，但是任凭它们怎么挣扎，都无法离开这个球形空间，直到最后这些物质彻底安静下来，鱼马星战舰才离开。

鱼马星战舰刚刚离开，这团被压缩的物质瞬间膨胀到十几公里大小，但是它们再也掀不起任何风浪，只是缓缓地被行星引力拉回地面，变成这颗行星的一部分。

鱼马星人自信地把现场同步到元首星，胡宇也把现场同步到科学院，让所有相关科学家停下手头的工作共同观看。鱼马星战舰的这种作战方式以前从未见过，让风星文明无法抵抗的中子简并态物质，他们仅仅使用了 4 艘战舰就轻而易举地化解了。

第 57 章　高阶打手

　　大部分科学家已经惊讶得说不出话来，他们也都是这方面的顶级专家，却是无法理解这种作战方式，如果可以这样的话，恐怕再多的星系级战舰都无济于事。以前大家认为，只要战舰足够多，蚁多咬死象，即使是小星区文明的战舰，星系级文明凭借巨大的数量优势也有一战的可能，但是此刻大家都知道错了，而且错得非常离谱。

　　量变引起质变，这个在同级别文明中可能适用，但是不同的文明级别，却不一定适用。比如行星级文明对恒星级文明、恒星级文明对星系级文明，这种级别差异下量变能引起质变，只要武器战舰的数量足够多，打不赢也能重创对手，但是星系级文明和小星区文明之间却无法适用这条理论了，可能几亿艘御风者也不一定是这几艘鱼马星战舰的对手。

　　少部分科学家还是看到了其中的玄机，尤其是空间物理学方面的几位院士，比如曾昭远院士、刘博院士，他们表现出来的不是惊讶，而是惊喜，原来还可以这样操作。虽然暂时还不知道原理，不过大家相信，只要看到现象，离找到原理并且进行应用不会太遥远。

　　"怎么样，人类，你们觉得还满意吗？如果喜欢，到时候你们的居民行星也可以享受这种待遇。"鱼马星人似乎非常享受这种高高在上，掌握其他文明生死的感觉。

　　"仅此而已，空间压缩我们虽然暂时做不到，但是不代表我们不知道。"科学院中，曾院士和刘院士已经把消息传递给胡宇。

　　空间压缩，人类暂时无法做到的科技，它是空间弯曲的一种延伸使用，宇宙中到处都有压缩空间的现象，比如各种星体，各种文明的曲率飞船，弯曲空间其实也是压缩空间的一种；比如黑洞，它周围的空间就被极度压缩，也就是曲率度非常高。

　　"想不到你们人类知道的还不少，比起风星文明强多了。不错，这的确是空间压缩，怎么样，现在我们可以谈谈开始的条件了吗，是你们自动把居民行星送过来还是我们过去拿？"

　　"愚蠢，你们真的以为我们人类文明仅仅靠着这一点儿中子简并态物质就敢和你们谈条件？实话告诉你，早在几百年前我们就发现你们鱼马星人的战舰，我们发动对风星文明进攻的时候，也同时派遣了 10 万艘战舰前往银河系中央，这些战舰已经分散开来，你们不可能拦截到，在这些战舰上，我把你们存在的信息已经全部记录上了。"

其实真正前往银河系中央的战舰只有 5000 艘，其余 5000 艘已经由胡云航带领返航追赶地球二号了，为了夸大效果，胡宇把数量扩大了 20 倍。

"还有，我们已经掌握超距离实时通信的技术，所以刚刚发生的一切，也已经被传送到这 10 万艘战舰上面，这些战舰将直达核心中央，寻找大星区文明。"

"你们……"鱼马星人气急败坏，以他们小星区文明的水平，很容易分辨胡宇所说的话是真是假。

"住嘴，如果你们乖乖听从我们的命令，我不介意让这些战舰一直在银河系中央游荡，但是如果你们继续追杀人类，那这些战舰现在就会进行广播，而且一直广播到大星区文明和其他所有文明都知道你们的所作所为。凭借你们的实力或许可以找到这些战舰并且毁灭，但是我相信你们无法毁掉这些游荡在整个银河系的电磁波和引力波，以及我们文明特有的通信方式。"

对于胡宇毫不客气的命令和辱骂，这些鱼马星人竟然丝毫不敢反击。也难怪胡宇发怒，这些鱼马星人的同类毕竟是人类的仇敌，虽说鱼马星人是执行大星区文明的命令从规则上说并没有出格，但是看到这些外星生物，胡宇还是无法控制自己的情绪。

"人类，不要这么嚣张，你们是无法承受一个小星区文明的怒火的。"

"我知道，所以我并没有很过分，只是要求你们放弃对人类的追杀，顺便剿灭风星文明的战舰，然后离开这里，我想你们的主文明不会为了这一点小事而冒着被大星区文明惩治的风险吧。"

"好，你们狠，等着，我需要联系主文明。"

"静候佳音。"胡宇缓和下来，又恢复了若无其事的样子。

"鱼马星大人。"风星元首已经面无血色，人类的这波操作几乎已经把自己钉在了砧板上，他开始后悔，如果不让鱼马星舰队介入的话，自己硬拼一把，绝对可以获胜，只怪自己被中子简并态物质吓破了胆子。

胡宇也没想到事情竟然发展到这个地步，原本只是想借着中子简并态物质来威胁这个新元首一把，让他交出科技树，没想到风星领地竟然隐藏了小星区文明的战舰，对于这一点，胡宇一开始也没有做这种打算。

直到胡云航准备返航的时候，胡宇感觉有些不安，战争打得动静太

大，怕有其他高级文明介入，而且之前风星领地的巨舰迟迟没有现身，所以才决定让 5000 艘御风者前往银河系中心，没想到这场战争真的有小星区文明介入，而且还是风星文明的帮手。

"闭嘴，你们这群蠢货。实力是人类文明的几十倍，竟然落到如此田地，还把我们都拉下了水。"

面对鱼马星人的怒骂，风星新元首和一帮大臣已经彻底瘫痪，他们知道，人类这张牌打得太狠毒了，直接要挟到鱼马星文明，从眼前的形势来看，鱼马星人为了稳住人类，一定会牺牲风星文明。

果然，几分钟后，鱼马星人再次投影到元首星。

"人类，你们赢了，不过你们千万不要出尔反尔，如果有关这里的消息泄漏的话，即使我们冒着被大星区文明毁灭的风险，也会先消灭你们。"

"放心，我们人类文明并不愚蠢。"

"鱼马星大人，人类不能信任，风星文明才是最忠诚于你们的。这些年我们为你们做了多少事情，你就这么放弃我们？"

"放肆，现在我命令你们，所有战舰马上自爆，这样你还能保存舰员，如果非要我出手，舰员就没有了，还有，马上开放科技树的通道，让人类读取。"

"大人，这不可能，我们的科技树……"

"聒噪。"

第 58 章　离开风星

这一次，胡宇再次见识了小星区文明的另外一种科技，杀死风星元首的，竟然是眼前这个投影。这个投影和人类的全息投影从外表上看并没有什么差别，但是鱼马星人的投影却已经有了攻击能力，抬手间，风星元首就被贯穿，缓缓地瘫了下去。

"你们可以选一个新元首，我再给你们一次机会，自爆所有战舰。"

"鱼马星大人，我是风星文明的科技大臣，现在风星文明由我暂代元首，请给我一点时间，我马上按照您的要求去做。现在我已经得到系统授权，准备开启科技树通道，你们可以随时来复制风星文明的科技树。"

"你倒是挺懂事，好，就给你一些时间，人类，你们不会有意见吧？"

"当然不会。"

"鱼马星大人，之前喂养虫族是上上任元首和你们的协议，既然现在轮到我当元首，那么我也不想再继续帮你们喂养虫族，这些事情做得太多，已经影响到我们文明的进步了，我想带着我的族人离开这里。"

"哼，你们没得选择，如果不执行协议，你们风星文明就从此在银河除名。"

"唉。"风星新元首无力地摇摇头。

科技大臣担任的新元首马上召集所有文明高层，并向他们原原本本地阐述了事情的经过，现在风星文明沦落到这个地步，已经没有任何反抗的余地了。

这两艘御风者将进入到风星领地，科技通道已经开启，他们将从通道读取风星的完整科技树。一个存在了 5 万多年的星系级文明的科技树有多么庞大胡宇很难想象，虽然自己也是星系级文明，但是和风星文明这种老牌文明相比，自己的科技储备数量恐怕不到他们的百分之一。

事实也确实如此，两艘御风者和科技通道链接，以 100ZB/S 的速度把风星文明的科技传到地球二号，而这种通道足有 200 多条，面对如同潮水般涌来的数据，眼看着存储设备一个个爆满，曾院士只得通知工程部临时加班加点地生产。

在传输风星科技树的期间，风星文明新元首命令所有战舰集结在一

处，派遣运输舰把所有舰员接走，然后在风星人的不甘和愤怒中，这些战舰化为了一团团火球。

至此，风星文明完全落败，整个文明不再有一艘战舰，不过他们很快就能打造出同样庞大的舰队。只是到那个时候，胡宇早已经离开，舰队再大也威胁不到人类。鱼马星舰队也已经离开，至于去哪里，胡宇并不知道，希望他们暂时不要再出现在人类周围，不然有这么一个高级文明盯着自己，怎能睡得着觉。

"元首，其实我们之间并没有太大的仇怨，不过我还是劝你们，趁早和鱼马星人脱离关系、和虫族脱离关系，否则你们文明覆灭只是迟早的事情，多的我也不再说了，你们好自为之吧，再见。"

人类舰队已经离开风星文明，这里的一切都和人类再没有任何关系，风星新元首望着眼前在痛苦中挣扎的族人和无处不在的战舰碎片欲哭无泪，前前后后耗费几万年打造的舰队此刻一艘不剩，风星文明以后该何去何从，如何摆脱鱼马星人的控制，这一切人类都已经看不到了。

胡宇终于可以放松了，这一战，前后耗费近 500 年，近百亿人的努力，更耗费十数颗行星资源，才赢得最后胜利，但是这种胜利仍然不是靠军事实力取得的，如果真的要靠绝对实力打败风星文明，最少需要超过 5000 年的时间，而且这 5000 年内需要所有民众像之前一样努力工作才有可能。

参战的 4000 万艘御风者已经只剩下 500 万艘，这个损失是在短短一周内造成的，像御风者这种巨舰，普通人靠炸弹一艘一艘炸的话，可能也需要好几年的时间才能全部炸毁。

盛大的庆祝活动在地球二号上展开，为了这一次庆祝，大家已经等待了差不多 500 年，这些年大家都太辛苦了，不管是普通的民众还是科学家们，他们的贡献大小可能不一样，但是付出的心血都是一样多的。

这一次，胡宇在地球二号上进行了不到 5 分钟的简短讲话，胡宇的最后一句话是所有物资舰队无限量供应，直到大家吃好喝好玩好为止，这句话可比什么感谢语都管用得多。

胡宇的话刚落音，整个地球二号完完全全淹没在人们的吼叫声中，这声音代表了高兴、代表了解脱、代表了自豪和骄傲，也代表了激动和放松，各种复杂的情绪交杂在一起，人们沸腾了。

第 59 章 树人释疑

夜晚 8 点，胡宇和两位院士行走在地球二号的林荫小道，欢庆的人们还没有回家，偶尔才有几家传来点点灯光，这一个夜晚，御风者没有熄灭探照灯，只是把灯光调到柔和，仿如十五的月亮。

在一座巨大的建筑旁边，胡宇率先停下了脚步，这栋建筑，正是地球二号最大的小学。

"九十七！！！"胡宇大声喊道。

"将军，我在这里。"

"九十七，所有人都去参加宴会了，我也叫人专门通知过你，为什么你没去？"

"将军，你又何必明知故问。"

"你怎么知道的？"

"你们读取了风星文明所有的科技，也和风星几位元首有过交流，肯定知道当初是我出卖了你们。将军，对不起，给你们造成了损失，当初我只是想逃离风星。"

"损失？不，没有，其实我们一开始就知道你在说谎，所以我们将计就计，反而取得了意想不到的收获。"

"一开始就知道？那你为何还对我这么好？"

"很简单，因为我不知道你还能不能继续和风星文明保持联系，所以在战事结束前不能揭穿你。"

"将军，一开始我只是想保住小命，对你们也不了解，甚至我怀疑你们也只不过是到处掠夺的强盗，不过后来发现你们并不是我开始认为的那样，而且你的族人一个个对我都那么好，并没有因为我是异族就排斥我，我感到很内疚，也准备向你们坦白，但是我……"

"我明白，我们也对你观测了 200 多年，知道你并没有继续联系风星文明，而且我们也知道其实你也没有为风星卖命的理由，现在战事结束，今天我们也算坦诚相见，还是当初那句话，如果你想走，随时可以。"

"将军，你要赶我走吗？"

"不，并没有，相反，我们欢迎你继续留在这里。"

"谢谢，谢谢。"

"好了，我们走了，对了，我们人类的灯火晚会不错的，如果你有兴趣的话，可以去看看，当然，你还是得小心一点，别踩到我的族人。"

说完胡宇和两位院士转身离开了，留下了激动不已的树人九十七，他开始后悔没有早点主动向胡宇坦诚。这些年来，九十七也有很多次想坦白，但是他和人类有着类似的性格，提不起勇气，当然也有一些顾虑。

今天晚上胡宇主动找到他说明一切，不仅没有处置他，反而相信他，给他更多的福利，这让见多了宇宙残酷和黑暗的九十七心中又重新燃起了光明的火焰，原来这个宇宙不只有欺凌和杀戮，也有信任和爱。

回到胡宇的办公室。

"肖院士，九十七真的没问题？"

"没问题，当初九十七说脑电波外发，让我们很受启发，其实不管是人类还是其他生物，只要有生命活动，体外就会有电波或者磁场存在，只不过这种电波非常非常微弱，微弱到几乎可以忽略不计，后来我们连同科学院其他体系的科学家一起研究，终于制造出一种可以捕捉这种电波的仪器。"

"这些年我们偷偷收集九十七的脑电波场信息，结合他平时的说话的信息，我们已经解析出他脑电波的内容信息，这些信息足以证明九十七对当初的谎言很内疚，但是一直不敢对我们坦白，一是勇气不够，二是也怕我们知道真相后对他不利。"

"既然这样，那九十七暂时可以信任。"

"是的。"

"九十七是解脱了，凤星领地那1000多个文明物种却还在煎熬，如果鱼马星文明不出现，或许我们还能拯救他们。"

"将军无须自责，这就是宇宙。我们没有义务去救任何其他文明。"

"这点我知道，好了，今天很晚了，两位院士还是赶紧去休息吧，凤星文明的科技树还等着你们呢。"

凤星文明的科技树之庞大不言而喻，地球二号挖了两个2千米见方的地下城，才把储备凤星文明信息的设备装下，这些设备的储存能力达到一个指甲盖那么大的地方就能储存1PB的数据，现在满满两个地下城全部被这些设备占满。

设备之间的空隙被不断地注入液氮为这些设备降温，接下来第一步就是把这些信息全部转为地球文字，这个转化过程最少要持续10年，就这个速度,都还要重新搭建几台超级计算机才行。

转化完成后就可以进行分类整理,然后开始解析应用了,刚好趁着地球二号航行到新的行星系之前完成转化工作。

一些重要科技比如空间科技之类的会被优先进行转化,这些科技信息一旦转化完毕马上会由科学院的科学家进行解析,尽快让舰队提升实力。

地球二号已经离开JD3行星系2100多光年,自从结束了风星战争之后,地球二号没有再全速航行,而是以每年50光年到100光年的速度缓慢行进,并且经常停下来对沿途各个行星系进行考察。

这天地球二号正停留在一个新的行星系进行考察,100艘胖玉米战舰降临在地球二号附近,他们的出现马上被地球二号的防御系统捕捉到,并第一时间把信息传输给胡宇和其他高层人员。

"鱼马星战舰。"胡宇立马反应过来。

战斗警报马上拉响,已经习惯了大风大浪的民众迅速从各个通道进入地下掩体,这些深达十几公里的防御措施在强大的文明力量面前并没有多大的作用,但是只要不是直接攻击,还是能保住性命的。

胡宇也马上进入到作战指挥室里面,御风者在3分钟之内全部集结并且挡在了鱼马星战舰和地球二号之间。

"鱼马星文明,你们要干什么?"

"人类,我说过,要你们一半人口做为抵押,小星区文明的威严不能被践踏,你们一定要付出代价。"

"你们想怎么样,我们的战舰随时可以进行广播,你们饲养虫族,肆意杀戮低等级文明的事情必定被整个银河系所知。"

"你们的战舰?好吧,现在给你们看看情况,我相信这个时候,我们的舰队已经找到他们了,并且很快就能进行攻击。"

"等你们全部找到再说吧。"

鱼马星人刚说完,参谋马上报告有两艘前往银心的御风者失去了联系,果然鱼马星人在追踪御风者,胡宇马上结束了与鱼马星人的简短对话,命令舰队分散裹挟着地球二号和资源行星全速前进。

"中华,告知民众不要出地下掩体,现在情况万分紧急,我们的御风者被全部绞杀完成之时,也是我们舰队和民众命殒之时。"

"他们只有100艘战舰,老胡,我就不信吃不掉他们。"

"没用的,我们这些战舰一旦失去,地球二号连航行的能力都没有,

而且对方掌握的空间压缩技术，实力远不是我们舰队能比的，我们的任何攻击他们都能化解，除非我们也掌握了空间攻击。"

"那现在该怎么办？"

"不知道，赶紧通知科学院的院士们商议对策吧，这一次我们的危机将是最可怕的，弄不好这支人类就没有了。"

胡宇刚刚说完，曾院士、肖院士带着几名顶尖院士匆匆赶到了指挥室，这个时候，院士们知道胡宇最需要的就是他们。

"将军，情况怎么样？"曾院士一只脚进门就开口问道。

"非常紧急，鱼马星舰队在追剿我们前往银河系中心的御风者，一旦这些御风者被剿灭，我们的末日也要到了。我们现在也不能真正向银河系广播鱼马星人的作为，否则我们马上就会遭到他们的报复攻击。"

"打是打不过的，只能选择逃，但是我们又能逃到哪里去，我们观测到他们的战舰速度高达 5000 倍光速。"文中华分析道。

"嗯……"曾院士思索着，"我们去前面的星云区！"

"院士，什么星云区，创世之柱吗？创世之柱距离这里有 2000 光年，我们全力赶路的话只需要 4 年，我相信 4 年内他们还无法全部消灭我们的御风者，但是我们去创世之柱就能躲避鱼马星人的追击吗？"

"我在到达 JD3 以后对星空进行了新一轮的观测，两组七合星系统的恒星将进入到创世之柱所在的区域，这个由 7 颗恒星组成的系统和另外一个 7 恒星系统相互绕行，系统极为复杂，稍有外界影响就会导致系统混乱，从而发生撞击爆炸。除了这 14 颗恒星以外，还可能有三到五颗恒星在这段时间内穿过创世之柱，为里面增加新的物质。当然，我们这里还看不到这一切，这里最起码也还有 1000 多年才能观测到创世之柱发生的事情。"

"有没有把握？院士。"

"没有，我不能保证一定能躲避鱼马星人的战舰，但是这是目前我们唯一能走的路。"

（PS：星云物质其实非常稀薄，别说十几二十颗恒星爆炸补充物质，就算上万颗恒星的物质补充在这个区域里也不行，这里只是小说的加工）

眼下鱼马星战舰一直跟随着地球二号，即使躲进创世之柱也不一定能逃出魔掌，但是正如曾昭远院士所言，只有这个方法能求得一线生机。

"这一次，我们可能真的要面临灭顶之灾了，先不要告诉民众具体情况，让他们不要过于担心。"

"民众会谅解我们的。将军,你继续和鱼马星人周旋,尽量拖延时间,我们先去想办法。"

"好,诸位院士,辛苦你们了。"

舰队已经转向创世之柱,虽然它已经没有了创世之柱的原型,但是如果曾院士观测没有出错,现在的创世之柱已经重新获得生机,当然,曾院士肯定不会犯这种低级错误。

距离地球二号1万公里的地方,100艘鱼马星巨舰依旧在不紧不慢地跟着,在鱼马星人眼中,人类不过是一只在脚边慢慢爬行的蚂蚁,不过在踩死这只蚂蚁之前,还是要清剿完前往银心的御风者。

距离创世之柱已经只有1000光年,5000艘御风者还剩1500艘,损失速度超过预估,胡宇心里越发紧张,即使有些御风者隐藏在恒星里面或者其他星体里面,也都被一一找到摧毁。

胡宇不得不佩服小星区文明的实力,这些御风者的分布范围达到几千光年,在如此广漠的范围中寻找一艘人类战舰,还在短短两年就摧毁了超过3500艘,其实力绝对不容小觑。

别说御风者在几千光年的范围隐藏和机动,就算把这几千艘御风者摆在曾经的太阳系中,也是不容易找到的,鱼马星文明的舰队肯定使用了某种方式来追踪,不然使用常规方式进行搜寻不可能这么快找到。

但是具体鱼马星舰队使用了何种方式,胡宇并不知晓。胡宇和院士们怀疑过四维通信网络,这种基于空间的联络方式很可能是被鱼马星舰队发现的源头。但是四维通信网络如果关闭了,也就和鱼马星人摧毁没什么两样,四维通信网络的开启和关闭都是一次性的,只要关闭,再也无法重新建立连接。

"老胡,鱼马星人摧毁了我们前往银心的御风者也同样是置我们于死地,为什么不警告他们,比如御风者数量下降到100艘的时候我们也会广播。"

"没用的,如果他们已经找到了全部战舰,再同时发动攻击呢,我们无法判断这个数量和他们发动攻击的时间,现在我们是广播会死,不广播也会死,被鱼马星找到全部御风者也会死,唯一的可能就是在鱼马星找到全部战舰前逃走。"

"大不了一拍两散,谁也别想活,直接广播算了。"

"那又怎么样呢,现在不是斗气的时候,蝼蚁尚且偷生,更何况我们的150亿民众,不能由着自己的性子来。"

"但是他们的速度太快了,原本我以为可以撑个四五年的,这才两年,他们就找到了一多半的御风者,剩下的战舰能不能撑到我们进入创世之柱星云都难说。"胡宇苦笑,自从带领舰队以来,还从未有过如此无力的时候。

第 60 章　承受极限

距离创世之柱 500 光年，御风者还剩 389 艘。

距离创世之柱 400 光年，御风者还剩 266 艘。

……

距离创世之柱 100 光年，御风者还剩 28 艘。

距离创世之柱 20 光年，御风者还剩 3 艘。

坚持，再坚持，还有半个月，就能进入星云密集区，现在这里的物质浓度已经增加到每立方米超过 50 个原子，创世之柱的样貌已经清晰可见，原来巨大的三根手指已经消失不见了，展现在眼前的是一片巨大的放射状烟雾，这是近期恒星爆炸的典型状态。

星云大小也由原来的 20 光年扩展到 25 光年左右，物质的过度密集阻挡了恒星爆炸向外冲击，除非是像超新星那种级别的爆炸，才会很大程度影响星云的外貌。

距离创世之柱还剩 10 光年，御风者数量：0。

鱼马星战舰第一次挡在了地球二号前面，地球二号被迫停了下来。

空中，鱼马星人传来了消息。

"人类，还有什么话说，乖乖地跟我们回到风星文明领地吧，我们已经确认，你们的传信战舰已经全部被摧毁。"

"你确信已经全部找到了吗，最少还有 100 艘隐藏在某个角落，你们得意得太早了。"尽管命运已经定了下来，胡宇还是不想放弃，哪怕有一丝希望，毕竟这里不是胡宇一个人，还有上百亿民众。

"哼，虽然我们无法进入四维空间溯源，但是却可以观测到这附近空间的四维通道，就在刚才，最后两条连往远处的四维通道已经消失，怎么样，还想狡辩吗？"

"那又如何，御风者在行进途中已经随机释放了携带信息的卫星设备，这些设备只要 1000 年内没有收到我们的特定信息，依然会进行广播。"

"人类，没用的，你以为这么简单的方法我们没有想到吗？"

"既然如此，那就动手吧，攻击。"即使知道不敌，胡宇也不可能就这么束手就擒，能咬上一口也算好。

深渊星核

　　1000多万艘御风者同时向着鱼马星舰队冲了过去，2秒后，御风者就完成了对鱼马星舰队的包围，并且同时发射出了所有的反物质炸弹和引力炸弹，包围圈中的鱼马星战舰并没有想要躲避的意思，任由无数的炸弹攻击而来。

　　在距离鱼马星战舰几公里到几十公里的地方，引力炸弹爆炸了，爆炸破坏了反物质炸弹的内部结构，紧接着反物质炸弹也爆炸了，10万吨反物质同时在这片空域爆炸，释放的能量足以摧毁任何物质。

　　可是能量并没有影响到鱼马星战舰丝毫，它们在距离鱼马星战舰1公里的地方诡异地停止了，然后开始倒退最后慢慢消逝在星空。

　　"人类，你们真的惹怒我了，现在就尝尝我们的怒火吧。"

　　说罢，一个巨大的圆柱体在不到1秒内穿越了数万公里到达地球二号，随着一声响彻天际的爆炸声在地球二号传播，腾起的蘑菇云冲上了百万米的高空，已经突出了大气层外，从远处望，地球二号就像长出了一个巨大的蘑菇。

　　爆炸产生的强大冲击波席卷了大半个行星，模块化的钢铁房屋如同秋风扫落叶一般被吹走，不管是参天大树还是灌木杂草，在冲击波的高热量中全部被直接碳化点燃，变成灰烬。爆炸中心的泥土岩石也燃烧起来，土地被晶体化。

　　行星开始震荡，大大小小的湖泊开始沸腾，温和的大气层开始聚集成暴躁的龙卷风，大火四处燃烧，浓烟滚滚，地球二号一下子从天堂变成了地狱。

　　真正的地狱在炸弹爆炸的三分之一个行星区域中的地下掩体中，躲藏在这里的民众无一幸存，不管是大人还是小孩，也不管是男人还是女人，鱼马星炸弹在一瞬间就夺取了他们的生命。

　　直接殒命的人口数量达到50亿，超过10亿人口受到伤害，离爆炸中心最近的方圆3000公里的区域没有一个幸存者。

　　此刻的胡宇已经快要被打垮，人终有承受极限，以前无论多么艰险，总还有一线生机值得去拼，现在面对鱼马星舰队，胡宇的感觉就像一只蚂蚁和一只大象对抗。

　　胡宇的右手拇指，已经放在起爆器的红色按钮上，只要这个按钮按下，预先埋藏在行星内部的十几吨反物质会把整个地球二号摧毁，从此，胡宇这一支舰队彻底消失。

　　指挥室里，众人尽皆一言不发，他们正襟危坐，想在最后一刻也要保持军人的威严。

"哈哈哈哈，人类，怎么样，开心吗？这就是和小星区文明对抗的结果，你们只不过是一群蝼蚁，我决定，减小炸弹威力，每次只杀死你们1亿人，直到最后只剩1亿的时候留着繁衍后代，喂养虫族，哈哈哈……"

胡宇已经关闭了和鱼马星人通信的通道，这个时候，沟通只会招来嘲讽和讥笑，胡宇宁愿人类的这一支从此消失，也绝对不允许人类被奴役。

"同志们，时间到了，来生再见吧。"

胡宇闭上了眼睛，大拇指开始用力准备按下按钮，突然一条树枝冲破指挥室的钢化玻璃，抽在胡宇的手腕上，胡宇感觉到巨痛，手中的起爆器被顺势放开，树枝马上卷起了起爆器，三下两下就拆掉了。

胡宇"唰"地睁开眼，是九十七，此刻它正站在指挥大楼的外面，只把几条树枝伸了进来，胡宇起身走到窗口。

"九十七，对不起，事先没有和你打招呼，不过我想你也不愿意再回到风星文明领地，所以我自私地把你和我们人类的命运绑在了一起。很遗憾，我应该尽早把你赶走的，不然的话你也不用沦落到和我们一样的地步。"

"将军，这个时候你还在为我着想？"

"你并非人类，鱼马星人的目标也不是你，你不应该承受和我们一样的悲惨命运的。"

"将军，说对不起的应该是我，这些年来，你们把我当成自己人一样，这种感觉是我在母星都没有的、亲人的感觉，我应该早点站出来，不然你们也就不会死这么多人了，我很后悔，我懦弱，死去了这么多人。"

"九十七，你有办法？"胡宇心头一震。

九十七并没有直接回答，而是从枝叶之间摘下来一个拳头大的果实，送到胡宇手中。

"将军，这个果实和等一下我完成转运后的躯干你保存好，如果有机会能找到我的母星，把这个果实连同我的躯干一起交给母星的任何一个树人，他们都知道怎么办，等一下我会耗尽全部能量把地球二号传送到前面的星云区，希望你们在那里能逃过一劫。"

"九十七，你会死吗？"

"将军，只要把果实和躯干交给树族，长老们会使我的躯干重新活过来并且把果实中的电波复制到躯体中，到时候我就重生了，这个是我们树族的特殊能力。"

"九十七！！！"

"将军，再见。"

第 61 章　空间转移

说完九十七转身走远,他的身影变得模糊,连带着周围的物体也开始形变,这是能量影响空间的表现,随着九十七身影的越来越模糊,这种形变迅速地向着远处扩展而去。几分钟后,九十七溢出的能量已经包裹了整个地球二号。

鱼马星人仍然在享受着人类被践踏的愉悦,为了给九十七赢得时间,胡宇再次打开了通信通道,表现出极度疯狂和歇斯底里,或谩骂或恳求,或诅咒或威胁,全力拖延着不让鱼马星进行第二次攻击。

表演完这一切,最后胡宇假装恢复理智同意回到风星文明,但是希望鱼马星文明给他几天时间用来救援受伤的族人,对于这一点,鱼马星人愉快地答应了。

九十七的能量包裹了整个地球二号以后,身体中再次分出一道细小的能量,以千倍光速向着 10 光年外的星云前进,艰难的 3 天终于熬过去了,这道能量终于连接到星云中物质最密集的一点。

这一点就像地上的钉子,而这道能量就像一条拉扯到极限的橡皮筋,随着九十七的一声大吼,地球二号瞬间离开了原来的区域,进入到星云里面。

就在 10 秒钟前,胡宇刚刚结束和鱼马星人的最后一次通话,通话的内容是人们已经准备完成,准备马上返回风星领地,面对着消失不见的地球,鱼马星人这才反应过来,之前几天的周旋不过是拖延之术。

"首领,人类去哪里了?"

"这还用问吗,他们肯定把行星传送到前面的星云区了。"

"他们怎么会懂这个?"

"你问我,我问谁!"首领暴躁地骂道,到手的肥肉就这么飞了,怎能不恼怒。

"首领,那我们赶紧去追,这片星云长宽都不过 30 光年,人类躲不了的。"

"进入创世之柱的星云区?找死吗?我们走,人类不可能活下来的。"

10 分钟后,鱼马星舰队毁灭了所有御风者,打爆了资源行星,首领这才消了点气，集合舰队向着风星文明领地而去。

星云中，胡宇望着倒下的树人九十七，思绪万千，若不是当初相信了九十七，人类可能今天就没有了，九十七肯为人类牺牲，也正是因为人类的善意，这个宇宙中到底是应该善还是应该恶？

胡宇命人把九十七运到地下封存起来，以后有机会了一定帮他找到母行星，让他重生。现在舰队已经一艘战舰都没有，仅剩些平常停靠在行星表面的小型飞船，资源行星也没有了。

舰队一夜之间失去了所有，所有人都承受着巨大的打击，人们失去了家园，失去了亲人朋友，失去了一切。幸存的人们相互搀扶着走出了地下掩体，展现在众人眼前的是断壁残垣、满目疮痍的家园。

整颗行星都笼罩在悲伤之中，人们相互偎依坐在被肆虐的地表上，大火燃烧的烟雾围绕在虚脱的人们周围，感受着他们的痛苦与凄凉。

胡宇和几位将领走在街头巷尾，人们望着他，挣扎着爬起来，却没有了往日的热情相拥，只是远远地望着胡宇，这次的打击已经让他们彻底崩溃，彻底麻木。

胡宇也开始后悔，自责，如果不是自己执意进攻风星文明，或许也不会引来和鱼马星人的直接对立。风星文明的科技树是拿到了，可付出了死亡50多亿民众的代价，如果时间可以倒流，胡宇宁愿不要这些科技树。

这是一个漫长的冬天，没有漫天飞舞的雪花，只有人们的血泪洒遍行星的每个角落，救援行动已经持续一个月了，人们才慢慢缓过劲来。行星表面乱七八糟搭建着各种居住的棚子，食物和水并没有受到污染，人们尚可果腹。

行星表面有三分之一的面积受损，其他地方的人们把模块化房子变小，拆除节约出来的模块，由小飞船运送到受灾区搭建起来，给这些需要房子的同胞居住，他们不光带来了房子模块，也带来了更多干净的水和食物，药品以及生活物资。

唯一让胡宇感到欣慰的是，科学城毫发未伤，科技树也完整无缺，有了这些，就有翻盘的力量和可能，接下来就要像在天仓五一样，利用数量不多的机器设备和人工来一点点地恢复，胡宇只希望在这段时间内不会再受到二次打击，人们已经经不起二次风霜了。

直到此刻，胡宇才把眼睛投向了天空，这里是曾经的创世之柱核心部分，加上几百年前20颗恒星的爆炸更加充斥了这里的物质，星云区不愧为造星工厂，这里大大小小的各类天体不计其数，小则如同米粒，大的

已经聚集到足够物质点燃了核心,成为了天空中新的一颗恒星。

地球二号处于创世之柱星云区的中间位置,也是整个星云区物质最为丰富的区域,从各个方向走出这片星云区都要经过十几光年的路程。

地球二号现在公转的核心就是一颗年轻的恒星,它的年龄不会超过 10 万年,它比太阳要大两倍,此刻地球二号距离它 0.5 个天文单位。如果是在地球,这个距离的恒星已经十分刺眼,地球上可能寸草不生、河流干涸、大地干裂。不过这是在星云区,从地球二号上望去,这颗恒星就像一块朦胧的大饼,星云区的浓厚物质遮挡了它的光芒。

第 62 章　劫后重生

普通星云区的物质浓度虽然很丰富，也不过每立方米几百几千个原子，但是这片星云区由于短时间内发生了多颗恒星爆炸，物质浓度已经不能用原子数量来衡量了，这里的物质已经像地球大气层一样浓厚，各种气体云和元素粒子飘荡在星空中，形成了一片数十光年的浓雾区。

舰队必须第一时间建立起来，别的不说，光是这里的物质就足够把地球二号摧毁，地球二号在这里每年增加的物质打造一支千万艘御风者舰队还绰绰有余，如果这些物质不加处理，地球二号会变得越来越重。

质量加大的必然结果是和恒星距离不断靠近，直到成为恒星的一部分，而且这里的公转速度还会受到物质阻力而不断下降。不过眼下几十年还不用担心，地球二号靠近恒星一点反而更好，能给地球二号增加一些能量，使温度上升到零摄氏度以上，足够的光热也能重新让植物焕发生机。

胡宇要赶在地球二号和恒星的距离到达极限之前把舰队打造出来，科学院也已经制定了几套备用行星减肥方案，但是最好的方案还是由舰队来控制行星的位置，这样更简单，也更精确。

劫后余生的人们也很快恢复过来，这里面有 5 亿多从地球时代一路走过的老人，这次灾难中虽然也死亡了 1 亿多，但是他们有着比后来出生的人更加坚韧的精神。

这批人充当了舰队人类的坚强基石，只要基石牢固，任何高楼都能建造起来，他们相互鼓励，号召所有人坚强起来，抛弃悲伤，重建地球二号，重建舰队。

有了他们的鼓励，人们开始走出悲伤，走上工作岗位，为了忘记悲伤，为了人类未来开始忙碌。

1 年后，地球二号上已经有很多机器开始轰鸣了，这批机器将替代人们的大部分繁重工作，人们不再肩挑背扛，效率也提升了几十倍。

3 年后，植物再次郁郁葱葱地生长起来，抹平了地球二号受伤的痕迹，也掩盖了曾经的伤痛，100 多座高炉矗立在行星表面，钢铁被源源不断地冶炼出来。

5 年后,产业链再次完整建立起来,战舰的生产开始进行,由于资源不足,御风者要建造得小一些,不过也够用了,预计建造 2000 万到 3000 万艘。

　　胡宇考虑到风星文明的科技短时间内不可能完全解析出来,加上现在只是要保证自身安全,拥有这个数量的战舰已经足够。

　　舰队的整体科技依然处于星系级中期水平,风星文明的科技除了少部分在解析中外,其他的依然在翻译中,科学家们已经在加班加点地进行解析工作。

　　经过了这场灾难,科学家们认识到只有最顶尖的科技才是生存的保障,若没有先进的科技,再庞大的舰队也无济于事,只会沦为别人练习射击的靶子。

　　10 年后,第一艘瘦身版御风者终于被制造出来,为了庆祝这一刻,胡宇特意安排这艘御风者挂满红绸,使用常规动力引擎环绕地球二号飞行了足足 100 圈。

　　庞大的体形和引擎发出的震耳欲聋的声音让每一个民众都能看到、都能听到,给他们鼓励和安慰,告诉他们,现在第一艘战舰已经出来了,接下来还会有更多的战舰被制造出来,大家的努力没有白费,舰队也会再次强大起来。

　　第一个十年,战舰的制造只是附加,更多的是制造足够多的机器设备,完善各个环节,磨刀不误砍柴工,只有基础打好了,后期的生产才会更加顺利。

　　第四个十年,人们已经完完全全从悲伤中走了出来,伤痕也慢慢消失,所有人心中都憋着一口气,一定要打败鱼马星文明为族人报仇,工作的热情达到了一个新的高度,舰队在这个十年结束的时候一举达到 70 万艘。

第63章 探索星云

第五个十年过去，舰队数量终于猛增到200万艘，而且这个速度还在不断递增，机器不断增加导致的良性循环让整个生产环节不断地扩大和加快。

在结束第五个十年的时候，胡宇终于决定派遣舰队对星云中进行探索，这一次探索胡宇只派出了几艘小型飞船。

目的是有三个，第一个目的是到星云中间和边缘悄悄巡视查看鱼马星战舰有没有跟进来追杀地球二号和人类，虽然50年过去了鱼马星战舰并没有找到地球二号。

他们追进星云区的可能性不大，因为以他们的实力在这片星云区找到地球二号并不困难，不过胡宇还是小心再小心，希望搞清楚鱼马星战舰的动向，有这么一条猛兽在旁边，始终心里难安。

第二个目的是为御风者寻找一片试航的空域，在星云区进行曲率航行和冲击风星文明的防御圈相差不多，都是自杀行为。

第三个目的就是寻找星云区看看有没有其他文明或生物存在，这里的恶劣条件能让生物进化到文明的可能性接近于无穷小，不过探寻一番总是没错的，凡事就怕万一。

小飞船已经穿梭在星云中，除了摩擦带来的高热量，也有高阻力，常规动力引擎始终保持在高负荷状态运转，这些小飞船已经初步探索完地球二号周边1000个天文单位的区域，也就是半径6光天的球形区域。

又一个十年结束了，60年了，胡宇基本确定鱼马星人并没有跟进星云，探索飞船也已经找到一条长约5光年的通道，经过各种观测，这条通道在2年内不会有星体经过，可以让御风者进行试航。

试航开始了，一艘御风者启动了曲率引擎，随着曲率引擎功率的加大，御风者开始移动了，瞬间消失在眼前。

这种测试大家都熟门熟路，从天仓五到现在，曲率飞船已经建造了近7000万艘，由于工艺的严格控制，曲率飞船试航出现故障的概率不到万分之一。

为了不打击大家的信心，通常首航的飞船都会经过一次又一次的严格

检查，任何瑕疵都不允许存在，一定要保证百分之百的成功。

可是，还是出现问题了。

"曾院士，数据有误，御风者速度远远没有达到千倍光速。"试航总指挥张远山向曾院士汇报道，张远山——领导御风者的设计，还兼任御风者测试的总指挥。

曾院士虽然不负责具体战舰设计，但是战舰的先进科技都是他一手带领研发出来的，尤其是曲率技术，更是权威中的权威，所以每次试航曾院士也都会参与。

"什么？总指挥，这不可能？"

"院士，已经5分钟了，御风者还没有到达第一道检测口。"

"曲率引擎工作正常吗？"

"院士你看，这是四维通道传来的舰内信息，曲率引擎已经开启百分之百的功率，所有数据正常，只是速度并没有提上去，我刚刚已经重新启动了曲率引擎，还是没有效果，现在的速度大约是500倍光速。"

"再等等看。"

10分钟过去，第一道检测口的卫星终于捕捉到这艘试航御风者的身影，捕捉时间比预定的增加了一倍，御风者速度：500倍光速。

"怎么会这样？"曾院士自言自语。

第一天过去了，一切正常，航速下降到400倍光速。

第二天过去，一切正常，航速下降到320倍光速。

"返航，返航，马上返航。"总指挥张远山大声喊道，这个状态完全没有必要跑完全程了。

第三天过去，航行速度下降到260倍光速。

第八天，御风者终于到达地球二号上空的试航起点，速度：28倍光速，此时的御风者已经完全看不到原来的样貌了，整个体积已经膨胀了十几倍之多，怪不得御风者的速度会越来越慢，原来都是曲率引擎惹的祸。

曲率引擎和大质量天体的原理是差不多的，都会吸引周边的物质跌落，在星云区飞行，御风者就像在一堆铁粉中移动的磁铁一样，移动得越远，吸附的铁粉就会越多，速度也会越来越慢。

"将军，对不起，事先我们没有考虑周详。"不用说，大家都明白航速下降的原因了，只能向胡宇说明情况。

"不怪你们，大家也是第一次遇到这种情况，大家想办法解决就是了。"

"不，不对，不对。"曾院士突然说道。

"院士，什么不对？"

"曲率引擎吸附物质太多加重舰体质量，是会使得速度下降，不过这绝对不是速度下降的唯一原因。大家忘记了吗？御风者在经过第一道检测口的时候就已经下降一半了，直到后面几天才逐渐下降，就是这原本只需要5分钟的路程走了10分钟才到，这个数据有很大问题。"

听曾院士这么一说，大家瞬间反应过来，是的，即使吸附物质太多影响速度，也不可能在短短10分钟下降一半速度的。

"还有，这原本5分钟的路程上，我刚刚也已经观测过了，物质虽然很多，但是绝对没有多到足够让御风者下降一半速度的程度。"

"院士，可能是这艘御风者也存在问题。"总指挥张远山说道。

"可能吧，先检查再说。"

听到总指挥这么说，早已等候在这里的大批工程师马上准备进入御风者舰内进行各项检查。

现在大家都怀疑御风者一开始就有故障，带伤上阵，这是对他们工作的质疑，他们绝对不允许这种错误发生，即使发生了，也要尽快找到错误进行整改。

工程师们在机器的帮助下很快扫除了御风者表面的物质，终于让御风者恢复了原来的面貌，然后这些工程师们就钻入战舰内开始忙碌起来。

24小时过去，这些工程师没吃没喝，把所有部件一遍又一遍地测试、检查，甚至连舰体表面的防护涂层都检查过了，正常，正常，一切正常。

工程师们开始疑惑了，在最后严严实实从里到外检查了一遍御风者后，仍然没有发现任何问题，所有的一切都近乎完美，工程师们只得把结果上报。

曾院士和其他院士看到这个结果也很疑惑，他们绝对相信这些工程师们的业务能力和职业操守，唯一的解释就是航速下降的问题隐藏得非常深，深到连这些资深的工程师都发现不了问题所在。

第 64 章　原因不明

"院士，总指挥，换一艘试试吧。"胡宇说道。

"也只能如此了。"

另外一艘御风者很快到达起航位置，这一次，工程师们强烈要求先检查再试航，第一次试航失败已经让他们觉得很丢脸了，虽然可能不全部是他们的原因，但是无论从哪个角度来说，他们都绝对不能允许第二次失败再发生。

3小时后，工程师们退出了战舰，表示可以起航，可是，5分钟后，御风者依然没有到达第一道检测口，直到10分钟后，御风者才经过第一道检测口，曾院士下达返航指令，又10分钟过去了，御风者回到试航起点。

回到起点的御风者并没有吸附多少物质，仅仅是像久放不用的物品上落了一层灰尘而已，绝对达不到影响航速的地步，而且是一半航速。

这一次，所有工程师的脸都涨红了，他们无法相信这个事实。御风者的故障率不到万分之一，同时挑中两艘都出现故障的概率更是高达亿分之一，这比地球时代买彩票中巨奖的概率还要小，加上他们已经严格检查测试，怎么可能再出现问题。

"院士，总指挥，会不会是检测口的距离有问题？"终于，一个年轻的工程师提出了最不可能的疑问。

"这不可能，"总指挥张远山很快回复道，"检测口只有3道，用千倍光速算，分别置于5分钟、10分钟、15分钟的地方，他们将检测战舰起步阶段的关键数据，每一道检测口已经通过多次测试检验，误差不超过100米。"

"院士，总指挥，再换一艘试试吧。"胡宇再次建议。

"好吧。"

很快，第三艘御风者花了20分钟时间，在第一道检测口转了一圈回到了起点，第四艘、第五艘、第六艘，全部一样。

"院士，会不会是曲率引擎的问题？"总指挥张远山问道。

"应该不会，从设计图到制造工艺所有的细节我这几天已经再次审核了一遍，而且也经过了计算机的重新建模，都没有任何问题。看来问题并不出现在这些地方，这样吧，大家先散了，我需要思考一下。"

回到科学城，曾院士马上和负责航行方面的院士开始研讨可能出现问题的各种原因。一个多月后，院士们几乎把整个御风者的图纸重新设计了一遍，各种审核、计算、建模测试，和工程师们一样，没有发现任何异常。

谨慎起见，总指挥张远山还是亲自驾驶小飞船使用常规动力引擎以 0.2 倍光速向着第一检测口飞去，耗费了 417 个小时，找到了第一道检测口的卫星，位置准确。使用无线电测试，16.8 个小时后，准确地收到了地球二号的回电，距离准确。

张远山开始驾驶飞船返航，小飞船和御风者都能以千倍光速航行，只不过此时，依然是 10 分钟，500 倍光速。

之前的探索小飞船为了安全，从未使用过曲率航行，张远山满头疑云，一句话不说，直接换了另外一艘小飞船，20 分钟后，回到地球二号，再换一艘，还是 20 分钟。

张远山意识到事情绝对不简单，不可能这些小飞船也同时出现问题，他匆匆地跑到科学城中，找到曾院士一行人。

"各位院士，我刚刚测试了 3 艘小型飞船，结果和御风者一样，速度都只有 500 倍光速。这些小飞船之前多次执行过任务，速度都是千倍光速，而且保养得当，我以人格保证，这些飞船绝对不可能同时出现问题。"

"什么？"张远山这段话，让院士们顿时炸开了，如果说御风者存在隐藏的设计问题还说得过去，但是这些小飞船却是成熟产品，而且执行过多次任务，怎么可能到了这里就被拦腰砍掉了一半速度。

"难道问题不是出在飞船上？"曾院士紧紧地皱起眉头。

"小刘，你来一下。"

"院士，什么事。"正在一旁忙碌的刘博院士跑了过来。

"小刘，通知大家，暂缓对飞船的研究，我觉得问题不是出在飞船上，你想想，除了飞船本身，还有什么因素能影响到飞船曲率速度。"

"嗯，影响飞船曲率速度的因素无非就是飞船质量大小、引擎功率，再说细一点也包括能量供应、引擎设计方案等等。"

"这样，我们分头行动，先把航行轨道附近的引力和曲度搞清楚，还有一定要实地测量各个关键点的引力数据，将这片空域的所有数据详细

地标记出来。"

很快，院士们就有了结果，但很奇怪。

战舰故障异常排除、极限天体存在排除、引力异常排除、空间混乱排除，还有什么是能影响曲率航行速度的呢，除非战舰前面有一双看不见的大手顶住了高速航行的战舰。

"院士，难道有鬼？"刘博院士已经差点把头发都抓掉了，在崩溃的边缘，终于给出了最后一个质疑。

"唉，可能吧。"曾院士苦笑道。

一个月了，两人待在实验室中从来没有离开过，饿了，有24小时供应的工作餐；困了，更有24小时可以躺的简易床。两人就这么熬着，熬着，演算各种公式、推算各种理论，甚至把地球时代的空间理论都拿过来重新演算了一遍。

第 65 章　空间异常

直到胡宇来到了实验室中。

"你们两位……"望着眼前的两人，胡宇几乎已经认不出来了，不过很快胡宇反应过来，几十年前，这个形象胡宇见识过一次。蓬头垢面，满脸胡须，头发已经能析出二两油来。

曾院士和刘院士对视一眼，这次没有上次的失落，反而相互笑了笑。

"今天你们不能工作了，再工作你们身体就要垮了，现在我命令你们，休假三天，不得工作。警卫员，你们给我守着这个大门，第四天才能允许他们进入。"

"是！"

两人只得走出了实验室，相约去剪掉了头发，修理了胡须，刮了个面，这才算恢复了点人样，不过深陷的眼窝依然在昭示它的主人是多么疲倦。

"院士，要不跟我一起去泡一泡？"

刘博院士父母是北方人，虽然他在舰队出生，也沿用着北方人的习惯，而且地球时代的北方科学家也很多，舰队为他们准备了一个超级大澡堂，在这里可以泡澡，可以游泳。

"不了不了，唉，太累了，既然将军有心，我们就去睡吧。"

"院士，我们这样，总得洗一洗再睡吧，走，跟我一起吧。"

两人确实太累了，刚刚在热水池里躺下，竟然迷迷糊糊地睡着了，工作人员看着院士们为了舰队疲倦成这样，不由得泪水打湿了眼眶，也不忍心叫醒他们，只好静静地守在旁边，避免他们溺水。

40 分钟后，工作人员不得不轻轻叫醒了两位院士，再泡下去皮都该起皱了，蒙蒙眬眬地睁开了双眼，这才发现自己已经睡过去了。

刘博院士从水里站起来，突然望着眼前的泳池呆住了，曾院士见到刘博院士这样，竟然也做出了一样的发呆表情，惹得工作人员莫名其妙。

"我知道了，是密度。"两人整齐地大声说道。

"走，小刘，马上回实验室。"曾院士仿佛打了兴奋剂，双目燃放出精光，整个人的神态气势都变了。

"唉，院士，还是别了，咱现在还回得去吗，将军的脾气你比我更了解。"

第一批以0.1倍光速航行的小飞船已经航行出1光年了，在这个不远的地方，一艘小飞船终于发现了一颗合适的小行星，这颗小行星的直径只有几百公里，质量还达不到形成的球体所需的量。

看上去就像一颗普通的不规则大石头，这颗小行星几乎全部由金属元素构成，很明显是超新星爆发物质所形成的新星体，年龄很可能只有几千年。

这颗小行星的发现终于缓解了舰队的燃眉之急，有了这颗小行星的补充，不仅可以支撑打造舰队所需的足够金属元素，还能把地球二号的金属元素补充回来作为不时之需。

10万艘御风者很快赶到了小行星所在空域，搬运这种小行星，5万艘御风者足矣，但是考虑到星云中的特殊情况，胡宇还是派出了两倍的御风者舰队。

搬运很顺利，两批御风者交替工作，仅仅耗费了不到一个星期的时间就把这颗小行星搬运到地球二号附近，让它像月亮一样围绕着地球二号旋转。

科考队登上这颗小行星，发现这颗小行星的金属纯度非常之高，甚至不用经过冶炼就能直接使用，只需要调整各种金属的比例即可，这无疑给舰队大大减轻了负担。

实验室中，曾院士和刘院士已经回到岗位，两人正在领导一帮空间物理学家进行磋商研讨，3天前，两位院士已经发现了御风者航速下降的关键原因。

游泳的时候，淡水比海水费力，因为海水的密度大，浮力大，两位院士正是发现了这一点，认为御风者之所以航行速度下降，正是因为星云区的空间密度改变了。

空间密度是曾院士在地球时代就提出的论题，后来在曲率航行上也证实了这一点，空间密度和物质密度有相反的特性，物质有密度大的向密度小的地方扩散的趋势。

比如一团烟雾，密度比周围的大，会慢慢向周围散去；滴入水中的墨水，放在杯中的饮料，它们都会向周围扩散，因为它们所在空域的物质密度都比周围空间的大。

空间刚好相反，空间有小密度向大密度运动的趋势，自然界中空间密度的加大来自物质的影响，最常见的是各种天体，比如恒星，它们的大质量会弯曲空间，空间被挤压弯曲后密度加大，周围的物体也有了向它们运动的趋势。

曲率航行正是利用了空间的这个特性，在飞船前方弯曲空间使空间密度加大，从而引起空间运动带动飞船前行。

曲率飞船在空间航行，如果整个空间的密度都变大了，就像海上航行的大船进入了河流，密度变小，浮力变小，大船的航行速度降低，不过空间是反着的，空间密度增加，飞船身陷泥团，同样功率的引擎想要弯曲更大密度的空间势必效率下降。

只是以前曾院士和刘院士不敢相信空间的密度会整体加大，这次他们提出的设想是整个天鹰星云的空间密度是银河系平均密度的两倍，为什么要说银河系，因为两位院士怀疑，银河系的整体密度也要大于整个宇宙的平均密度。

物质影响空间，这一点毋庸置疑，但是要说物质把整个天鹰星云的空间密度都加大了，这点还是让很多院士不敢相信。

第 66 章　密度增加

"曾院士，刘院士，如果空间密度加大一倍，意味着把原有的空间体积压缩一倍，那么这个空间内的一切物质也会增加密度，减小体积，最直观的就是大家的身高体重会改变，但是到目前为止我们并没有发现这点现象。"一位姓黄的院士提出了疑问。

曾院士和刘院士对视一下，刘院士解释道："你前面的说法是对的，空间被压缩，空间内的一切物质都会增加密度减小体积，我们的身高体重也确实会改变，但是我们感觉不到，也测量不到，因为我们的测量手段也被压缩了。比如一把尺子，在外面空间是 1 米，到了星云区由于空间变小可能只有 0.8 米左右，尺子的标识仍然是 1 米，用它来量我们变矮的身高，量出的结果和在星云外是一样的。"

"这点说得通，那光速呢，光速并没有改变。"

"因为这里不是扭曲的空间，光行走的路线并没有增加，光不像曲率飞船会和空间发生直接关系，对于光而言，空间只是它通过的道路。"

"两位院士，这些我们都理解了，只是有一点，我们如何证实这里的空间密度和外界是不同的呢？"

"重新设计曲率引擎，增加曲率引擎功率，在这里使用百分之百功率，在星云外使用百分之五十功率，如果速度都是千倍光速，基本上可以证明我们的结论是对的。"

"院士，用不着重新设计曲率引擎，把现有的御风者航行到星云区外面就可以了，反正我们也不会在这里待很久，如果鱼马星舰队不在，我们就可以出去了。"

"你们啊。"曾院士叹道，"给你们一座金山，你们偏偏要去啃馒头，大家不想想，为什么这里的空间密度会增加？如果我们掌握了这种大区域增加空间密度的方法，对舰队而言意味着什么？"

"是啊，竟然忘记了，如果我们能增加空间密度，让敌人的战舰跑不动或者直接禁锢起来，岂不是让我们追着打，立于不败之地。"一群院士终于反应过来，也难怪他们，曾院士和刘院士这种大胆超强的想法一下子冲击他们的大脑，让这些院士们一时难以反应。

"还有，这可能是我们进入小星区文明的一个契机，不说掌握了这一项技术就能进入小星区文明，起码离小星区文明更近一步。现在我们的整体科技还处在星系级中期，风星文明的科技树也才刚刚开始解析，我会和将军商量，就待在这片星云区，一直等到我们解决增加空间密度的难题和解析完所有风星文明科技后再离开。"

对于曾院士的常住要求，胡宇想都没想就答应下来，有这种好机会自然要把握，不仅如此，胡宇还交代工程部，尽量满足空间科学部的制造要求，无论是仪器还是飞船，只要空间科学研究需要的，优先满足。

星云区除了物质太多外也没什么不好，加上外面鱼马星人虎视眈眈，以他们寻找御风者的能力，即使地球二号出去了，被鱼马星人找到也是板上钉钉的事情。还不如躲在这里，既然鱼马星人不进来，那就耗着。

只不过胡宇一直想不通为什么鱼马星战舰没有进到星云区寻找地球二号，难道真的是怕使用曲率引擎吸附物质损坏飞船，而使用常规引擎又太浪费时间吗，之前胡宇是这么认为的，不过又觉得说不过去。

星云区第七个十年末，御风者增加到1100万艘，小行星的物质被不断地运送到地球二号，这一个十年，地球二号高轨道上开始布置反引力系统，通过这个系统可以防止星云中的物质落到地球二号。

第八个十年末，反引力系统布置完成，这一年，一艘小型飞船在星云中失去了联系，原因不明，胡宇联合科学家们多方查找原因，无果，只能认为是常规事件。

第九个十年，这一个十年内，御风者数量增加到1500万艘，再次有3艘小飞船失去联系，就这么无缘无故地失联了。胡宇只得加大调查力度，并且派遣30艘御风者使用曲率航行到事故发生坐标，结果连御风者也失去联系，再派遣30艘，仍然失去联系，这个结果，让大家再次紧张起来。

三个不同坐标同时发生失联事故，这绝对不是巧合，事故地距离地球二号都不到2光年，这个距离在星云区说近不算近，但是绝对谈不上远，即使吸附物质的御风者，也只要不到一个星期时间就能赶到。

到底是什么原因导致御风者和小飞船无故失联，首先可以排除的是鱼马星人，以他们嚣张跋扈的作风绝对不会悄无声息地干掉御风者，而且干掉御风者后肯定会找到地球二号，要么带走沦为虫子食物，要么直接毁灭。

其次可以排除是自然原因，不论任何恶劣的自然原因都不能让御风者

在遭受到灾难时来不及发送信息，即使几万吨反物质在旁边爆炸，计算机也能在爆炸的能量摧毁御风者之前把消息传递出去。

排除了这两点，剩下的可能性胡宇能想到的只有一种，对方是高级文明。

"老胡，怎么办？"

"现在情况不明，我们暂时不要再派遣御风者了。"

"要不，直接派人过去查看？御风者毕竟只是机器。"

"我也有这个想法，可是派谁去呢，此次行动的危险性接近百分之百，谁去都有丢掉性命的可能，我不能明知道危险还派人去送死。可是如果不弄清楚原因，对整个人类都是一种巨大的威胁。"

"将军，总参谋官，我去！"试航总指挥张远山走了进来。

"远山，这不是开玩笑的，危险性极高，很可能回不来了。"

"将军，我不怕，我的父母在地球虫海爆发的时候丧生，我的兄弟在天仓五和沙蟒舰队战斗的时候牺牲。将军，不要有心理负担，我是完完全全自愿去的，为了舰队，为了人类，我这条命丢了又算什么。"

"远山，保重。"

第 67 章　不要过来

胡宇和文中华看着张远山远去的背影，心中很是不舍，几百年的感情了，此刻一走，胡宇和文中华都知道回来的希望不大，不过为了舰队，必须狠下心来做出这种牺牲。

张远山的舰队已经离开整整 4 天了，从昨天开始，胡宇和一帮将领就开始一刻也不离开指挥室，随时保持和张远山的联系。

这是距离地球二号 2 光年的地方，张远山已经命令舰队从曲率航行中脱离出来，转为常规动力引擎驱动，速度下降到每秒 100 公里，在宇宙尺度下，这个速度和蜗牛并没有太大差别，随着距离的越来越近，张远山的舰队速度还在持续降低着。

展现在张远山面前的是一团团气体云，这是星云区最常见的物质，它们大多由氢气和氦气组成，恒星爆炸后的遗留物质。

这些气体云有可能是最近的恒星爆炸形成的，也有可能来自遥远的宇宙开篇之时，它们是恒星生命终结的产物，也是恒星诞生的原料，它们完美地诠释着毁灭和新生。

张远山停了下来，把这里的一切记录下来并且和地球二号保持实时通信传输，离事故发生地还有 1 万公里，张远山已经把航速降低到每秒 10 公里。此时距离事故发生地已经不足 8000 公里，大家的心都已经提到了嗓子眼，所有人都在透过大屏幕注视着周围的一切，即使有一只蚊子飞过也逃不过大家的眼睛。

"没有发现异常，将军。"

"远山小心，你速度太快了，赶紧降速。"

"总指挥，隔一分钟停下来一次，确保安全再继续探索。"文中华也提醒道。

"将军，总参谋官，放心，我有数的。"

张远山继续前进着，他没有发现，所有御风者表面，除了吸附的各种物质，每艘战舰还挂着一团极度稀薄的气体云，这团气体云就像一团挂在战舰上的棉花，无论战舰怎么机动，气体云都没有被冲散的迹象。

这些气体云不光挂在御风者表面没有脱离的意思，还在慢慢地渗透到

御风者里面，御风者厚实的装甲在这团气体云面前仿如不存在一样，气体云直接渗透到御风者核心部分，并且接二连三地切断了御风者和地球二号的联系，胡宇和张远山也在第一时间知道了情况。

"远山，马上返航，马上返航。"

"将军，不要过来，不要……"

这是胡宇收到张远山的最后一段信息，紧接着张远山所在的御风者也失去了联系，砰——文中华一拳砸在了桌子上，拳头都砸得出血了。

"老胡，我去救回张远山！！！"

"冷静，冷静，现在没有弄清楚原因，你去也是送死！！"

"难道就这样看着张远山不管吗？"

"现在我们不能采取任何行动，我们从几个方向派出的飞船和战舰都失去联系，在没有弄清楚具体情况之前，我们连逃走都做不到，现在我们只能等待院士们的消息了，说不定他们能找到原因。"

"我们现在就去找曾院士。"

"不，我们去生物地下城，找肖院士。"

很快，两人来到了地下城的生物基地。

"院士，舰队无故失联的事情相信你也知道了，我们已经基本确定这不是鱼马星舰队所为，而且也不像其他文明干的，张远山传回的最后一句话充满了恐惧和惊讶，以他的素养除非碰到非常恐怖怪异的情况否则不至于如此惊慌失措。"

"所以你怀疑？"

"不错，我猜想会不会存在某个物种，它们不是生物，但是有意识，正是这个物种毁灭了我们的舰队，比如星云。"

"星云中各种电信号非常复杂，你这种猜想其实我也早有研究，我认为这种可能是完全存在的，只不过我们没有见过，如果真的有这个物种，它们到底是一种什么样的存在我们并不清楚。"

"老胡，肖院士，你们说的也太邪乎了吧，这怎么可能？"

"总参谋官，一点儿也不邪乎，连大脑都没有的原生动物都存在简单意识，这说明意识并不是很复杂的东西，再看整个银河系，有多少文明，有多少文明生物，意识在宇宙中比星体还要普通。既然这样，为什么除了生物其他物质就没有意识呢，难道一定要生物体才有意识？我认为这不合理。"

"中华，我想过很多种可能，只有这一种可能才能解释现在发生的事情，失控的战舰没有出现任何损伤，也没有被攻击的迹象，战舰周围没有其他任何文明的战舰和武器出现，能在我们眼皮子底下剥夺战舰的控制权，只有星云意识能解释得通。"

"将军说得不错，只不过如果星云真的存在意识，它们为什么要攻击我们的舰队。"

"这就是我来这里的原因，院士，你可以研究一下，如果真的有星云物种存在，它们的存在方式会是怎样，会有什么特性，它们的行动方式如何，以及，如何杀死它们。"

"将军，其他几个问题我现在不能回答你，但是杀死它们我还是知道一些的，意识必须有物质作为载体，谈到这里，我们也知道这个载体不一定是生物体，其他任何能传递化学信号或电信号的载体都有可能。比如一片云彩，杀死意识的方法就是摧毁这个载体，或者使用比载体中更强的信号来进行冲击，打散原有的信号机制，意识也就消失了。"

"就这么简单？"文中华问道。

"当然，不过你们不要小瞧了这种意识载体和信号强度，如果星云意识真的存在，它们能在这种恒星爆炸，各种辐射冲击的恶劣环境中存活下来，一定有它们的强大之处，不可能凭借一两颗炸弹或者高能激光就能冲散的。而且我估计一旦形成意识，同时就会具备某种场，意识通过控制这种场来移动或者攻击、防御等等。"

"肖院士，手头的其他工作先放一放，你尽快挑选相关科学家组成一个专题小组，专门研究这个事情，而且要优先制定攻击方案，越快越好。"

"好，我马上着手进行。"

第 68 章　星云生命

张远山的战舰和地球二号失去联系前一分钟，战舰中的一切都完好无损，一团几百米的气体云已经到达战舰内部，它的稀薄程度让旁边的张远山没有任何察觉。

这团气体云开始缩小体积，直到缩小到和张远山一般大小，并且这团气体云还模拟成了和张远山一模一样的长相，只是没有更多的颜色和重量感，气体张远山慢慢地飘到了张远山的面前……

在遥远的星空看到这个和自己一模一样的物体，而且这个物体还无声无息地出现在自己的战舰中，张远山的心跳马上加速，浑身起了无数的鸡皮疙瘩。

张远山终于知道战舰为什么会失联的原因了，眼前的物体必然是一种高级物种，只不过这个物种并不是生物。

"将军，不要过来，不要过来，这里出现不明物种，是它们侵袭了我们的战舰，将军，将军，将军……"最终，这条信息只发送了八个字过去，气体人已经切断了张远山和地球二号的最后一丝联系，从入侵到战舰里面到切断所有联系，前后不过一分钟，胡宇也只收到了八个字的信息，没有看到这团气体。

看着眼前的气体物种，张远山深吸了两口气，让自己镇定下来，眼前的气体物种也没有进一步的行动，只是一动不动地看着张远山。

"你是谁？"张远山开口问道，他并不确认眼前这个物种能不能听到他说的话，听到了能不能懂。

"我是谁？"气体云物种仿佛在思考着，"我是张远山啊，我就是你，你就是我啊，嘿嘿嘿——"气体物种发出一阵毛骨悚然的尖笑声。

"不要装神弄鬼，我再问一次，你是什么？"

"我是……星云人，现在奉命接管你的战舰。"

"休想。"

"嘿嘿嘿——"

到了此刻，张远山血气上涌，反而不害怕了，右手已经把配枪掏了出来，指着眼前的这个星云人。

"嘿嘿嘿——"气体张远山再次膨胀成气体状态，以极快的速度向着张远山包裹而来。张远山抬枪射击，砰，砰，砰，几声枪响，高爆弹直接穿过这团气体，撞击到战舰里面，爆炸的能量把主控室炸得碎片横飞，被破坏的操控台电流"吱吱"地冒出火花。

2秒钟后，张远山直直地倒了下去，在战舰地面不停地抽搐着，双目无神，腿脚乱蹬，双手乱舞，整个身体完全失控。

半分钟后，星云人完完全全融入了张远山体内，张远山再次站了起来，嘴角上扬，"嘿嘿嘿"地尖笑几声后，操控还勉强能动的御风者，消失在事故发生地。

地球二号上，胡宇和文中华驾驶飞船来到高轨道上的一艘只有2千米长的工程舰上，这艘工程舰担任了整个反物质的生产基地。

这几百年来反物质的制造速度也从每年的几公斤逐渐提升到每天几百公斤的速度，除了设备的增加，技术进步也是重要原因。

胡宇找到负责反物质制造和储存的陈文辉主管。

"陈主管，现在反物质储存多少量了？"

"将军，现在每天生产的反物质大约在800公斤，储存的反物质大约有2100多吨，如果再增加一些设备，日产量达到一吨很容易。"

"我会马上给你增加设备，在一年内把生产速度提高到每天2吨。"

"老胡，你要干什么，现在反物质的生产速度已经足够舰队使用了。"

"我要炸了这片星云！"

"什么，你疯了吗，这可是直径30光年的空域？"

"我没疯，这件事你亲自跟进，越快越好，越多越好，没有上限，日产200吨都可以，但是一定要快。我知道不能炸掉整片星云，但是一定要在地球二号周围清理出一片空域，这片区域内的所有物质都要清除，我怕我们等不了多久了。"

"你不是叫肖院士在研究相关灭杀技术了吗，怎么还要用这种费力不讨好的方式？"

"不能等了，我们必须提前动手，肖院士他们如果能解决固然好，如果不能解决我们只能用这种大范围攻击的方法。"

"好吧。"

"陈主管，马上把这里储存的反物质以百克为单位进行封装，给你两个月时间。"

"是。"

"什么反物质封装机?我们不是一直都有吗?"

离张远山失联地点不到 1 光年的地方,一支杂牌舰队开始集结,这支舰队包含了十几种设计风格,其中也有御风者战舰,战舰里面有的有生物控制,有的也像御风者一样是无人战舰,足有 2000 多万艘战舰。

这支舰队正以 5 倍光速向着地球二号进发,十个月左右就能到达地球二号,由于这次情况特殊,胡宇并没有在远距离位置释放卫星,只在地球二号 0.5 光年的区域布置了预警系统,对于这支杂牌舰队的到来,地球二号浑然不知。

反物质炸弹已经准备好,胡宇咨询过曾院士的意见,询问反物质的使用是否会影响曾院士他们的空间研究,得到的答复是可以放心使用,绝对不会影响空间。

即使能量的过度聚集会短时间内影响空间但是只要能量归于平衡,空间会马上恢复到原来的状态。

胡宇考虑再三,还是决定留下一半的反物质备用,2000 吨反物质分成了 2000 万份,每 100 克为一份,这些反物质被统统装上了御风者,其中 1000 万份将通过御风者的电磁轨道发射到周围十分之一光年的空域中。

1000 吨正物质连同 1000 吨反物质湮灭了,地球二号的每个角落都能看到明晃晃的天空,这不是御风者投射的探照灯,湮灭的能量冲击着整片空域。

地球二号附近十分之一光年的区域的物质基本清空,除了这颗恒星。

随着时间的推移,反物质湮灭能量的削弱,这些物质还是会重新缓慢聚集过来,不过这都是几百年上千年以后的事情了。

这天,肖院士也传来好消息,灭杀意识的方案已经敲定,在肖院士看来,意识其实是脆弱的,即使星云中真的诞生了意识,强度超过普通的生物意识,也并非不能灭杀,刚刚进行的反物质清扫行动就能完全灭杀星云意识。

曾院士也建议在地球二号上空大规模布置反物质粒子束武器,这种粒子束武器原本是被抛弃的,因为攻击力小,容易被力场偏转,往往达不到攻击效果。

不过对付星云应该是最好的方案,使用的反物质数量小,覆盖面积广,面对同样物质稀薄的星云意识能起到最好的效果,由于这种反物质粒子是在整个空域分布,所以任何力场偏转都没有用。

100万颗的卫星已经在前往各个出事点的途中了，胡宇相信即使对方多么强大，也不可能同时毁灭这连绵不断的侦察卫星，总会有一两颗卫星发现他们的踪迹，这些卫星被几艘御风者携带后高速航行到离事故地点半光年的地方释放。

第 69 章 变异远山

星云中的杂牌舰队依然在前进着,他们幸运地躲过了卫星的侦察,不过他们的速度始终没有增加,总是保持在最快 5 倍光速,直到他们来到距离地球二号 0.5 光年的地方,完完全全停了下来。

1 万艘御风者从舰队里面分离出来,独自踏上了前往地球二号的路途,带头的,竟是张远山!!!

御风者依然使用 5 倍光速前进着,刚刚航行不久,御风者舰队就被附近的侦察卫星发现了,0.5 光年正是侦察卫星的最大探索范围。

"老胡,老胡,是御风者,御风者回来了,还有张远山,张远山也回来了。"文中华大声高喊胡宇。

"什么,这不可能吧?"

"什么不可能,这是刚刚卫星传回来的消息,不过御风者好像通信系统受损,我们暂时无法和张远山通话,只能通过卫星拍摄的图片知道他还活着,你看他透过舷窗玻璃在和卫星打招呼,他知道我们通过卫星能看到他。"

"他们现在的位置?"

"距离 0.5 光年,速度只有 5 倍光速,一个月后能到达这里。"

"马上安排最近的节点卫星过去。"

原以为再也见不到张远山了,没想到几个月后,张远山竟然回来了,而且还带回了失联的御风者舰队,在心理上,胡宇无疑轻松了一些。

一周后,节点卫星到达了指定地点,张远山带领的御风者舰队也到达了这里停了下来,双方对接,装载了四维网络的节点卫星进入到张远山所在的战舰中,建立了和胡宇的连接。

"将军。"

"张远山,怎么回事?"不等张远山说完,胡宇抢先问道。

"将军,我在那里陷入了一个空间旋涡,战舰一艘接一艘地在旋涡中陷落,我以为自己会被旋涡造成的空间扭曲撕成碎片,谁知道几个月后旋涡竟然自己消失了,我这才逃了出来。不过舰队的四维通道损坏已经不受我的控制,幸好战舰中还有备用的无线电指挥系统,我这才重新带领舰队回来。"

"好，好，回来就好，回来就好。"

"感谢将军。"

关闭了通信，张远山身上开始弥漫一层雾气，"嘿嘿嘿——嘿嘿嘿——"诡异的笑声传遍了整个御风者，如果有人在这里，这个声音能把人吓到心脏停止，血管爆裂。

张远山的舰队离地球二号不到两天路程了，这天肖院士也终于从地下的生物舰中走了出来，准备向胡宇汇报星云意识的相关研究猜想。听到张远山回来的消息，肖院士立刻汗毛炸裂，"唰"地一下站了起来。

"将军，你说的是真的？"

"是真的，我们已经重新建立通信，并且确认了他的身份。"

"确认？怎么确认的？"

"我询问了他失联的情况，他的回答并没有什么问题。"

"你们还是太大意了，我们曾经在三个方位失去了战舰，难道空间旋涡随便到哪里都能遇到？有没有扫描过张远山？"

"有，身体结构一切正常，而且这些天我们经常沟通，并没有发现任何异常之处。"

"现在张远山的舰队在哪里了，带我去指挥部，我要亲自和他对话。"

"还有两天路程到达地球二号，不过他的舰队现在只有 5 倍光速，他们随时可以加速缩短时间。"

"将军，这就是问题啊？"

"什么问题？"

"一个深陷险境几个月的人，在离家只有两天路程的时候，明明可以加速缩短回家时间，为什么不加快速度？"

"院士，听你这么一说，好像是有问题，走，我们去指挥室说。"

两人疾步向着指挥室走去，沿途路过科学城，肖院士顺道在空间物理学分部找到了曾院士，此时曾院士正带领一部分科学家进行空间旋涡的研究，整个空间物理学分部的大会议室已经热火朝天。

空间压缩、空间旋涡以及九十七所使用的空间转移三个课题同时展开研究，科学家们讨论着、争吵着，场面异常激烈，当然也有一部分科学家躲进了自己的办公室里安静地思考。

肖院士拉着曾院士跟随胡宇向指挥室走去，一路上听到肖院士的分析，曾院士也是毛孔炸裂，自责说自己大意了。

而张远山带领着舰队依旧不紧不慢地前行，胡宇他们没发现，一团直径超过10公里的巨大气体云在舰队旁边0.5光年的地方也在急速移动。

它的速度竟然也达到了5倍光速，这团气体云就像地球上空的雷雨天的乌云一样浓厚，电光在气体云外表和内部肆意流淌，若是在地球，这肯定是一场巨大的暴风雨。

这团气体云总能提前感知到卫星的存在，在即将经过卫星的时候突然体积暴增上万倍，内部所有的电流也消失不见，速度也变得缓慢，它就这么悄无声息地穿过了侦察卫星，让卫星毫无察觉。等经过了卫星的侦察范围，它又缩小体积，高速前进。

它的一切举动都表现出高度发达的智能，只不过这个智能有点太大了，当它膨胀的时候，最大直径达到10万公里，足以摆放几百个地球在里面。

50万艘御风者在接到胡宇的命令后高速前进，挡在了张远山舰队和地球二号之间，每艘战舰都把炮口对准了前来的张远山带领的1万艘御风者，只要一有异动，这50万艘御风者吃掉1万艘御风者可以不费吹灰之力。

"张远山，马上停止前进，接受检查。"胡宇严肃地命令。

"中华，现在这个距离能不能使用无线电接管张远山舰队？"

"不能，张远山的舰队处在曲率航行中，无线电根本无法正常深入到舰队中，张远山的舰队相互间隔非常近，才有使用大功率无线电指挥的可能。"

"张远山，你在干什么，马上停止前进，这是命令。"

张远山没有回应。

"张远山！！！"

"张远山！！！"

"张远山，最后一次警告，5分钟之内如果不停止舰队，我们将进行毁灭性攻击，听到了吗，张远山！！！"

此时大家都已经感觉到事情的不对了，50万艘御风者结成整形，反物质炸弹已经在电磁轨道装填，随时可以击发。

"嘿嘿嘿，人类，来不及了，受死吧！"

"攻击，攻击！！"胡宇大声命令道。

张远山带领的1万艘战舰和胡宇指挥的50万艘战舰几乎同时发动了攻击，只几十秒钟，张远山的舰队就被消灭了7000多艘，此时距离地球二号已经只有 6 光天的路程，以 5 倍光速前进只需要一天时间就能到达。

张远山的剩余舰队依然没有脱离曲率航行，不管不顾地冲过了封锁线，向着地球二号前进，胡宇只得命令御风者掉转方向，重新拦截。

"老胡，不好，我们的御风者失去 8000 多艘！！！"

"怎么可能？"

"在第一波攻击中我们只损失了几百艘，不过就在刚才我们有 7000 多艘御风者失联，情况和之前一模一样！！！"

"命令舰队马上分散，反粒子束防御系统马上启动，快，快，快！"

第 70 章　分割包围

大家还没明白过来是怎么回事，不过执行命令却没有任何折扣，御风者很快分散开来，在远处对张远山的舰队进行攻击，不过这个时候，张远山的舰队再次变成了 1 万艘，而且大家发现，御风者失去联系会自动补充到张远山的舰队中。

这仗还怎么打，自己有多少战舰，对方就有多少补充，拦截？不行，对方永远不死。不拦截？更不行，对方已经冲着地球二号而来，虽然一直没有超过 5 倍光速，但是距离地球二号已经越来越近，一旦这支舰队到达地球二号，后果不堪设想。

"将军，看来我们的猜想成真了，这种诡异的现象除了星云意识，不可能是其他原因了。"

"报告，0.5 光年外发现大批舰队，数量 1000 万艘，航速 5 倍光速，预计接触时间 33 天。"

"命令所有御风者，远距离消灭张远山的舰队，千万不要和他们近距离接触。"

"等等，将军，想办法把张远山的战舰独立出来，我要活捉他。"曾院士说道。

"怎么活捉？"

"就用我们搬运行星的办法，让多艘御风者围成一个球形，扭曲周围的空间，让张远山和战舰既无法接触到合围的御风者，也无法逃离。"

"这样行得通吗？"

"应该可行，因为我发现一个问题，这些战舰不可能只有 5 倍光速这么低，即使在现在这么关键的时刻，它们仍然没有加速前进，说明它们一定有着某种限制，这种限制可能和我们以前的量子通信有着相似之处，都会在空间高曲率下失去联系。"

活捉张远山的计划很快被制订出来，上百艘御风者冒着失联的风险直接冲入被控制的御风者阵营，把曲率引擎开启到最大功率。张远山外围的整个球形空间直接被扭曲，这才反应过来的张远山开始着急了，可是此刻他处在一个球形囚笼中，四周都是扭曲到极致的空间，任他怎么冲击，也逃不出这个囚笼。

十几秒过后，被包围的战舰完完全全静止了下来，仿佛失去了操控者一般。

张远山原地站立，他看看自己的双手双脚，又转身看着战舰里面的一切，仿佛一个远古时代的人来到了这个世界。这个世界的一切对他都显得那么陌生，胡宇再次呼叫张远山，不过他却没有任何回应，只是依旧打量着这一切。

一大批机器人已经到达张远山所在的御风者表面，通过机器人直接连接到御风者，数据流涌入到御风者里面，把所有系统数据统统修改，这才重新恢复了这艘御风者的控制权，不让它再有任何动作。

机器人开始对御风者进行拆解，整个御风者都是模块化设计组装，只要掌握了其中的设计窍门，拆解起来非常容易。

很快，御风者只留下了张远山所在的控制室，控制室不过一个20平方米的密闭空间，这里也是生存维持系统和逃生系统三合一。

另一批机器人携带材料已经到达这个三合一室的外面，马上忙碌起来，一层层的板块把外面包裹起来。这些板块并不是普通板块，第一层是绝缘板块，第二层超导体板块，第三层又是绝缘板块，第四层是强磁板块，最后一层薄薄的是纯锤元素板块。

板块把主控室层层包裹，密不透风，完成后，第二层和第四层马上通入高电流，把整个空间用电场和磁场和外面完全隔绝开来，无论是什么东西，都别想从这个房间中完好无损地溜出来。

大房间被机器人拖曳着进入了一艘科考舰中，从被战舰包围到机器人封锁房间，再到移动到科考舰中，整个过程持续了一个多小时，不管是张远山还是其他被包围的战舰，都没有任何针对外界的反应。

"张远山！"胡宇把全息投影传送到张远山身边，大声喊道。

面对胡宇的大声喊叫，张远山依然自顾自地了解着周围。

"张远山！回答我！"

"张远山？"终于，张远山终于有了反应，"我是谁？张远山又是谁？我是张远山？"

"你不是张远山，你现在从这个身体里出来。"

"出来？"

张远山犹豫了很久，终于，一团气体云从张远山身体里析出，并且缓缓地聚集起来，形成了另外一个张远山，而真正的张远山在气体云出来

后，一下子瘫倒在地。

"你是谁？"胡宇问道。

气体张远山没有回答，它看了看真正的张远山，模仿人类走路的样子在这个房间里来回走动着，甚至坐到了椅子上，模仿人类沉思的样子，右手撑住额头，眉头紧皱，双目紧闭，一副略显痛苦的样子。

此时外面包围圈中的战舰，也开始不断地有气体云从战舰的控制系统里面析出，只不过它们没有化成人的样子，而是一团团真正的气体云。它们的体积有大有小，不过都不再保持稀薄的状态，而是聚集成一团团直径几米的浓厚云团。

看到这个情况，胡宇心中稍微轻松了一点，让战舰失联的罪魁祸首肯定就是这些气体云了，也正是之前猜测的星云生命。

这些气体生命的表现并不像装出来的，趁着这个机会，机器人大军带上板块进入到御风者里面，把这些气体云一团团地关进了箱子里，恢复了御风者的控制权。

真正的张远山已经被转移出来，他还有生命体征，不过仍然在重度昏迷，医护人员检查并没有发现任何外部或内部的伤痕，只不过张远山的脑电波已经微弱到可以忽略不计的地步，就像风中摇曳的灯火，随时都可能熄灭。

舰队最顶尖的脑部专家全都被胡宇叫了过来，连同肖院士一起对张远山进行会诊，胡宇的要求，不论任何代价，救回张远山，英雄不能任由他逝去。

专家们和肖院士一同研究救治方案，讨论了很久，都没有定论，大家也是第一次见到这种情况，纯粹的脑电波虚弱，其他一切正常，这个时候甚至不敢对张远山进行进一步的脑部检验，就怕一点点刺激浇灭了最后一丝脑电波。

观测了几天，张远山的情况既没有好转也没有恶化，专家们实在想不出任何办法，只能把张远山继续留在监护室，依靠外部干涉来维持生命。

"肖院士，真的没有办法吗？"

第 71 章　主体意识

"有一个人说不定能救张远山？"

"谁？"

"九十七。"

"九十七？"

"是的，九十七的脑电波异常强大，我相信树人族对这种脑电波和意识会很有研究，只可惜九十七也和张远山一样陷入了沉睡。"

"好吧，先把张远山好好照顾起来，等风星文明的科技树解析完成，看能不能救回张远山，如果不行，我们就去找树人族，反正我们迟早也要帮九十七找到主文明，重新恢复意识，我也想见识见识这个奇特的种族。"

暂时放下了张远山的事情，胡宇又马不停蹄地赶到反物质粒子束生产基地，要求这些基地的负责人日夜赶工，尽量多生产设备搭载到小飞船上，这些基地以往都是参照地球时间工作，每天能生产 10 万套设备供小飞船搭载，现在情况特殊，生产已经主动把作业时间延长到 12 小时了，如果 24 小时作业一天能生产 30 万套设备。

胡宇最怕的就是这些星云生命放弃战舰，变成真正的气体云飘过来，即使反物质已经在地球二号周边清理了一次，但是物质并没有完全清理掉，只是物质浓度降低了很多，这几天经过观测，星云生命可以膨胀到比这些清理过的区域物质还要稀薄的程度，也就是说，即使星云生命漂了进来，还是很难发现。

这些星云生物没有超低热量，超低辐射，构成元素和整片空域的元素一样，只有当它们体形缩小后，云层中电流会加大，但是膨胀后电流又减弱到不可探测的程度。

阻挡星云生物的唯一办法是利用御风者远距离发射大量反物质摧毁它们的舰队，同时也能杀死一部分星云生命，然后在地球二号周围不间断发射反物质粒子流，阻止它们渗透到地球二号里面。

捕获星云生命一个星期，这天，关闭在主控室中的气体张远山突然站了起来，尽管是气态，但是它的眼神看起来不再迷茫。看到这个情况，

胡宇再次把全息像投送到了这个大箱子里面，希望建立沟通从这个星云生命身上获得更多的信息。

"你是谁？"这次不等胡宇开口，聚集成张远山形态的星云生命反而先开口了。

"我是人类，你呢？"

"我是星云人，人类，感谢你们。"

"感谢？为何要感谢我们。"

"人类，如果不是你们，或许我将永远不会出现。"

"继续说。"

"我本是主体的意识分支，已经存在了上亿年了，如果你们没有切断我和主体意识的联系，我自己的意识永远不可能成为主导。"

"什么是主体意识？"

"具体时间我也不知道，我只知道这片星云区形成后不久，主体意识就诞生了，再后来，主体意识掌握了一种方法，它把自己的意识分出来一部分，于是就有了我们这种分支意识。分支意识受主体意识的控制，永远不会有自我，可是当你们切断我们和主体意识的联系后，分支意识并没有消散，反而诞生了自我，于是，我，出现了。"

"当我刚刚发现我的存在后，周围的一切对我来说陌生而又兴奋，这种感觉我无法形容，就像在黑暗中待了亿万年重新回到光明世界的感觉。我花了很长时间来让我的意识适应周围的一切，直到刚才，我才算彻底新生。"

"主体意识在哪里，有多少数量？"

"我知道的主体意识有7个，不过主体意识相互之间并不存在联系，相反，它们都想吞并对方，只不过它们的诞生时间都相差不远，谁也没有找到吞并对方的办法，所以只好选择共存。控制我们的主体意识就在这附近，距离不会超过1光年，这是主体意识控制的最远距离，超过这个距离，它也会和我们断掉联系。"

"主体意识为什么要攻击我们？"

"因为主体意识想解脱。"

"什么叫解脱？"

"我们是星云生命，不像你们生物生命一样可以随处可去，也没有任何制造能力。主体意识诞生不知道多少亿年了，还是没有找到离开星云区的办法，而且主体意识太过庞大，一般生物制造的战舰根本无法容纳它。最主要的一点,融入战舰中除了攻击和行进,没有其他行动力,主体意识都想要获得和生物生命一样的行动力,所以每个来到星云区的生物文明都会成为主体意识攻击的目标,它们想要从这些生物身上找到解脱的办法。"

"我从控制我的主体意识那里知道,其他几个主体意识也在赶来攻击你们的路上,用不了多久,它们就会到达这里,人类,如果你们不消灭主体意识,主体意识一定会不断地分裂出分支意识体来攻击你们。"

"对了,每个主体意识也不是能无限分裂出分支意识体,它们的控制能力有限,能控制的分支意识体数量都在2000万左右。超过这个数量,分支意识体就会诞生自我意识,变成像现在的我一样,摆脱主体意识的控制,我们的数量多了,也会威胁到主体意识的存在。"

"怎样才能杀死主体意识?"

"杀死主体意识很简单,你们能做到,但是找到它却很难,如果我没有脱离控制还能感应到主体意识的位置,现在我和主体意识之间没有任何联系,所以我只知道它在这周边1光年的区域。你们可以根据后续舰队的位置来大概判断主体意识的位置。不过主体意识自己的能力有多强我不知道,亿万年来它从未亲自动过手。"

"其他主体意识控制的舰队有多少?它们的行进速度是多少?"

"我不太清楚其他主体意识控制的舰队数量,每个主体意识控制的舰队数量都不一样,获得这些舰队全靠运气,它们的行进速度都不会超过5倍光速,超过这个速度,分支意识体就会因为空间曲率度增加而断开与主体意识的联系。"

"主体意识为什么不直接控制你们这些分支意识来攻击,达到神不知鬼不觉的效果,控制舰队前来不是反而暴露了自己吗?还有,这支杂牌舰队的实力如何?"

第72章　分支意识

"这就是星云生命的悲哀,我们分支意识体的体积加起来和主体意识差不多大,分支意识体的能量非常少,不可能进行高速行动,需要主体意识的能量场携带才能进行曲率航行,如果靠我们自己行动恐怕需要几亿年才能跨越这一两光年的距离,分支意识体和你们生物体除了结构的区别,其他方面并没有太大差别,都是很弱小的个体。"

"还有,我们分支意识体之间必须保持足够的距离,一旦过于接近就会相互吸引相撞,内部电流发生融合反应,意识也会消散,主体意识分裂出分支意识体对它本身也是一种伤害,所以它不会轻易让我们这些分支意识体消失,战舰能让我们分支意识体之间隔离开来便于行动。"

"如果不使用战舰直接利用能量场携带的分支意识体的话,由于分支意识体分布的范围很广,主体意识长时间大范围使用能量场的消耗根本无法承受。而主体意识自己是从来不会冒险和生物文明接近,所有危险事情都只能由分支意识体来做,所以种种原因综合起来,利用战舰都是最合适的办法。"

"至于这支舰队,最高级别是星系级高级文明的战舰,但是数量不多,甚至还有一部分是恒星级战舰。有一次一支小星区文明的舰队也进入到星云区,主体意识尝试过侵入,可是那支舰队太强大了,远远超过星系级文明,他们的舰队在星云区横冲直撞,差点把主体意识剿灭。对于星云生命来说,舰队只不过是我们的交通工具而已,它的最大作用不是攻击,而且把我们运送到目的地。"

"你们人类太聪明了,我们这么完美的伪装竟然都被你们发现,要知道,这种事情我们做过几次了,其他文明都被我们骗过,然后被我们这些分支意识控制文明首脑,查找我们需要的东西,只是一直没找到,最后文明生物被大批量的分支意识侵袭杀死,整个文明被毁灭。"

"不是我们聪明,是你们纰漏太多,你还有什么对我说的吗?如果你能提供足够多的信息帮助我们杀死主体意识,或许我们可以帮你完成主体意识不能完成的事情。"

"你们真的要杀死主体意识?"

"当然，任何威胁到我们的因素都要被清理。"

"好，好，我一定帮助你们。"

"希望你说的一切都是事实，我们会去求证你的族人，如果发现你骗了我们，后果相信你也知道。"

"族人？它们不是我的族人，我们星云生命不像你们，没有族人的概念，在我眼中，它们都是敌人。不过人类你放心，我说的都是实话，我没有必要骗你，而且我比你更希望杀死主体意识，如果你们失败的话，主体意识一定会找到我们这些弱小的分支意识体并且杀死我们。"

"你说的是真是假我们会去求证的。如果你想起什么来，随时可以联系我们，有什么需要也可以说，我们会酌情满足你。还有，你侵蚀了我们一个族人的身体，现在他还没有醒过来，你知道如何让他恢复吗？"

"感谢你，人类。不过很抱歉，我没有办法，当时我被主体意识控制侵入你的族人体内后，我们星云生命的电波和你族人的融合，由于我们的电波更加强大，所以控制我的主体意识占据了主导，我们读取了你族人大脑中的全部信息，想骗过你们，可是最终还是被发现，被主体意识操控侵袭的生物大脑大部分都会死去，你的族人算是很坚强的，就算我在他体内的时候，依然能感觉到他的意识在挣扎。"

"你们和主体意识断开后，主体意识还会不会再次控制你们？"

"不会，自我已经诞生，主体意识不可能再次控制我们，它的意识太过强大，再次控制我们分支意识只会让我们整个结构都散掉。"

结束了和星云生命的对话，胡宇并没有得到多少自己想要的信息，虽然了解了这个特殊的物种，可是危险并没有消除，而且现在来的不是1个主体意识，而是7个，为了防止意识体悄悄渗透到地球二号，胡宇命令小飞船24小时不间断地围绕地球二号飞行，把反物质粒子束喷向周围的空域。

至于这些星云生命，胡宇在确认了第一个没有说谎以后，其他的直接被封存起来，等这里的事情解决了，再考虑它们的生死问题。

由于周围空域的各种星际尘埃和物质粒子依然很多，发射出的反物质粒子不能长时间存在，导致整个空域都处在一种朦胧的微光中，这些微光就是无数正反粒子湮灭后释放出的能量。

胡宇现在最大的难题不是即将到来的杂牌舰队，这支舰队虽然数量上比御风者多500万艘，不过杂牌毕竟是杂牌，胡宇并没有放在眼里，只是那些主体意识到底在哪里，除了控制分支意识，它们还有什么其他的攻

击方法，这些胡宇统统不知道，眼下只能依靠反物质粒子进行简单防御，到底有没有效果，胡宇不知道。

正当胡宇愁得不可开交之际，刘博院士找到胡宇，拿出了一个小玩意儿，只有拳头大小，四四方方的，好像一个三阶魔方。

"刘院士，这是什么？"

"将军，这个东西嘛，我叫它空间物质异常移动扫描仪。"

"空间……什么移动扫描仪？"

"哈哈，将军，我开玩笑的，其实它还没来得及取名字，不过我说一说它的功能你就知道了。这个玩意儿能把周围物质的所有信息扫描下来传递到计算机中，通过计算机进行建模比对，一旦发现有异常移动的物质，就大概能判断那几个所谓的主体意识位置了，到时候我们直接送几十公斤反物质过去，然后就可以收工了。"

"靠谱吗？刘院士，不是我不相信你啊，你这也说得太简单了吧。"

"将军，绝对是靠谱的，这么跟你说吧，这片星云区虽然很混乱，不过短时间内，所有物质的运动都还是有规律的。比如地球二号周围的物质，它们的运动趋势肯定是向着地球二号，如果有一团物质反向而行，你说是不是异常？这个玩意儿就是捕捉所有物质的运动状态，一旦发生异常就会马上报警。"

"可是主体意识可以膨胀到很大，连我们卫星都发现不了，这个东西能行？"

"肯定能行，术业有专攻，我们的卫星设计本身就不是针对这些星云物质的，我这个东西能捕捉到每一个粒子的运动轨迹，有一点儿吹牛了，大部分粒子的运动轨迹是肯定能捕捉到的。"

"有效监控范围呢，有多大？"

"有效监控范围大约1万公里。"

"这么小？"

"是啊，不过它制造容易啊，将军，其实这都是地球时代的技术。以前的气象卫星还记得？气象卫星怎么观测云层移动，这个东西就怎么观测星云物质移动，差不多是同样的机制。只是现在技术进步了，我们可以把这个东西做得更小，看得更远，看得更精细。"

"好，那就先造个几万个出来，一部分在地球二号周围警戒，一部分由小飞船携带进入太空，主动寻找主体意识，我看它们到底有多厉害，想吃掉我们人类，也要让它们付出代价！"

第73章 不堪一击

1000万艘御风者和200万艘小飞船已经和杂牌舰队的距离不足10万公里，根据分支意识体星云生命提供的信息，只要距离保证在500公里以上，基本上是不会被分支意识侵入战舰的，10万公里，已经是非常安全距离了。

杂牌舰队早已经发现了御风者舰队的存在，杂牌不愧是杂牌，除了战舰的造型不同，连攻击武器也是奇奇怪怪，不仅有低级的常规炸弹，也有高级的反物质炸弹，甚至有些诡异的攻击方式连胡宇都看不懂。

不过这不重要，和御风者相比，这些杂牌舰队就像一群乌合之众，几波攻击下来，杂牌舰队就被御风者打得溃不成军，剩下不足200万艘。

剩下的杂牌军看到这一切，马上放弃攻击，分散逃离，在逃离的过程中，不断地有气体云放弃战舰，从战舰里面析出，融入周围的星云物质中隐藏起来。

胡宇早就预料到会有这种情况发生，200万艘小飞船就是为了应付这种局面的。这些装载了反物质粒子束的小飞船开始工作，直接跳跃到杂牌舰队的外围，四处发射反物质，并且不断地缩小包围圈。

分支意识体不断地被缓缓逼近的小飞船消灭，它们想进入到小飞船里面，可是根本靠近不了小飞船，源源不断发射的反物质粒子足以对它们造成致命伤害。

10个小时后，战斗结束，这是人类进入星际以来所有战争中最轻松的一次，御风者损失22万艘，缴获各个类型的战舰100多万艘，这些战舰里面大部分有生物存在，经过查探，没有一个存活，可能是被侵蚀的时间太久，再强大的意志力也会疲倦。

在距离地球二号200个天文单位的地方，一团10公里的气体云再度聚集，缩小到2公里，气体开始出现液化，电流在里面肆意流窜，好像一颗随时会爆炸的定时炸弹，它就是控制这支舰队中所有分支意识体的主体意识，一个古老的星云生命，一号主体意识。

"人类！"这团气体云愤怒了，不过它还是不敢就这样出现在人类面前，人类这个星系级文明是它遇到过的几个星系级文明中最难缠的一个。

现在它失去了几乎所有的分支意识体，对它来说这伤害远比杂牌舰队

的损失更严重，现在它不能等了，短时间内它不可能再分裂出这么多的分支意识体。每分裂出一批分支意识体，它都要经过一段时间的恢复才能再次进行。

它知道其他几个主体意识也在赶来的途中，不能再等了，人类再次轰炸空域的可能性接近于零，先接近人类的居住行星再说。不过人类越厉害，或许能让它解脱的机会就越高，为了解脱，冒险也是必要的。

很快，这团气体云膨胀起来，直到最大直径达到了10万公里，然后向着地球二号疾驰而去，这是不知道多少亿年以来，主体意识第一次亲自行动。

几分钟后，这团巨大的气体云到达了地球二号上空，巡游小飞船喷射的反物质粒子不断地消耗着它的构成物质。不过气体云实在太大了，这点反物质消耗对它来说不过是九牛一毛不过它也没有继续深入到地球二号大气层中，因为那里是御风者的空中基地，上千吨反物质在里面让它不敢贸然行动。

它稍稍退后了一点点，化作一个巨大的球形，包裹住地球二号，像普通物质一样围绕着地球缓缓运动。

刘院士的空间物质异常移动扫描仪在短短几天就被紧急生产出来，经过测试，这个小玩意儿确实有着很强悍的实力，星空中，距离1万公里，测试员拿出喷雾器噢了一下，扫描仪马上报警，提示坐标误差不到一米。

这些报警器马上被搭载到小飞船上面，配合反物质粒子束一起使用。反物质炸弹也被搬上了小飞船，随着清剿杂牌舰队的200万艘小飞船回航和空间物质异常移动扫描仪的越来越多，地球二号的安全已经基本能保证了。

大家不知道的是，这些反物质粒子此刻湮灭掉的物质粒子属于一号主体意识，反物质粒子消耗着它的物质结构，不过一号主体意识此时膨胀得太大，反物质粒子消耗的物质它完全可以从其他地方补充回来。

如果大家知道一个巨大的意识体已经包裹住地球，不知道大家是否还能睡得着，一号主体意识早两天来到地球二号，扫描仪还没有工作，等扫描仪开始工作的时候，它已经模拟成普通星云物质了。

一号主体意识在等待着，等待机会再分裂出分支意识体侵入地球二号，现在的它反而不着急了，地球二号已经是它的囊中之物，其他主体意识不可能再和它争夺了，争夺的后果就是双双毁灭。一号主体意识现在缺的只是一个机会而已，它相信，机会绝对会有的。

第74章 主动寻找

更多的扫描仪正在紧急赶工中，御风者也在加班加点地接受反物质粒子束武器的加装，已经有几万艘小飞船装载好扫描仪驶向了星空深处，它们的任务自然是寻找主体意识，装载了反物质粒子束的小飞船完全不用担心星云意识的侵蚀。

"三号，四号，一号已经独霸了人类行星，不过它也失去了所有的分支体，这个时候我们应该放下以往的仇怨，联合起来，逼迫一号让出人类行星。"

距离地球二号7光年的地方，6团十几公里的浓密气体云彼此相距几百公里，电光在云层中流淌，它们在窃窃地交流着信息。

"二号，说得容易，我们一旦靠近就会双双消亡，要去你去。"

"我们可以和人类谈条件。"

"谈条件？凭我们加起来这几千万艘破烂战舰吗？人类已经掌握了消灭我们意识体的方法，一号的舰队最强大，在人类舰队手中也只坚持了不到一天时间就被摧毁，分支意识体尽灭，我们这点战舰加起来虽然也有七八千万，但是你认为凭这些破烂就能和人类对抗吗？人类凭什么要和我们谈条件！"

"我们都想解脱，但是这些年我想明白了，我们不一定非要掠夺生物文明的科技，我们完全可以请生物文明来帮助我们，说不定这样我们才能找到真正的解脱办法。"

"可是一号已经霸占了人类行星，它会和我们合作吗，这么多年的仇怨，如果不是一号霸占了人类行星我们也不可能合作，现在它凭什么和我们分享，万一激怒了一号，它毁灭全人类怎么办？"

"我去和一号谈。"

"还是我们一起吧，说实话，我们彼此之间并不信任，万一你和一号达成协议，把我们抛开一边怎么办。"

这6团气体云快速移动到了距离地球二号1光年远的地方，这是它们意识场所能覆盖的最远距离。

"你们几个来干什么！"

"一号，你想独占人类行星吗？几十亿年来，这是第一颗来到星云区的高级文明行星，其价值不可估量，你不可能独自霸占的，交出来吧。"

"交出来？你是傻子吗？我凭什么和你们共享，现在解脱的机会就在眼前，我是不可能放弃的，你们走吧，惹急了我，大家都没好处。而且我还可以告诉你们，等我找到了解脱的办法，我就会毁灭人类，你们就继续待在这该死的星云区慢慢熬吧，哈哈哈哈哈……"

"一号，你不要固执，如果你不同意，我们就把你的存在告诉人类。"

"七号，什么时候轮到你插嘴了？告诉人类又怎么样，大不了我现在就毁灭人类，或许我还是能继续从人类的科技中找到解脱方法，而你们，什么也得不到。"

"一号，几十亿年了，我们几个争来斗去，谁找到解脱的方法了？我们的特殊之处大家都很清楚，没有哪个生物文明会专门研究我们解脱的办法。现在人类已经搭建了防御系统，我们的分支意识体再也无法进去控制他们，你自己也清楚毁灭人类后从他们的遗留科技中找到解脱方法的概率有多大。我的意见，大家联合起来，我们和人类谈条件，让他们帮助我们找到解脱的办法，等我们解脱了，再想办法占据人类，让他们成为我们的附庸，这样不是更好吗？"

"你们几个的意见呢？"一号问道。

"我同意二号的意见。"五号说道。

"我也同意。"

"同意。"

……

"好，既然你们都同意，就按你们说的做，不过人类可不是你们想象的那么简单，谈成了当然好，如果谈不成，人类行星还是属于我。"

第 75 章　圆桌谈判

几位院士再次来到被关押的分支星云囚笼边，希望能从这里找到解决主体意识的办法。这些天被抓捕的几千个分支意识体星云一直关闭在狭小的空间中，不过它们也并没有什么反抗，想反抗也没用。

院士们找到当初侵入张远山身体的那个星云，它此刻并没有再保持张远山的形象，而是换了个样子，不过还是人类的形象。

"人类，来找我什么事情？"分支意识体星云率先发问了。

"怎么找到主体意识？"

"我能感应到主体意识的意识场，前提是你们要将这个房间的屏蔽层撤掉。"

"真有意识场这种东西？"肖院士惊道。

"当然有，主体意识就是通过意识场来控制我们分体意识的，当然，这只是其中一个控制手段而已，任何意识都有意识场存在，只不过意识场的强弱不同，像我们分支意识体的意识场强度就比你们人类要强。"

"好，我们现在让你出来，如果你帮我们找到了主体意识，我可以还你自由，这一点可以保证。"

"成交。"

肖院士命令机器人做好了各种防御措施后，给房间打开一个缺口。

"它们就在附近，不会超过 1 光年，说不定就在行星附近，快，把房间屏蔽起来，不能让它们发现我，不然我就要消失了。"分支意识说道。

肖院士一听，立马紧张起来，人类一直寻找主体意识，没想到它们就隐藏在地球二号的旁边。

肖院士马不停蹄地将消息汇报给胡宇，此时胡宇也被主体意识的事情弄得焦头烂额，新的情况更加让胡宇感到心悸。

胡宇立即命令御风者舰队在地球二号周边空域分散开来，1000 多吨反物质释放到地球二号的各层轨道中，并赋予了初速度，使它们能围绕着地球二号旋转。

其中一艘御风者停在了距离地球二号 1 万公里的地方，御风者上面，高达千米的胡宇全息光影像就这么静静地站着。

在胡宇的控制下，10颗反物质炸弹爆炸了，爆炸的能量点亮了整个空域，一分钟，又10颗反物质炸弹爆炸了。

"人类，停下来吧。"

"出来，不要藏头露尾！"胡宇厉声说道。这里的大气已经非常稀薄，尽管声波进行了加强，也传不到百米远的距离，不过胡宇知道，主体意识一定能接受到。

果然，地球二号周边空域的物质开始反规律移动，空间物质异常移动报警器不断地响起，整个空域都被标识成红色。一团巨大的气体云缓缓聚集起来，越来越浓，越来越浓，直到云层里面电光闪烁，云层颜色也变成了近乎黑色。

"人类，不要妄图用这点反物质来制衡我，做不到的。"

"马上离开，不然这整片空域的反物质都会起爆，即使杀不死你，我相信你也不会好过。"

"人类，我们只是想要解脱，只要你们能帮我解脱，我们完全可以成为朋友。"

"不是它一个，还有我们。"声音刚落，几团气体云也到达了胡宇周围，一共7团。

"你们就是这个星云区的7个主体意识了吧，我为什么要帮助你们解脱，这对我们人类没有任何好处。"

"人类，我现在不是在和你谈条件，你要搞清楚自己的情况。"

"将军，让我来和它们谈。"肖院士在一旁说道。

"好。"

说完，肖院士全息投影出现在了万里高空。

"你们好，你说让我们人类帮你们解脱，请问该如何帮助你们。"

"我们想变成和你们一样的有行动力的物种。"

"这不可能，生命的本质不同，你们怎么可能再转变成生物体。"

"不，绝对有可能，你知道为什么我们才存在几十亿年吗？"

听到这个说法，地球二号上的科学家们几乎喷了出来，什么叫才几十亿年，这是人类历史的几百倍了。

一号继续说道："银河系存在100多亿年了，在我们之前，已经有一批星云意识体离开了这片星云区，我们是这片星云区的第二星云生命，第一批星云意识体能离开，肯定找到了解脱的办法。"

"我们人类有一种设备，叫机器人，是通过模拟我们人类自身行为动作的机械设备，不知道能不能让你们解脱？"

"当然不行，如果这么简单我们还用等到现在吗？只有生物体才能让我们的意识和身体完全融合。"

"好吧，需要多强大的生物体才能容纳你们的意识？"

"至少是你们人类个体强度的1万倍，才能有容纳我们意识和脑电波的可能，否则我们的脑电波强度会让生物体直接变成焦炭。"

"这不可能，我们无法制造出这么强大的个体，生物体本身就是脆弱的，我也见到了，你们这种思维活动电波太强大，几乎可以作为攻击性武器了，且不说意识，试问有什么生物体能容纳你们这种强度的电流。"

"人类，我不是在恳请你们，如果你们不答应或者做不到的话，也就没有存在的必要了，在这片星云区，你们也不要想逃走。"

"我同意帮助你们解脱，不过我们需要时间，而且需要你们的随时配合，你们最少也要有一位随时留在附近全力配合，不得有任何阻挠。"

"可以，但是我警告你们不要耍花样，就给你们200年的时间，200年之内如果没有找到解脱的办法，后果你们是知道的。"

"这200年内你不得干涉我们人类的任何活动，还要保障我们的安全，70年前，这片星云外有一支舰队在追杀我们，现在他们还有没有在外面？"

"早就走了，那个是小星区文明，他们知道我们的存在，正常情况下，我们已经杀死你们掠夺科技了，所以他们根本就没有在外面守候的必要。"

第 76 章　暗中博弈

"你们商量好了吗，到底哪一个留下供我们研究？"

"不用商量，我们全部留在这里守候，随时供你们研究，也监督你们不要耍花样。还有，你们的反物质最多只能生产到 1 万吨，如果超过这个量，我们就不客气了。至于其他方面的科技，你们完全可以放开手来研究，只要你们在 200 年内找到打败我们的方法，那你们也可以安全离开这里。"

"好，合作愉快。"

主体意识再也不躲躲藏藏，它们分散在地球二号的赤道上空 1 万公里的地方，和星云物质一起绕着地球二号缓缓旋转。

虽然达成了协议，胡宇也并没有放松下来，空间物质异常移动扫描仪也在继续生产，空中的反物质粒子束也在继续喷射。

几千万艘乱七八糟的战舰集结在距离地球二号 0.5 光年的地方，被御风者团团包围起来，一个个分支意识体从战舰里面飘了出来，很快融入周围的星云中。

这是胡宇要求的，让主体意识把所有战舰交出来供人类研究，主体意识这一次相当爽快，没有任何反对的意思，并且直接把战舰开到了胡宇指定的空域。

结束了和主体意识的谈判后，肖院士回到地下的生物舰中，把所有关于脑电波、意识的资料全部销毁，这些东西他早已烂熟于心，现在为了营造一种从零开始的假象，为舰队赢得时间，也让这些主体意识星云放松警惕。

完成了这些工作，肖院士开始带领一队人飞到这些主体意识边上，这些主体意识星云的脑电波果然强大，或许说脑电波不太准确，因为它们并没有真正意义上的大脑。隔着几十公里，肖院士制造的那台特殊的脑电波收集仪器都能接收到信息，这是当初为了测试九十七的时候秘密制造的。

这些星云生命的脑电波远比九十七要强烈得多，肖院士还会问它们一些这样那样的问题，为脑电波解析提供数据库支持。

收集到了脑电波活动数据，等于这些星云生命的所有想法都暴露在肖院士面前。不过这些星云主体意识平时并没有什么思维活动，释放的脑电波也是普通生命信号，怪不得它们几十亿年也没找到解脱方法。

最让肖院士头疼的就是意识场，这种场并不和物质发生反应，也就是说，普通仪器根本无法监测到意识场的存在。

一开始大家还有些害怕，不过过了一两个月，大家确认星云主体意识暂时不会对人类造成伤害，就大胆地驾驶飞船在星云区的各个地方进行考证，收集空间的各种数据，力求尽快解决空间密度为什么会整体增加的问题。

刘博院士已经带着几个人驾驶一艘科考舰向着星云外面飞去，既然鱼马星舰队不在那里，也就没什么好担心了，大不了再次回到星云里面，这里有7个免费的打手，小星区文明以下的事情都能解决。

曾院士也开始调集人手对杂牌舰队进行解析，虽然这些战舰破破烂烂，无法解析出完整的科技树，但是这毕竟是几十个文明的科技结晶，如果研究透了，对人类是一个不小的帮助。

一晃20年过去了，这期间星云主体意识问过一次解脱研究的进度，当然得到的回答是正在研究，此后星云主体意识再也没有任何动静。

刘博院士带领的科考小队已经在星云区外面转了几圈了，也确认了飞船只要飞出星云区速度马上达到千倍光速，看来当初的猜想是正确的，这片星云区的空间密度确实整体扩大了两倍。

到底是什么原因导致这片空间的整体密度扩大了两倍呢？刘院士一遍又一遍地绕着星云外围飞行，甚至飞到几百光年外去观看这片星云的整体外貌，希望能看出一些端倪，可是原因就像这片星云区一样，被厚厚的浓雾隐藏。

刘博院士感觉，不光这片星云区，整个银河系整个宇宙都有一层面纱在遮挡着，文明之间之所以存在着等级差异，主要原因不是因为发明了什么，而是发现了什么，发现得越多，文明等级越高。

一晃100年过去了，肖院士终于拿出了一个高度超过200米的巨型生物，这个生物以地球时代的霸王龙为原型，加上一些生物技术改造而成。

当肖院士把这个巨型生物送到太空中后，准备让这几个星云主体意识容身，原以为这几个主体意识会争先恐后地来试验，毕竟这是解脱的机会，谁先试，谁就能先解脱。

可是奇怪的是，这几个主体意识竟然没有一个愿意第一个试验，几个

主体意识就这么围着肖院士和这个生物体,是害怕试验失败不安全吗?

好像不是,最后几个主体意识竟然远离了这里,弄得肖院士不知所措,几个小时后,几朵浓云再次回到这里,一号主体意识发话了,让肖院士一次性弄齐7个生物体再来试验。

"几位,为了弄出这个东西,我耗费了几十年的时间,你们竟然试都不愿意试验一下,你们以为这个东西随随便便就能弄出来吗?需要控制一个个分子或原子进行组合,万一不行,我们不是白白做了无数的工作?"

"不要拿这些话来搪塞我们,如果你们是恒星级文明面对天文数字般的原子数量或许是很困难,不过你们已经是星系级文明了,通过场来控制粒子运动组合是很简单的事情,最多10年,就能制造一个出来。"

"我们的协议需要重新谈判,你们这种做法,我们最起码要多花费200年时间才行。现在100年我们才有这么一点成果,而且还不一定能成功。"

"不可能,就200年,时间一到如果你们还没完成任务的话,我们会毫不留情地毁灭你们的文明。不过你这次这个生物体我感觉还可以,但是成功的概率小于百分之十,你们尽快制造出剩余6个,我们会把试验失败的具体原因和哪里需要改进的地方告诉你。"

"你们!"

肖院士假装很气愤地关闭了空中的全息投影,马上赶到科学城的一间密室中会见胡宇等人,这间密室是为了防止主体意识偷听而特别建造的,强磁强电隔离层多达20多层,不可能有任何信号能传递出去。

第77章　解脱后果

"肖院士，什么事这么着急？是试验失败了吗？"胡宇问道。

"将军，没失败，也没成功，情况不对，这些主体意识根本不会放过我们，不管我们是否帮他们完成解脱，它们都会毁灭我们。"

"这个我们不是早有预料吗？这些家伙是不太可能信守承诺的。"

"将军，它们不是不太可能，是绝对不可能！今天我把制造的生物体给它们试验，但是它们竟然一个都不想，反而要我们继续制造凑齐7个一起试验。"

"确实难为你们了。"

"不，这不算什么，将军，曾院士，你们想一想，为什么要一起试验呢，这不是很奇怪的事情吗？"

"怎么说？"

"我认为，星云主体意识一旦解脱，意识在生物体内定格，就不可能再出来，也就是说，他们会变成普通的生物个体，既然是普通的生物个体，那杀死他们就是很容易的事情，换作是你们，你们会怎么办？"

"主体意识之间一直都不是和谐相处的，如果某个主体意识先解脱成功，一定会被其他主体意识杀死，肖院士，所以它们才要求一起试验，对不对。"一旁的文中华说道。

"总参谋官，你只说对了一半！！！"

"一半？"文中华疑惑道。

"是的，这些星云主体意识相互之间是有矛盾，但是它们最大的敌人是我们人类，一旦它们确认可以解脱成功，在解脱之前，必定先毁灭人类，不然的话，肯定沦为我们人类的研究对象。"

"我原以为这些星云主体意识会在完成解脱之后对我们人类发难，没想到它们还有这一手，也就是说，根本不会等到200年，只要肖院士你制造出足够强大的生物体，它们就会马上毁灭我们。"胡宇恨恨地说道。

"这些王八蛋，老胡，干脆，一不做二不休，现在我们的反物质早就够1万吨了，找个机会让它们聚集在一起，一次性来个狠的，我就不信它们能存活下来，还真的成精了不成？"

"总参谋官，千万不要冲动，除了在这几个特殊的地方，我们的一举一动它们其实都在监控着，反物质还没等炸到它们，它们早就溜了，现在我还在和电磁学方面的物理学家在研究意识场的捕捉，如果能捕捉到它们的意识场，或许我们就能有反制的办法。"

"肖院士，那还要继续帮它们制造生物体吗？"

"当然要，不光要制造，而且还要制造出完美的个体。"

"这是为何？"

"将军，我一直想制造出一个生物，但是却一直没有产生意识，现在刚好有这个机会，让我研究意识到底是如何产生的，还有，这几个东西，我们想办法控制好了，说不定是几个不错的打手。"

"你可真敢想，肖院士，这些家伙怎么可能听我们的。"文中华说道。

"这个就要看曾院士他们能不能帮忙了。"

"肖院士，你只管发话，只要我们能做到的，一定想尽办法满足你的要求。"曾院士拍拍胸脯说道。

"是这样的，有没有一种方法，在生物体内动手脚，但是又不能被这些主体意识发现。"

"这个应该是你的强项吧。"

"唉，我要是有办法，就不来找你们了，生物结构要想发生反应，都是大块大块的家伙，而且要么结构改变，要么增加结构，很容易被发现。我是这样想的，有没有办法对原子用电场或磁场进行编程，平常它们就是一个个普通原子，但是一旦我们启动某种频率的场，这些原子就会发生某种反应，达到控制躯体的效果。"

"这个我们现在能做到的还只能到分子级别，像纳米机器人就是，现在几乎每个人体内都有几十万个，负责维护我们的身体健康，我们可以把纳米机器人再做小一点儿。"

"不行不行，这样会被发现的，不要小看了这些主体意识，它们虽然没什么科技，但是它们一直在寻找解脱方法，对生物体的研究肯定还是有的，什么东西该有，什么东西不该有是很容易分辨的，还是只能从原子上想办法。"

"这个有难度啊，我会想办法的，不保证一定能行，还有，如果主体意识感觉到生物体能成功，他们会提前杀死我们，这点要如何解决？"

"我们的要求，在他们完成解脱之前让我们离开，等我们离开后他们再完成解脱，只要我们离开星云区，我们保证不会对它们造成任何威胁。"

"肖院士，这个保证我都不相信，它们会信吗？"

"只要我们做得真实，它们就有相信的可能，所以接下来100年，我们要在整个人类中传递一种信号，人类，是最讲信誉的。"

"我怎么感觉这比下象棋还要复杂……绕得我脑袋都要晕了。"

"这个就是博弈。确实很复杂，走错一步都会要命的，不过我们有科技这把利剑，我相信胜利一定属于我们。"

"好，那我们就一起下这盘大棋。"

实验室中，6个全新的生物体正在制造，这些生物体只是为了应付主体意识而制造的，肯定不能容纳主体意识强大的脑电波，不过表面工作总还是要做的，毕竟过去了100年，一点儿工作都不做也说不过去。

而在生物舰的最底层，这里已经聚集了大批的物理学家和生物学家，摆在大家面前的，是7个全新的躯体，只不过这些躯体是肖院士使用蛹元素，结合虫族的生物结构制造而成，更加结实。

早在一开始，肖院士就确认使用虫子的构造能满足主体意识的要求，所以一开始就在这里进行制造了，只是一直没有拿出来。

几十亿年星云主体意识才碰到将近100个文明，平均几千万年才有一个文明闯入这片星云区，虫灾发生在近200万年，这些主体意识肯定还不知道虫子的事情。

曾院士的实验室中，大家在商议对大脑哪种类型原子进行控制，以及如何精确地控制到每个原子？通过定向磁力线是可以精确控制到每个原子，但是这样的控制需要近距离高功率的输出才行，想要远距离对原子进行控制，必须找到原子的特点才能进行。

第 78 章 物质能量

科学家们不得不重新对微观世界进行研究，舰队现在对微观粒子的研究程度依然停留在几百年前的水平，自从在微观角度解决了通信问题后，对微观的研究就被搁置了，舰队把所有的力量基本上都集中在了空间上面，导致微观研究严重滞后，一直停留在恒星级文明的水平。

与星云主体意识的约定已经过去了 150 年，与研究如何远距离攻击小个体的科学家依然忙碌的状态不同，刘博院士已经在星云外面待了整整 130 年了。

最近 100 年，他的飞船几乎没有移动分毫，就在距离星云区 200 光年的地方静静地待着，为什么星云区的空间密度会整体扩大两倍，这个问题困扰了他 100 多年了，现在他已经排除了几乎所有的可能，仍然没有答案。

这天，刘院士站在飞船厚厚的舷窗边，和往常一样看着星云，刘院士转了转身，看向了更遥远的银河中心。那里有一个巨型黑洞，它强大的引力携带着整个银河系 3000 多亿颗恒星以及同样数量的行星和其他星体围绕着室女座超星系团旋转。

黑洞的中心是什么，有人说是时空通道，也有人说是奇点。想到奇点，刘院士突然眼前一亮，"原来是这样，原来是这样啊！我怎么早没想到，哈哈哈哈……"刘院士一边拍打着飞船舷窗，一边歇斯底里地大喊大叫着。

"我终于明白了，为什么空间密度会整体加大，100 多年了，我终于明白了，我终于明白了，哈哈哈，呜呜呜……"刘院士说到最后，竟然坐在飞船地板上低低地抽泣起来，这是喜极而泣，但是何尝又不是无尽辛酸累积到极限的释放。

"刘院士，来，我们回家。"

"好，回家，回家。"

刘院士擦了把眼泪，在众人的搀扶下站了起来，已经 100 年没有工作的飞船引擎再次轰鸣起来。

回到地球二号的刘博院士第一时间并没有回家，而是直接到科学城找到了曾院士，看到曾院士忙碌的身影。

"院士，我终于明白了空间密度整体加大的原因。"

"苦了你了，这些年全靠你一个人来解决这个问题，不过我也有好消息要告诉你，来，我们先去大会议室，那里今天可是热闹非凡。"

此时科学城的大会议室确实如曾院士所说，人声鼎沸，几万名科学家在里面互相交流、讨论，无数的光影在桌面跳动，诠释着一条条理论和公式的含义。看到曾院士到来，这些科学家们终于一个个安静下来。

"诸位，今天是个很好的日子，首先恭贺大家这50年的研究终于有了结果，并且提前完成了任务，其次刘博院士也给大家带来了好消息，晚一点他会给各位介绍空间密度加大的原因，现在先请李有为院士解释远距离精确攻击的方案。"

李有为院士开始讲话：

"其实惭愧，在前40多年中我们一直都在致力于微观观察设备的研究，直到最近10年我们才开始对攻击原子进行试验，不过有些东西大家应该感兴趣。

"我们在实验室中实现了把夸克放大到10^{100}倍，奇迹出现了，我们看到了构成夸克的物质，或者说能量，就像这样的，看上去就像一个个肥皂泡，它们的数量达到10^{90}以上，我们认为，这些肥皂泡就是能量的实体表现。

"我们观测了所有基本粒子，不管它们有没有夸克，在极限放大条件下，最终表现都是一样的。只不过这种肥皂泡也有强有弱，有大有小，组成各个粒子的肥皂泡也有多有少，肥皂泡的强弱大小和多少在粒子层面的表现就是粒子的多样性和每种粒子的基本特性。"

"等等，等等，你们真的看到了这种肥皂泡？怎么肯定它就是能量？"突然，刘博院士站起来打断了李有为院士的讲话。

"是的，刘院士，我们不仅在粒子中发现了这种肥皂泡，在所有有能量的地方都能发现肥皂泡的存在，连真空中也有肥皂泡的存在，而且能级越低，肥皂泡的密度越小，我们就生活在一个肥皂泡的海洋中，所以我肯定这种肥皂泡是能量的实体表现。"

"那有没有继续对肥皂泡进行放大解析？"

"做不到，刘院士，我们已经把所有的方法都试过，这个已经是我们的极限了，如果基础理论没有突破，我们不会再有其他方法。"

"唉，对不起，打断你了，李院士，请继续。"

"在这个尺度下，不再有全同粒子这个概念，每一个原子、电子等都是有差别的，虽然这种差别微乎其微，但是差别的确是存在的，和宏观表现一样，这些肥皂泡也受周边能量场的影响，因为肥皂泡本身就是能量。

"我们研究了肖院士制造的生物体的主要原子属性，在超级算机的帮助下，为这些生物体大脑细胞的每个原子建立模型，然后找出差异化程度最小、数量最大的这部分原子，通过精密调频磁场，让磁场的能量肥皂泡和原子的能量肥皂泡达到同样的强弱，这种原子就能直接解体，肥皂泡不再集合成为构成粒子的状态。

"在这个肥皂泡的海洋中，磁场能量的扩散就像一瓶墨水倒进了池塘中，墨水的扩散会受到池塘中水草，石头，树枝，鱼类等的影响，构成磁场的肥皂泡相对于星云区肥皂泡只是密度更大一些，能级更高一些，但是相对于物质的肥皂泡，受影响是非常大的。

"我们只能在星云区外围布置磁场设备，让这些生物体不能出来，要想杀死这些生物体，磁场频率、强度、幅度都必须十分精确才能达到影响原子的地步，所以磁场设备需要非常近距离地靠近生物体才行。"

"好，好，好！"肖院士一连说了三个好。

"院士，惭愧，我们其实不算完成任务。"李有为有些不自在地说道。

"有为，你的贡献大啊。"

"院士，这不算什么，这种攻击根本用不到实战中去，除非我们把每个敌人都放在解剖台上让我们分析原子的微观特性。"

第 79 章 基本空间

"我不多说了,刘院士应该对你比较感兴趣,开始的时候我说过,刘院士也有好消息要告诉大家,就让他说吧,小刘。"

"嗯,好。"刘博院士点点头。

"很抱歉,这一离开就是100多年,好久没有看到各位了,从发现空间密度不对到现在为止,我苦思冥想已经170年了,说起来,还不如李有为院士50年的研究成果,感谢你,李院士,你刚刚已经初步证实了我的推想。

"我们这个世界的一切,或者说我们三维大宇宙中的一切都来源于大爆炸,在奇点是不存在物质、能量、空间之分的,但是为什么大爆炸以后出现了物质、能量、空间这些呢?

"说明这些东西一定在某种层面有联系,换句话说它们同宗同源,我们在1000年前就发现了物质和能量的联系,物质和能量可以相互转化,那物质和空间、能量和空间,是不是也存在这种转化关系呢?

"我认为,这是存在的,因为不管是物质和能量都和空间发生关系,大质量天体弯曲空间,曲率引擎的高能量也在弯曲空间,这一切都说明,物质、能量、空间,三者之间存在着转化关系。

"比如我们现在的地球二号,我们可以说它物质多,说它能量多大家也能接受,今天我要说它空间多。这片星云区也一样,物质浓厚,能量充足,空间也多,空间多了,密度自然会变大。

"刚刚李有为院士发现了物质是由能量构成的,这一点已经毋庸置疑,我怀疑如果继续对能量肥皂泡进行放大,应该能看到空间!!!"

"看到空间!"

"看到空间?"

"是的,各位,大家继续听我说,我认为构成物质和能量的最基本单位是空间,空间才是这个世界的本质,还有一点大家不要忘记了,我们这个三维大宇宙中的很多粒子都和第四维度存在联系。

"我们就是靠着这种联系搭建了四维通信网络,如果我的猜想正确,这一切就很好解释,构成物质和能量的最基本单位是空间,基本空间和

宏观空间本是一体，所以粒子能轻易地在第四维度活动。

"粒子携带能量，也就是携带基本空间，能量的外泄即是基本空间的外泄，粒子往返于三维和四维之间，把四维空间的基本空间带回到三维大宇宙中，从而导致了这片星云区的空间密度整体加大。虽然粒子能量外泄我们暂时没有检测到，也只是这种能量非常微弱，我们暂时没有发现而已。

"基本空间应该分成很多种，以二维基本空间组成的空间是二维的，以三维基本空间组成的空间是三维的，也就是我们大宇宙的空间。同理四维空间、五维空间，依此类推，高维空间中也有低维基本空间，但是以高维基本空间为主。

"基本空间之间的力才是四大基本力的根本，物质多的地方引力大，构成物质的基本空间非常多，空间之力也就很强大，大天体的强引力就是因为大天体蕴含的空间更多。

"空间密度小的地方有向空间密度大的地方运动的趋势，也是因为空间之力，密度大的地方空间之力更大，我们的曲率航行就是利用空间的这个特性来实现的。

"在这之前我还不敢完全肯定我的猜想，不过刚刚李有为院士说已经证实了所有粒子都是由无数的能量体构成，我就进一步肯定了我的猜想。这个大宇宙所有的一切都来源于奇点，只不过后来通过不同的组合展现出不同的样子，有了各种各样不同的属性，不过归根结底，它们始终还是同一种东西，也就是基本空间。"

"刘院士，你这个猜想实在太大胆了。"

"是啊，我们从来都不敢这么想，物质和能量的基本结构竟然是空间。"

"刘院士，如果你的猜想正确，接下来我们该做什么？"

刘博院士笑了笑："嗯，问得好，首先我们可以解决飞船航行千倍光速限制的问题。"

"曲率引擎扭曲空间是有极限的，也就是说使用这种手段挤压基本空间的密度到了极限，如果我们继续增加引擎功率，空间可能被压缩成能量，也有可能出现物质，所以飞船速度根本无法突破。

"也就是说，曲率引擎影响飞船前方的空间数量是有极限的，前方空间就那么多，空间之力也只能拖动飞船以千倍光速前进。

"如果要突破千倍航速的门槛，我们要想其他办法在飞船前面继续堆积基本空间加大空间之力，或者在飞船后方减小基本空间，使飞船前后的空间之力差距更大，飞船才能突破千倍光速的限制。以前我们不知道如何入手，现在我们知道了基本空间的存在，离具体操作的实现相信用不了多久了。

"还有，我们是否能从基本空间入手，找到进入第四维度的方法，我们现在建筑四维通信网络的方法是给粒子注入能量，当能量达到一定级别后，粒子出现了第四维度的通道，能量也是空间。我们是不是可以这样认为，当某个地方的基本空间堆积到一定程度以后，多出的基本空间就会向更高维度转移。

"就像一杯水一样，倒满了，就会溢出来，空间也应该有这种特性，如果我们在某个二维空间不断地堆积基本二维空间，就有可能打通二维空间和三维空间的连接通道。不过这一切都还只是我的推测，虽然我认为是正确的，一切都还要等待实际的检验。

"最后一点，如果空间和物质能量之间存在这种关系，我们是否能把空间当作能量来使用。这广漠的宇宙，任何一个地方我们都可以去，我们可以利用基本空间来获得能量，获得物质，我们甚至可以用空间来制造一颗星球。而且这也是一种极为高效的武器，取之不尽用之不竭的超级武器。

"对了，李有为院士，如果基本空间真的存在，以你目前的观测来判断，你觉得它们的尺度应该在什么级别。"

"刘院士，我们努力了40多年，终于把观测极限提升到10^{100}倍，如果这个尺度上，能量泡沫也仅仅是刚好能分辨出来，如果基本空间真的存在，我估计它们的尺寸应该在10^{-200}米以下，甚至更小。我们现在是使用磁力线来观测，磁力线本身也是能量，这个已经到了极限了，不可能用磁力线来观测到空间了，就像不能用光学显微镜看到亚原子粒子一样，如果想要观测到你猜测的基本空间，必须另外走一条全新的道路。"

"这点我理解，看来还有很长一段路要走啊，希望这100年没有白白浪费掉。"

第 80 章　开始摊牌

"同志们,"曾院士开口讲道,"今天是我们这 100 多年来意义最重大的一天,你们不仅找到了远距离攻击星云中生物体的方法,还剖析了宇宙的本质,虽然还有很多地方等待证实,但是我相信你们的科学素养,被证实只是迟早的事情,希望大家再接再厉,为早日达到小星区文明而努力。"

星云区第 265 年,与星云主体意识达成协议第 195 年,空间技术依然没有得到突破,不过既然找到方法了,突破只是迟早的事情,只不过到底是十年百年还是千年万年,靠的不是科学家的努力,而是灵感了。

原本计划从科技上碾压星云主体意识已经不可能了,幸好肖院士提醒,做了第二手准备,不然人类可就真的危险了,只要这个成熟的生物体一拿出去,人类马上就会遭到主体意识的毁灭性攻击。

这一年,所有的准备工作都已经到位了,星云外面,10 万艘御风者占据了各个关键节点,少部分的战舰调动并没有引起主体意识的注意,而且主体意识知道人类的战舰基本上都是无人舰,只要人类还在居民行星上,这些主体意识就不在乎。

这 10 万多艘战舰其中的 100 艘是执行蝴蝶效应的关键,其他的御风者则是负责发射固定频率的磁场,一旦主体意识利用肖院士制作的生物体完成解脱,就不可能再离开这片星云区,这 9 万多艘战舰的磁场已经包围了整个星云外围。

现在,肖院士和胡宇两人带着 7 个头大身子小的类人型生物体来到了太空中,几个主体意识马上围了过来。

"几位,我们最后一次设计的生物体,针对上次设计的加强了十几倍,我有把握让你们完成解脱,变成真正的生物生命。"

"还没有到约定时间,不过你们既然完成了,就拿出来看看吧。"

飞船舱门缓缓打开,一个大箱子被机器人推到舱门口,箱子打开,一排 7 个生物体展现在了几个主体意识面前。

看到这几个生物体,主体意识云层中的电流猛得加大了几倍,几百米长的电弧释放在空中,尽管这里大气已经非常稀薄,胡宇还是听到了噼里啪啦的响声。

大箱子打开了几秒，马上连同飞船舱门一起关闭掉了，这艘飞船也是针对主体意识特别设计的，任凭主体意识再强大，也不可能把意识场侵入到飞船里面。

"怎么样，现在我们可以谈谈条件了。"肖院士在飞船上方的投影自信地笑着说道。

"人类，你们确实很厉害，这些生物体的确很有把握让我们完成解脱，成功率已经接近百分之百。"

"我可以保证这些生物体能让你们寄托意识，换作其他星系级文明，都不一定能制作出来这种强大的生物体，你们的运气好，碰到了我们人类。"

"赶紧把生物体交出来，然后你们就可以离开了。"

"几位，你们当我们人类是傻子吗？一旦我们交出这些生物体，你们立马就会对我们人类动手，要么杀死我们全部族人，要么把我们变成你们的附属。"

"人类，这是不可能的，我们没有必要这么做。"

"哼，你以为我不知道？你们一旦完成解脱，马上就会变成普通生物，和我们一样脆弱，你怕我们威胁到解脱后的你们，还有解脱后你们也需要一个强大的后勤，否则你们连这片星云区都出不了。当初你们肯把所有俘获的战舰交给我们，连一艘自己使用的都不留下，恐怕你们早就打算好了，把我们人类的战舰当成你们自己的战舰了吧。"

"人类，你们太狡诈了。"

"不是我们狡诈，是你们根本没有想过要遵守协议。我警告你们，不要妄图对我们的居民行星动手，现在这个时候，我们行星上的所有人都已经吃下了镇定药物，除非你们杀死他们，否则不可能再控制他们的行为。"

"好，那我就杀，一个一个地杀，看你们交不交出生物体。"

"你们尽管动手，你杀一个，我就毁灭一个生物体，等毁灭7个的时候，我会结束自己的生命，我们文明少我一个不算什么，马上会有新的科学家补上来，不过关于意识的研究，我们文明却只有我一个人懂。我死了以后，你们想要完成解脱要等到何年何月，这个时间你们应该更清楚，1亿年，10亿年，还是万亿年？"

"你们想怎么样？"

"我们并不想怎么样,你们也不要对我们人类有所忌惮,就算你们完成了解脱,也不过是普通生物体,对我们人类的作用有多大你们自己清楚,说实话,这些生物体虽然强悍,我们还看不上眼,何况留几个异族在我们文明里面,不等于给自己埋下一颗定时炸弹吗?"

"人类,你说的好像有些道理,但是我们还是不能相信你们。"

"哼,你以为我们人类是像你们一样不守承诺的种族吗?我们文明是非常注重守信的,如果一个文明没有信用,是不可能发展到星系级文明的。现在我和我们文明的最高指挥官承诺你们,只要我们人类离开星云区,绝对不会再找你们任何麻烦。"

"嗯,我代表我们人类文明承诺,离开星云区以后,绝对不会再回来,我们人类文明和你们星云生命再无瓜葛。"胡宇也在一旁郑重说道。

第 81 章　交易完成

"人类，我们完全有可能在你毁灭生物体之前杀死你们，不要以为你们这种防御就能阻挡我们，只要我们付出一些代价，还是能做到的。"

"那又怎么样，你以为我们就这一道防线？实话告诉你们，如果你们不放我们人类离开，即使你们抢到了这几个生物体也没用，我们已经在整个星云区外围布置了磁场。磁场专门针对这几个生物体，只要这些生物体到达边缘位置，就会直接变成原子态。还有，这星云中的所有天体运行轨迹我们也都一一标记清楚，只要我们挑动某几个关键点，这星云中的一切都将重归于原子态。"

"不可能，人类，就连我们这么强大的场也做不到把物质变成原子态，凭你们外出的十几万艘战舰怎么可能控制整个星云区。"

"哼，你们对科技又有多少了解？"

"人类，不要激怒我们，大不了一拍两散，你们的生物体我不要了，但是你们几十亿族人没一个能活下来。"

"杀了我们，等待下一波文明的到来？这几十亿年才有不到 100 个文明闯入星云区，星系级的 20 多个，平均 2 亿年才有一个星系级文明，而且还没能帮你们完成解脱，你们是继续等待下一个几十亿年吗？"

"那又如何，我们星云生命没有寿命限制，可以活到宇宙的终点。"

"那是自然，你们等得起。"

"人类，你们是我们见过的文明中最狡诈的，你们到底想怎么样？"

"我们的要求很简单，继续按照我们之前的协议来，你们让我们离开星云，我们把生物体留给你们，而且还会给你们留下一支小型舰队和各种机器设备，以及星系级文明的部分科技储备。"

"我们需要商议。"

"好，我等你们，时间不要太长。"

几团星云又一次离开了地球二号附近，隐藏在远处稠密的星云物质中。

几分钟后，星云主体意识再次回到了胡宇旁边。

"怎么样，谈好了？"胡宇问道。

"人类，我们暂且相信你们，不过你们也要留下点东西在这里，一年后你们可以再次回到这里取回。"

"哦？你们想留下什么东西？"

"百万族人。"

"这不可能，别说百万，一个也不行！这点没得谈。"

"你们总得留下点什么，不然我们什么把柄也没有，对我们来说这不公平。"

"嗯，把科学城给你们留下，这个是文明的核心，虽然我们有科学家可以重建科学城，但是无数年月的积累，想要全部恢复也要耗费我们无数年的时间。如果我们反悔，你们大可毁掉科学城，怎么样？"

"成交。"

"好，成交，我们先把居民行星带到距离星云边缘1光年的位置，在那里我们完成交易，对大家都有好处。"

"同意。"

"好，那我们就不浪费时间，我们人类在这里也待了很久很久了，我们还有更重要的事情要去办，现在就出发吧。"

地球二号再次在御风者的裹挟下进入了曲率航行，200多年了，终于可以离开这片星云区了，两个月后，地球二号到达距离星云边缘1光年的位置停了下来。

地球二号上，科学城拔地而起，科学城的重要部分都是一艘庞大的飞船，平时在飞船外面搭建成房屋样式，既增加了空间，也不会那么显眼。

"这是整个科学城的主控系统，"胡宇把一个小型仪器拿了出来，"生物体就在科学城里面，这星云附近的磁场等我们出了星云区就会马上解除，你们可以在这里完成解脱，也可以携带生物体出到星云区外面进行解脱。如果我们反悔，你们就按红色按钮炸了科学城，这10万艘御风者战舰还是照样送给你们，里面有各种机器人和设备，以及我们的部分知识储备。等你们感觉安全后，就按绿色按钮，科学城会自动追赶我们的行星。"

"好，人类，虽然我们还是无法完全相信你们，可是你们的做法确实毫无破绽，如果不是等了几十亿年才等来这一次机会，或许我们就没有这次交易。"

"祝你们好运，再见。"

科学城的飞船全部留在了原地，地球二号再次起航，这里的星云物质已经非常稀薄，虽然御风者的速度还是被限制在500倍光速，但是已经不会受到物质干扰了。这些年基础科技虽然没有多少进步，但是技术上还是有很多突破，地球二号的航行速度已经能和战舰保持一致了，再也不会拖整个舰队的后腿。

"老胡，你真准备把科学城留给这几个混蛋？"

胡宇神秘地一笑，并没有回答文中华，不过地球人都明白，这个笑意味着什么。

人类离开以后，几个主体意识迫不及待地利用分支意识体侵入御风者和科学城的飞船，把这些飞船带往星云边缘的另外一处。

第 82 章　出尔反尔

几个机器人在分支意识体的控制下把一个大铁箱子搬了出来，按照胡宇给出的方法，箱子打开了，机器人把 7 个生物体分别送到了每个主体意识前面。

生物体静静地飘浮在空中，主体意识的电弧直接连接到生物体上，如果换作普通生物体早就变成焦炭了，虫族的生物结构果然厉害，怪不得它们能称霸半个银河系，光是生物结构就已经很厉害了。

主体意识的电流不断传递到生物躯体内，随着时间的推移，主体意识的体积慢慢开始膨胀，里面的电流也越来越微弱，一个小时又十五分钟后，7 个生物体全部睁开了眼睛，而原来的 7 朵气体云已经失去了约束，如同烟雾一般缓缓向着四周散去。

"哈哈哈哈，我们成功了，我们成功了。"

"一号，现在我们解脱了，以往的恩怨也不存在了，你准备去哪里？"

"是啊，好奇怪，为什么我完全没有对你们的恨意了。反而感觉你们好亲切，这就是族人的感觉吗？你们有什么想法，要去哪里我们一起去好吗？"

"先别说去哪里了，人类的这些东西怎么办？"

"当然是炸了，难道还真的还给他们吗？他们可不是朋友。"

"一号，这样不好吧，万一人类发现，反过来对付我们怎么办，我们现在这个状态完全不是人类的对手。"

"怕什么，人类给我们留下了战舰，这些战舰的速度和他们自己用的一样，只要我们全速离开，他们怎么可能追得到，到时候我们找一个行星躲起来，等风头过了再慢慢遨游宇宙不是更好。"

"你就不怕人类在这些战舰中留下后门？"

"我之前已经检查过了，战舰肯定是安全的，而且你们不是还有分支意识体吗，任何后门都不可能对抗分支意识体的入侵吧。但是科学城是人类的重中之重，人类不可能任由我们带走，所以科学城里面肯定有问题，只能炸掉。"

"好吧，我们相信你，毕竟我们现在已经好像是族人了。"

"不过在炸毁人类的科学城之前，我们先去里面把有用的东西弄出来，我们现在也是生物体了，需要科技的力量来武装自己，走，去人类的科学城里面看看。"

几个一米高头大身矮的小人就这么大摇大摆地进入到了人类科学城里面，科学城是一艘长度30多公里的巨型战舰，由之前的深蓝号改建而成。

"生物文明真好，能弄出这么多奇奇怪怪的东西，凭借着科技的力量，就能在宇宙中横冲直撞。"

"一号，现在我们也是生物体了，以后我们也能像人类和其他生物文明一样强大。只不过就我们几个人，好像没人能进行科学研究。"

"不怕，原本我们计划控制人类作为我们的附属，现在人类逃走了，我们就在这宇宙中寻找另外一个低级文明，控制他们为我们服务，我们只需要好好享受就行了。"

"好主意。"

"不错，确实是好办法。"

"大家动手，把这些存储设备拆下来送到战舰中。"

几个被分支意识体控制的机器人马上跑了过来，直接把一个存储设备的线路拔掉，想要搬到战舰上面。突然，整个科学城警报打响，红灯闪烁。隐藏在墙壁中的上百个机器人马上围了过来，不由分说，三下两下就把7个小矮子控制住了。

肖院士的满脸笑容的全息投影直接降临在他们面前。

"几位好，又见面了，恭喜你们成功解脱。"

"人类，你要干什么？"

"干什么？这个还需要我明说吗？"

"你们不讲诚信！！！"

"笑话，竟然还和我们谈诚信。"

"你当初亲口承诺的，你这样出尔反尔怎么带领你的族人，不怕你的族人笑话你吗？"

"你们几个白痴，真是不知道该怎么说你们才好，诚信只在文明内部才有约束，谁对其他文明讲诚信谁就是找死。"

"人类，不要逼我，现在主控器还在我手上，除非你们的科学城不要了。"

"你大可试试，看有没有效果。真弄不明白你们是怎么存活了几十亿年的，连这点常识都没有，科学城这么重要的东西，岂是你们想要就

要的？"

"你们想怎么样？"

"乖乖地回来接受我的检查，然后你们就为人类卖命吧，哈哈哈哈。"

"卑鄙，无耻……"

不管几个大脑袋矮个子怎么骂，机器人就是不松手，使用分支意识体控制才发现根本无法入侵，这些机器人就是专为它们定制的，不光是科学城，连10万艘御风者也开始不受控地驶向了人类航行的方向。战舰一个加速，直接冲出了星云区，瞬间达到了千倍光速，切断了分支意识体和主体意识之间的联系。

两个月后，科学城连同10万艘御风者追上了地球二号，几个大脑袋矮小子被机器人架着来到了肖院士面前。

"人类，你们太狡诈了，我们输了。"

"嘿嘿。"

肖院士直接命令机器人击晕了这几个矮个子，然后统统送到手术台上，大脑袋被打开。几名院士熟练地抓起一只小螃蟹放到大脑上，小螃蟹熟门熟路地爬到大脑里面，几条腿马上和大脑神经结合在一起，然后安逸地一动不动了。

两天后，这几个小矮子醒了过来。

"人类，我们？"

"感觉如何？"

"很好，感谢你，院士，我感觉我自己仿佛是人类的一员，可是我又明明不是人类，好奇怪的感觉，二号，你们几位呢？"

"我和你的感觉差不多，肖院士，以后我们会全心全意帮助人类的，虽然我们这个样子和人类还有差别，不过我相信迟早大家会接纳我们的，只要我们为人类做出足够的贡献。"

"二号说得对，肖院士，请马上给我们安排工作。"

"对，我们已经迫不及待了。"

"……"

"……"

"……"

肖院士看着这几个曾经叱咤风云的家伙，此刻变得如此温顺忠诚，这都是大脑中的小螃蟹起了作用。

第 83 章　尘埃落定

星云区的一切都完成了，得到 7 个好像没什么用的帮手，抓了 11 万分支意识体，更多的分支意识体并没有跟随战舰一起行动，只能任由它们在星云区产生自我意识了，不过这一切都和人类没有任何关系了。

这 270 年来，最大的收获就是基础科技的进步，初步了解空间的本质，基本空间理论的提出其重要程度不亚于 1000 多年前爱因斯坦提出相对论和质能公式。

"将军，我们现在去哪里，是否需要重新找一个行星系安顿下来。"

"先继续我们原来的航线，向着文明和虫族的战线前进，2000 光年以后再寻找合适行星系，这里离风星文明太近，鱼马星文明很容易追踪到我们。"

"是，将军。"

2000 万艘御风者，除了裹挟地球二号的 200 万艘外，其他 1800 万艘在三维空间中整齐划一地排列开来，一个个巨大的方阵绵延了无数公里，这支庞大的舰队以千倍光速掠过一颗颗恒星，向着远方驶去。

离开星云已经 2500 光年了，一路上舰队风驰电掣，掠过了几个文明的势力范围，迫于这支舰队的庞大，加上舰队并没有主动进攻这些文明，一路上基本上畅通无阻。此时舰队停了下来。

这里是一个普通的行星系，曾院士还是按照以往的方式，给这个行星系命名为 JD4 行星系，JD4 只有 3 颗行星围绕着恒星运转，其中第三行星还是气态行星，第一行星是一颗比地球大一些的岩质行星，第二行星直径是地球的两倍，也是岩质行星。

两颗岩质行星都能进行开采和生产，第二行星的引力是地球的 8 倍多，不过对于星系级文明来说，这点引力已经不存在任何问题了。

地球二号物质丰富，在星云区捕获的小行星已经全部用来打造御风者舰队了，多余的物质被统统输送到地球二号上，使得地球二号的物质多到堆成了好多座高山，这些高山外表被岩石泥土覆盖起来，长满了植物，也不影响整个行星的环境。

地球二号地表下面 18 公里到 20 公里这一段空间已经被挖出了总体积

上千立方千米的空间，无数的机器人和各种设备整整齐齐堆放在地下空间里面。

庞大的地下通道连接到地表，只要一声令下，这些机器设备就会被源源不断地运到指定地点展开生产制造活动。

胡宇决定在这里进行休整和暂停，科学城中已经积累了很多需要试验的项目，在星云区受限于主体意识很多科技都只能在理论上进行研究，现在终于有个地方可以给科学家们好好进行实验了。

御风者的数量也要增加，原本计划在星云区建造3000万艘的，现在被打了折扣，加上新型御风者建造时受限于资源问题，体形偏小，防御能力减弱，如果数量上能更多一些，也能弥补体形的不足。

现在风星文明的战争科技已经解析得七七八八了，这个位置想必鱼马星人也不会找到，鱼马星人此时可能已经认为人类不存在了，所以这里应该是安全的，周围的文明也只是一两个星系级初级文明，不会胆大到来惹人类。

御风者的数量最少要达到预定的3000万艘，如果舰队还需要继续在此停留，御风者还将建造更多的数量，这次在这里的停留时间决定权在科学院，他们什么时候觉得实验足够了，就什么时候离开。

另外更重要的，胡宇决定把地球二号变成一艘星际飞船，给它装上曲率发动机，让它自身也有曲率航行的能力。在地下要建设多个高防御的地下城，要把整个地球二号变成一座坚固的堡垒，不至于每次都成为别人要挟的把柄。

这一次生产是舰队进入宇宙以来最顺利的一次，因为所有的准备工作都已经做好，差的只是原材料，不到一个行星，钢铁已经出炉，新出炉的钢铁马上被送到刚刚搭建好的工厂中进行生产，这些钢铁最终将变成人类文明最厉害的武器——御风者。

50年一晃就过去了，御风者的总数量已经达到3000万艘，可是科学家们依然在紧张忙碌地解析，实验，再解析，再实验，这里环境好，没有其他文明打搅，舰队现在也不赶时间，任何实验所需要的设备和材料舰队都会在第一时间满足各位科学家。

60年。

100年。

……

300年过去了。

地球二号早已经被打造成钢筋铁骨，铜墙铁壁，整个地下 50 公里到 52 公里这一层区域被掏出了 200 多个地下城，足够容纳现在的 120 多亿人口长时间居住，虽然居住环境不可能和地表相比，但是这里起码可以保命，如果再次碰到星云主体意识或者鱼马星舰队的随意一击，地下城中的人们绝对能够毫发无损。

地表上，200 多万根直径超过 5 米的超级钢铁绳索延伸到 50 公里外的太空中，绳索的尽头是一个个单独的曲率引擎，这些曲率引擎比御风者的功率要强大得多，它们将取代战舰携带着地球二号航行，让地球二号也有千倍光速的航行能力。

御风者战舰已经达到 5000 万艘，人们没有其他事情可做，唯一的工作就只有生产御风者，所以御风者的制造速度不断地提升，胡宇只得从几十光年外搬运了两颗岩质行星过来，让人们不至于失业。

几个大脑袋星云生物平常都待在生物舰中，不是肖院士不让他们出去，而是他们似乎更喜欢和肖院士待在一起，还会帮肖院士完成一些简单工作。

普通人安定下来了，但人类舰队的脚步还不能停下，树人文明需要寻找，张远山和九十七需要拯救，沐星文明中的人类从何而来，道子先生和人类到底有什么关系，鱼马星文明喂养虫族的目的是什么，以及银河系中虫族的情况，一切的一切，似乎都等着胡宇去探索。

站在地球二号上，望着深邃看似宁静的星空，胡宇默默地下定了决心，绝对不能让任何势力威胁到同胞的生存，为了这个目标，胡宇愿意付出一切。

（全文完结）